徳間文庫

義元、遼たり

鈴木英治

徳間書店

目次

主な登場人物

今川義元（梅岳承芳）　今川家第十一代当主
太原雪斎　臨済宗の僧侶。義元の師
今川氏輝　義元の長兄。今川家第十代当主
玄広恵探　義元の次兄。遍照光寺住持
象耳泉奘　義元の三兄
今川氏豊　義元の弟。那古野今川家当主
寿桂尼　氏輝・義元の母
福島越前守　玄広恵探の祖父
庵原三兄弟（将監忠縁・彦次郎忠良・右近忠春）　今川家家臣。雪斎の甥

今川氏一門の家系図

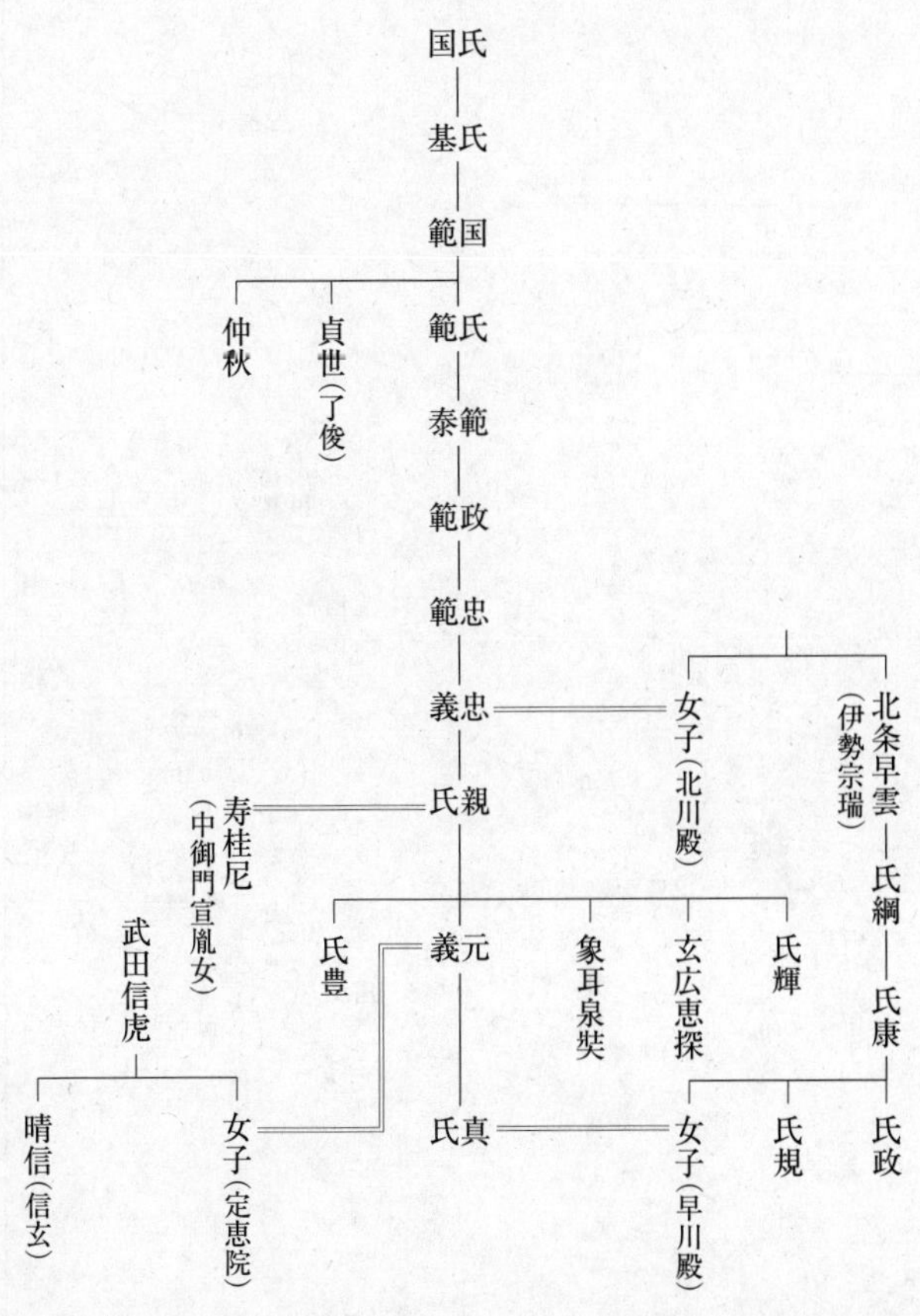

国氏
基氏
範国
仲秋
貞世（了俊）
範氏
泰範
範政
範忠
義忠
女子（北川殿）
北条早雲（伊勢宗瑞）
寿桂尼（中御門宣胤女）
氏親
氏綱
武田信虎
氏豊
義元
象耳泉奘
玄広恵探
氏輝
氏康
晴信（信玄）
女子（定恵院）
氏真
女子（早川殿）
氏規
氏政

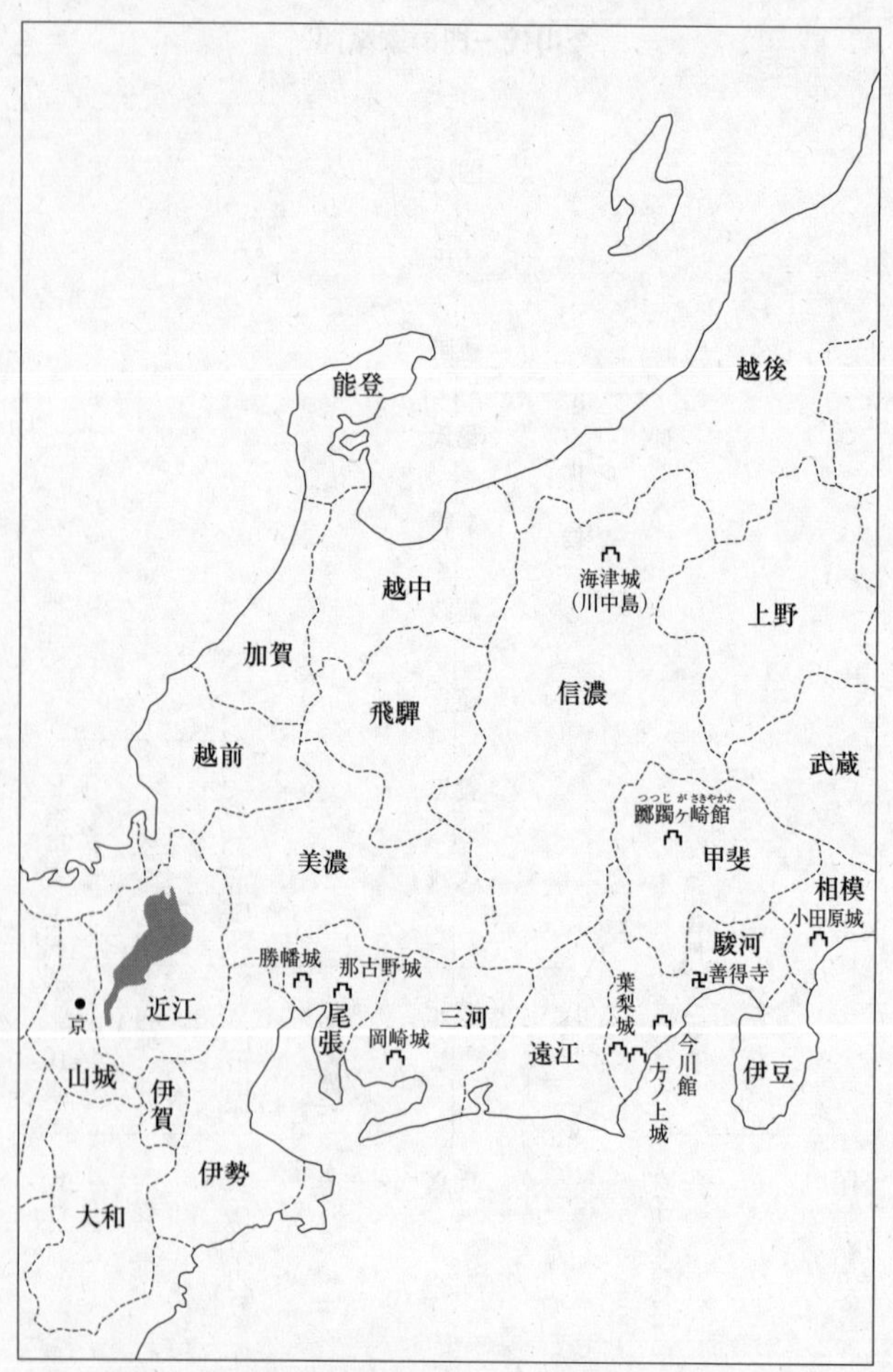

越後
能登
越中
海津城
（川中島）
上野
加賀
信濃
飛騨
越前
武蔵
つつじがさきやかた
躑躅ヶ崎館
甲斐
美濃
相模
小田原城
駿河
勝幡城
那古野城
善得寺
京
近江
尾張
葉梨城
三河
岡崎城
今川館
遠江
山城
伊賀
方ノ上城
伊豆
伊勢
大和

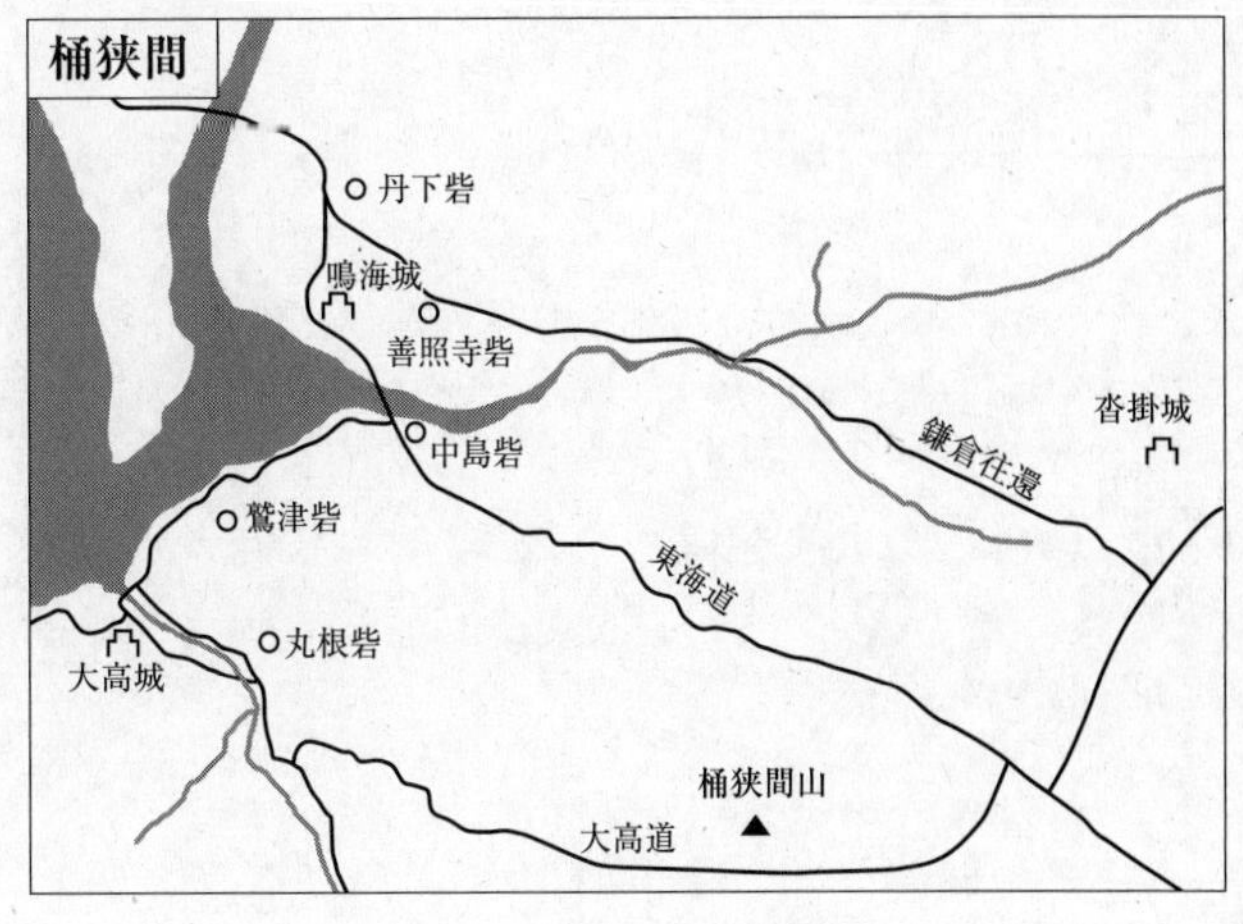
桶狭間
丹下砦
鳴海城
善照寺砦
中島砦
鷲津砦
丸根砦
大高城
沓掛城
鎌倉往還
東海道
桶狭間山
大高道

第一章

一

太原崇孚雪斎の瞳がきらりと光るのを初めて見たとき梅岳承芳は、まことにこのような者がおるのだな、と名状し難い驚きを覚えたものだ。

いったいどういう仕組みになっているのか見当もつかないが、なにか頭にひらめいたときに雪斎の瞳はきらめくのだ。

「承芳どの――」

向かいに座す雪斎が、真剣な顔で呼びかけてきた。

むっ、と承芳は雪斎を見返して、わずかに身じろぎした。

——今また光ったな……。

雪斎は、なにか決意したような顔つきをしている。大きな決断を下す際にも、雪斎の目は光を帯びる。

「お師匠、なにか」

息を入れて承芳はたずねた。先ほどまで雪斎は、駿河(するが)から来た使者と会っていた。使者は、雪斎の実家の庵原(いはら)家が発したものだが、承芳の母の寿桂尼(じゅけいに)や今川家の重臣の意を伝えに京に馬で来たらしい。

——庵原家の使者は、なにを知らせに来たのか……。

今から雪斎は、それを語るつもりなのだろう。どういうわけか、承芳は聞くのが怖いような気がした。

尖(とが)った喉仏(のどぼとけ)を上下させ、雪斎が口を開く。

「お屋形より帰国の命が下った」

「五郎(ごろう)さまから……」

五郎というのは承芳の長兄で、諱(いみな)を氏輝(うじてる)という。今川家の当主である。

承芳は眉間にしわを寄せた。やはり聞きたくはなかった。

「帰国を命じられたのは、お師匠のみか」

腹に力を入れて承芳は確かめた。

「そうではござらぬ」

承芳に眼差(まなざ)しを注いで、雪斎が首を横に振った。

「俺も一緒か……」

落胆が心を包む。

「だがお師匠、なにゆえ帰国せねばならぬ。我らは仏果を得んがために、修行の真っ最中ではないか」

きつい口調にならないように、承芳は気を配った。

いま承芳と雪斎は妙心寺(みょうしんじ)にいる。塔頭(たっちゅう)の一つの霊雲院(れいうんいん)で、仏道に励んでいるのだ。

実際、承芳は妙心寺で禅を学ぶのが楽しくなってきていた。三年前、京に来た当初は建仁寺(けんにんじ)に入り、五山文学と呼ばれる漢詩づくりに熱中した。

だが、本物の禅を学ばせるために、雪斎が承芳を妙心寺に入れ直したのである。

大好きだった漢詩づくりをやめなければならなかったのはこたえたが、最近では禅の修行も心身を鍛(きた)えるために、よいものだと思えるようになってきたのだ。それゆえ、中途で修行を切り上げたくはなかった。

「前にも申したが――」

冷徹な声で雪斎が告げる。

「拙僧のお師匠である琴渓承舜さまの七回忌が、善得寺で行われる。それに出席しなければならぬ」

――ああ、そうであった。

決して忘れていたわけではないが、承芳の中に思い出したくないとの気持ちがあり、頭の片隅に追いやっていた。琴渓承舜の法要を思い出せば、どうしても帰国という言葉が浮かんでしまうからだ。

――琴渓承舜さまか……。

二十年以上も前に承芳の父の今川氏親が、高僧として知られた琴渓承舜を、駿河国の富士郡にある善得寺の住持として、今川家の本家筋に当たる三河の吉良家から招いた。承舜は吉良家の一族だったが、今の承芳と同様、家を出て僧籍にあったのだ。まだ芳菊丸と名乗っていた十三年前、承芳は僧侶として最初の修行の場となった富士郡の善得寺に今川館から赴いたが、そこで雪斎に初めて会った。

当時、雪斎は九英承菊という名乗りだったが、善得寺の住持である承舜が雪斎の師匠だったのだ。

「承舜さまの法要が終われば、またここに戻ってこられるのだな」

雪斎に目を据え、承芳は確かめた。その言葉を聞き、雪斎が難しい顔つきになる。

――なんと、ちがうのか。俺はずっと駿府に行ったきりなのか……。

床板に目をやり、承芳はため息を漏らした。そんな承芳を見て、雪斎が話し出す。

「どうやら、武田家との雲行きが怪しくなってきたようでござる」

「またしても……」

自らの眉根が、音でも立てそうなくらいに寄ったのを承芳は感じた。武田の名を聞くと、うんざりせざるを得ない。

隣国の甲斐国を統一した武田家の当主は左京大夫(さきょうのだいぶ)信虎(のぶとら)というが、三十一歳のこの男は、今川家に対し、しばしば戦を仕掛けてくるのである。

統一したといっても、甲斐国は完全には治まってはいない。外征を企て、一族や豪族、国人たちの不満を和らげようという狙いが信虎にはあるらしいのだ。

なにしろ、甲斐国は貧しい。冷涼な気候のせいで米などの育ちが悪く、しばしば飢饉(ききん)に見舞われる。

実際、去年、今年と飢饉が続いたと承芳は聞いている。

それゆえ信虎は、温暖で物成のよい駿河国に攻め入り、さまざまな物品を分捕りしたくてならないのであろう。

金でも米でも人でも、我が物にしてしまえば、それらは商品として金になる。人は奴隷として売れるし、故郷に返す仕儀となっても身の代を受け取れるのだ。

分捕りさえできれば、おのずと懐が温かくなる。金があれば米も手に入り、空腹が満たされる。甲斐の者たちの信虎に対する不満も、減ずるのだろう。

「武田は今年の六月にも、駿河に攻め込んできたはずだ」

駿河と甲斐の国境の万沢という地で、氏輝率いる今川勢は、武田勢と対峙したのである。ただし、合戦は行われず、二月以上もひたすら両軍のにらみ合いが続いたそうだ。

その後、今川家と同盟関係にある小田原の北条家が、信虎不在の甲斐国へ侵攻したせいで、武田勢は万沢から引き上げていった。それが八月十九日で、そのとき初めて今川勢と武田勢は合戦に至ったらしいのだ。

退却をはじめた武田勢に、今川勢も素早く追撃を仕掛けたようなのだが、信虎は戦上手ぶりを発揮し、見事に軍勢をまとめて引き上げていったという。

今川勢は、さしたる戦果を上げられなかったと聞く。

その後、信虎の弟の勝沼信友率いる武田勢は甲斐の山中という地で北条勢と合戦に及び、大敗したという。

だからといって、勝ち戦の勢いに乗じた北条勢が、信虎の息の根を止めるまでには至らなかった。

信虎が手を回し、北条家の領内に扇谷上杉朝興が攻め込もうとしたからだ。北条勢は、甲斐から兵を引くしかなかった。

「この秋に北条家に痛い目に遭わされたにもかかわらず、武田左京大夫はまだ懲りておらぬのか。やつのせいで、御家はまたしても戦をせねばならぬのだな」

憤懣を露わに承芳はいった。

「さよう。武田左京大夫は、憎むべき男でござる」

武田家との一戦が近いからといって承芳は、帰国に納得したわけではない。

「だが、お師匠。再び武田家との間がきな臭くなってきたとして、なにゆえ我らが駿河に帰らねばならぬ。我らがおらずとも、武田など撃退できよう。北条家もついてくれておる。とりあえず、琴渓承舜さまの法要は措いてのことであるが」

あくまでも穏やかに承芳はたずねた。

「それでござるが……」

承芳に顔を寄せ、雪斎が声を低くした。

「お屋形のお具合が、芳しくないのではないかと存ずる」

「五郎さまの具合が……」

承芳は眉を曇らせた。承芳の父である氏親が大永六年（一五二六）六月に病で死に、その後、嫡男で五郎と名乗っていた氏輝が今川家の跡を継いだ。

そのとき氏輝は十四歳だったが、その頃から体が弱く、よく床に臥せていた。今川の家督を継いで、すでに九年たつが、病弱さは今も変わらないのだろう。

病身の氏輝の代わりに今川家の采を振ったのは、承芳の母でもある寿桂尼だ。寿桂尼は今川家中の者から、畏敬の念を込めて大方さまと呼ばれている。

「もし武田と戦になって戦陣に立てば、五郎さまの体は保ちそうにないのか」

「その通りでござろう」

承芳をまっすぐに見て、雪斎が肯んじた。

「万沢の地で二月ものあいだ戦陣にいらしたのも、お屋形の体にこたえたのであろう」

健やかな者にとっても、二月も軍営に居続けるのはきつい。六月の武田との対陣が、氏輝の体に相当の負担になったのは、まちがいない。

「だが、御家には戦上手の武将がいくらでもおる。それでも我らを呼び戻すとは、五郎さまは、お師匠になんとしても、そばにいてほしいのだな。お師匠が近くにおれば、心強いのであろう」

雪斎はまだ十代の頃から、いずれ今川家の柱石になるといわれた器だ。十七歳の承芳とは二十三歳ちがいで、雪斎はちょうど四十歳である。男盛りといってよい。

「五郎さまは、お師匠に武田との戦の采を振らせたいのだな」

その言葉を聞いて、雪斎が即座にかぶりを振った。

「それがしは僧籍にある身。戦の指揮など、これまで一度も執っておらぬ」

「そうかもしれぬが、お師匠は稀代の戦上手だと俺はにらんでおる。それに、五郎さまだけでなく、御家の者はこぞってお師匠の人物を買っておる。お師匠が戦場でどのような指揮を執るのか、俺もこの目で見てみたい。お師匠は、御家の采を振りたくないのか」

ふっ、と雪斎が小さく息をつき、両肩から力を抜いた。

「正直に申せば、振りとうござる」

本心を吐露したな、と承芳は思った。

「やはりそうであったか」

「むろん拙僧には、今の身の上に物足りなさがあるわけではござらぬ」

前置きするように雪斎がいった。

「御家より扶持（ふち）をいただき、僧侶としてなに不自由なく暮らせる。その事実に、十分に満足しておる。若き頃、拙僧は仏の道を究めようと、ひたすら心血を注いでおった。それゆえ、増善寺（氏親）さまから御家に戻ってくるように命じられた際、無礼にも二度お断りした」

その話は承芳も耳にしている。二度とも、承芳が生まれる前だという。

氏親から雪斎に三度目の要請があったのは、承芳が四歳のときである。氏親が雪斎に、承芳の傅役（もりやく）になるように命じたのだ。

さすがに主筋（しゅうすじ）からの三度目の要請を断るなどできず、雪斎は受けたようなのだ。

「もともと拙僧は武家の出。年を経た今、武人としておのれの力量がどれほどのものか、確かめてみたいとの気持ちが、生まれて初めて生じてござる。それは、承芳どのも同じではござらぬか」

――ああ、やはりお師匠は俺の気持ちをわかっていたか……。

承芳は、母親に抱かれた赤子のように心が安らいだ。今でこそ禅や学問がおもしろく思えるようになってきたものの、それまでは、なにゆえ俺は僧侶にさせられたのだ、との不満を持っていたのである。

――まだ前途を妨げるものはさまざまあるが、俺も武将の一人として、おのが力を存分に振るってみたい……。

別に、今川家の指揮を執りたいとは思わない。氏輝麾下（きか）の武将で十分である。とにかく戦場においてどれだけの力を発揮できるか、承芳は知りたくてならない。

「お師匠のいう通りだ。俺も武将としての力を試してみたくてならぬ」

凜とした声で承芳が告げると、鋭い目をした雪斎が断言した。

「いずれ今川家の陣頭に立ち、今川勢を率いるのは承芳どのでござろう」

「なにっ」

さすがに思いもかけない言葉で、承芳の腰が浮いた。咳払いをし、すぐさま座り直す。

「お師匠は、俺が今川家の当主となるといっておるのか。あり得ぬぞ」

「さて、さようでござろうか」

軽くかぶりを振って、雪斎が口元に微笑をたたえた。

「お師匠、わかっておるのか。俺は亡き父上の四男に過ぎぬのだ」

承芳の父親の氏親は、五人の男子をもうけた。承芳の下には氏豊のみで、長男の氏輝のほかに次男の玄広恵探、三男の象耳泉奘と三人もの兄がいるのだ。

氏輝以外の二人の兄は承芳と同じく僧籍にあり、泉奘はいま奈良の西大寺で修行中だが、恵探は駿河藤枝の遍照光寺で住持をつとめている。

駿府の今川館から藤枝まで、三里ほどしか離れていない。今川家では一里を六十町と定めているが、恵探は今川館からそれだけ近い寺の住持をつとめているのだ。

――つまり、俺と二つちがいの恵探どのこそが、五郎さまの身に万が一があれば、御家の家督を継げるように、手はずをととのえているのだ……。

「承芳どのが――」

自らの顎に手を触れて、雪斎が口を開く。

「増善寺さまの四男であろうと、もしお屋形に万が一があれば、拙僧が必ず家督の座につけてみせる」

自信満々の顔で雪斎が告げた。

「お師匠、本気か」

雪斎をまじまじと見て、承芳はごくりと息をのんだ。

「むろん本気でござる」

そのとき、またしても雪斎の瞳がきらりと光った。その光を目の当たりにして、承芳は実感した。

——お師匠は、まことに俺を家督の座につける気でおる……。

雪斎が大きな決断を下したのは、帰郷ではなく、これだったのではないか、という気がする。

「だがお師匠、もし五郎さまに万が一があれば、恵探どのはあっという間に、御家の家督を握ろう。俺に譲るような真似をするはずがない」

「その通りでござる」

承芳の言に逆らうことなく雪斎が答えた。

「もし家督の座を譲るよう恵探どのに迫れば、お師匠、必ず戦になるぞ」

「さよう」

当たり前といわんばかりに、雪斎がうなずいた。

「なにしろ、恵探どのの背後には福島越前守どのがおる」

福島越前守は今川家でも屈指の重臣で、恵探の祖父に当たる。越前守の娘が氏親の側室だったのだ。

序列として福島家は、今川家の宿老三浦家と朝比奈家の次となる。

それほどの重臣なのだが、越前守には人望があるとはいえないようだ。もし戦になった時、どれほどの人数を家中から集められるかは、不明である。

とはいえ、越前守は朝比奈家や三浦家という宿老を除けば、重臣筆頭といってよい。それだけの地位にいる以上、今川家における勢力は、やはり侮れない。

「できれば俺は家中の者同士で、骨肉相食(あいは)むような争いはしたくないが……」

その承芳の言葉を聞いて、雪斎が厳しい顔になった。

「ならば承芳どのは、好機をみすみす見逃すつもりか」

怒気を孕(はら)んだ声で雪斎がいった。

「好機だと……」

面(おもて)を上げ、承芳は素早く頭を巡らせた。

「兄上が儚(はかな)くなられた際、俺はおそらく駿河にいるであろう。それをお師匠は好機と呼ぶのか」

「その通り」

承芳をじっと見て、雪斎が断じた。確かに氏輝が死を迎えたときに、駿府にいるというのは、今川家の家督を握るための絶好の機会にちがいない。

もし承芳が京にいる最中に氏輝が死に、葬儀に急いで駆けつけたとしても、その頃にはまちがいなく恵探が家中からお屋形さまと呼ばれているであろう。

どんな形であろうと、と承芳は思った。いったん当主の座についた者を引きずり下ろすのは、たやすくない。

——小鹿新五郎どのの例もある……。

五十九年前の文明八年(一四七六)二月、承芳の祖父で今川家第八代当主の義忠が遠江で討ち死にを遂げたとき、龍王丸と呼ばれていた嫡男の氏親は、まだ四歳に過ぎなかった。第六代当主だった範政の孫の小鹿新五郎範満を当主に望む重臣が何人もあらわれ、それが家督争いにつながったのである。

家中で何度か合戦に及んだのち、龍王丸の叔父で室町幕府の申次衆をしていた伊勢新九郎が京から駿府に下向し、仲裁に入った。それにより、範満が龍王丸の後見として今川家を取り仕切ることになった。

範満が後見するのは龍王丸の元服までで、そののちは家督を龍王丸に渡すという決定がなされたのである。

だが範満は、龍王丸が十五になって元服し、氏親と名乗ったのちも家督を返そうとせず、今川家当主としての振る舞いを続けた。

その範満を武力で討ち、氏親を今川家の第九代当主に据えたのが、京から再び駿府に下向した伊勢新九郎である。

今の今川家の者たちは、新九郎に感謝してもしきれないほどの恩があるのだ。

「もちろん、拙僧は恵探どのに――」

承芳を見て雪斎がいった。

「家督の座を望まぬよう、説得につとめる所存。なんといっても、血筋としては承芳どののほうが遥かに上。今川家の当主として、よりふさわしい」

承芳の母の寿桂尼は氏親の正室である。寿桂尼の父は権大納言中御門宣胤で、承芳は公家の血を引いているのだ。

――ゆえに、俺が京になじむのも当然であろう……。

承芳の祖父に当たる宣胤は、十年前の大永五年（一五二五）に八十四という稀な長寿を全うし、この世を去った。その年に雪斎とともに京に出てきた承芳は、死の直前の宣胤と会った。

宣胤は出家して乗光という法名を名乗っており、病床にあったのだが、実の娘が腹を痛めて産んだ孫と初めて面会できて、ことのほか喜んだ。

――祖父上さまのあの笑顔は、今も忘れられぬ……。

宣胤の命日は五日前の十一月十七日で、その日、承芳は雪斎と一緒に香典を持ち、中御門家に赴いた。

年忌ではないために、法要というほど大がかりなものは行われなかったものの、近衛家の菩提寺の大徳寺から数人の僧侶が呼ばれていた。

読経の声が屋敷内に朗々と響く中、承芳たちは線香を上げてきたのだ。同じ日に承芳と雪斎は、中御門家の現当主宣綱に挨拶した。

宣綱の父で寿桂尼の兄の宣秀は、四年前にこの世を去っていた。承芳たちは、宣綱に香典を持っていった。

宣綱は、叔母の寿桂尼からも手厚い香典が届いたといっていた。自分も礼状は書くが、もし駿河に戻ったら叔母上に礼を伝えてほしいと、宣綱が頼んできた。むろん、承芳と雪斎は快諾した。

こほんと咳払いしてから承芳は、お師匠、と呼びかけた。

「好漢として知られる恵探どのはともかく、福島越前どのの説得は、まず無理であろう。福島越前どのは、今の戦国の世に血筋などなんの意味も持たぬ、と考えておるはずだ」

吐き出すように承芳がいうと、その通りでござろう、と雪斎がうなずいた。

「拙僧も同じ見方でござる。しかし、一応は説得してみなければならぬ。承芳どのがいう通り、家中で血を流さずに済むのなら、それが一番。だが、恵探どのと福島越前どのがどうしても譲らぬというのであれば……」

またしても雪斎の瞳がきらりと光った。

「伊勢新九郎どのがしたのと同じく、武力に訴えるか……」

「さようにござる」

雪斎が突き刺すような目を承芳に向けてきた。

「要は、承芳どのの気持ち一つでござろう。心の底から今川家の当主を望むかどうか、それに尽きる」

その雪斎の言葉を受けて承芳は、果たしてどうだろうか、と思案した。家中での合戦に及び、おびただしい血を流してまで、今川家の家督を継ぎたい、という気持ちがあるものなのか。

——強い気持ちか……。それこそがこの俺に最も欠けているものではないか。

唇を嚙み締めて承芳は思った。

——おのれを変えていかねば、今川家の当主にはなれぬ……。

「それでお師匠、いつ京を発つのだ」

話題を変えるように、承芳はたずねた。

「早ければ早いほうがよかろう。だが、出立の支度もいろいろござろうな」

うむ、と承芳は相槌を打った。

「少し余裕があると、ありがたい。明日、明後日に出立というのは、さすがに無理であろう。お師匠は易を用い、すでに出立の日取りを決めてあるのではないか」

雪斎は占いにも長じている。その点でも、今川家の軍配師としてふさわしい。

「占ってござる」

顎を引いて雪斎が小さく笑った。雪斎の笑顔を見ると、承芳はいつも心が和む。

「出立は、四日後がよろしいかと存ずる」

今日は、天文四年（一五三五）十一月二十二日である。四日後なら、出立は二十六日になる。琴渓承舜の七回忌は、来月の二十七日だ。京から駿府まで、半月ほどの旅程をみておけば十分である。善得寺で行われる七回忌の法要には、悠々間に合う。

「二十六日か。承知した」

雪斎を見つめて、承芳は深くうなずいた。

「ところでお師匠、京を発つ前に奈良へ行ってきて構わぬか」

「奈良というと、西大寺だな」

「兄上に暇（いとま）を告げに行きたい」

母は異なるが、承芳は一つ上の象耳泉奘と親しい交わりをしている。

「承芳どのが泉奘どのと最後に会ったのは、いつだ」

首をひねって雪斎がきいてきた。

「だいぶ会っておらぬ。三年前、我らが京にやってきたときだろう。その際、俺は西大寺まで兄上に上京の挨拶に行ったが、それが最後だな」

——そうか、兄上とはもう三年も会っておらなんだか……。

月日が流れ去る速さを、承芳は思わざるを得ない。

——兄上は息災にしているだろうか。

健やかに過ごしているにちがいない。泉奘は仏道のしきたりを守り、仏の御心に従う暮らしをしているからだ。そのような者が体を壊すわけがない。

承芳を見て、雪斎が腕組みをする。

「奈良まで十一里ほどか……」

「お師匠、それは、都の一里でいっているのだな」

都の一里は三十六町で、今川家で使われている六十町よりだいぶ短い。そうだ、と雪斎が応じた。

「御家の数え方でいえば、七里というところか。承芳どの、奈良へは泊まりで行くのだな」

「西大寺の近くの宿で、一泊してこようと思うておる」

「わかった。行ってくるがよい」

「かたじけない」

雪斎に向かって承芳は頭を下げた。

「承芳どの、羽を伸ばしても構わぬが、ただし、酒だけは飲まぬように」

雪斎が釘を刺してきた。

「飲まぬ。だがお師匠は、なにゆえ酒を目の敵にするのだ」

「体に毒だからだ。飲み続ければ、体だけでなく頭もおかしくしてしまう。酒というのは、ただの毒水に過ぎぬ」

「毒水か……」

「承芳どの、もう一度いうが、決して口にせぬように。酒を飲めば、人生でのしくじりを犯しかねぬ」

「人生でのしくじり……」

「生死に関わるかもしれぬ」

「ふむ、そうか……」

承芳はまだ若く、人の生き死ににについて、あまり深く考えられなかった。

「それから承芳どの――」

いかめしい顔をした雪斎が、なおも呼びかけてきた。

「なにがあるかわからぬゆえ、警固は常につけるようにするのだ。奈良に着いても、一人で勝手に歩き回ってはならぬぞ」

下知するような口調で、雪斎がいった。承芳に逆らう気はない。

「承知した」

まじめな表情を崩さずに承芳は答えた。

「俺が奈良に行っているあいだ、お師匠はどこにも出かけぬのか」

　いや、と雪斎が首を横に振った。

「出かけようと思っておる。承芳どのと同じく、暇の挨拶をせねばならぬ御仁がいる」

「どちらの御仁だ」

「近衛大証さまだ」

　近衛家は京に五つある摂関家のうちの一つで、大証というのは前当主の尚通のことである。六十四歳の尚通はすでに隠居しており、大証という出家名を使っているのだ。

　雪斎は大証だけでなく、近衛家の現当主で左大臣をつとめている稙家と親しくしている。稙家の名乗りは、十代将軍義稙の偏諱を受けたものだ。

　そういえば、と承芳は思い出した。

　――近衛左大臣さまの妹御が十二代将軍義晴公の御正室となったのは、去年の六月であったな……。

　近衛家は将軍に正室を送り込めるだけの家柄を誇っており、幕府の意向を左右できるほどの力を持っていると、承芳は聞いている。

「お師匠、俺は近衛家に挨拶に行かずともよいのか」

　摂関家の筆頭といってよい家柄であり、連歌の会が開かれるたびに承芳も近衛家には足を運んでいる。そのたびに、尚通と稙家に挨拶してきた。

「こたびは、行かずともよかろう。すべて拙僧に任せておいてくれ」

余裕のある顔つきで雪斎が請け合った。

「わかった」

どうやらお師匠にはなにか考えがあるようだな、と承芳は察した。

――どんな考えかわからぬが、お師匠に任せておけば、まちがいはあるまい。

承芳は雪斎に全幅の信頼を寄せている。これまで雪斎の判断に、過ちなどあった例は一度もないのだ。

二

夜明けまで、二刻はあるのではないか。

刻限は、寅一つ時を過ぎたあたりであろう。

いつものように袈裟を着て自室を出た承芳は、強い冷えがじんわりと居座っている廊下に、火がついた灯し皿がいくつか置いてあるのを目にした。

――ありがたし……。

廊下は真っ暗で、灯し皿があるのとないのとでは、だいぶちがう。今日の供をつと

める誰かが、承芳のために置いてくれたのだろう。玄関の式台の端にも灯し皿がのってい

感謝の思いを抱きつつ廊下を進んだ承芳は、玄関の式台の端にも灯し皿がのっているのを見た。

式台に腰を下ろし、その明かりを頼りに草鞋を履いた。すっくと立ち、玄関を出る。

承芳が庭に出るのを待っていたかのように、寒風が音を立てて吹き寄せてきた。袈裟の下にかなり厚着をしているとはいえ、ぶるりと身震いが出た。

さすがに京の寒さは、と承芳は襟元をかき合わせて思った。駿河とはだいぶ異なる。体が芯から凍える感じがするのだ。底冷えとは、まさにこういうことをいうのだろう。

今回の京の滞在はすでに三年に及んでいるが、この寒さには、いつまでたっても馴染まない。

——やはり俺は駿河人なのだな。

駿河は真冬でも陽光がまぶしく、昼間になれば大気は暖かい。そんな温暖な地の暮らしに慣れきった体は容易には変われない。

霊雲院の庭は闇に包まれているが、供の者たちが手にした五つばかりの松明が赤々と燃え、門内を淡く照らしている。

開け放たれている霊雲院の門に向かって、承芳は足を進ませた。

——お師匠はおらぬのか……。

「承芳どの、気をつけて行くのだ」

背後から声がした。足を止め、振り返ってみると、玄関から出てきた雪斎が足早に近づいてきた。

——やはり見送ってくれるのだな。

向き直って承芳は、雪斎をじっと見た。松明で、雪斎の顔が赤く染まっている。

「お師匠、かたじけない。気をつけて行ってまいる」

「必ず無事に戻ってくるのだぞ」

少し大袈裟な物言いではないかと思ったが、心から俺を案じてくれているのだ、と承芳は悟り、微笑んだ。

「よくわかっておる。明日の夕刻には、必ず帰ってくる」

「待っておる」

深いうなずきを見せて雪斎が眼差しを転じ、供の者たちを見やる。

「そなたら、承芳どのをしっかりとお守りするのだぞ」

抑えてはいるものの、重々しい声で雪斎が命じた。

「承知しております」

きびきびとした声で答えて、庵原将監忠縁（しょうげんただより）が低頭した。

八人いる供のうち三人が武士で、残りは足軽と雑兵である。武士の中で最も年かさなのが忠縁である。あとの二人は、忠縁の弟の彦次郎忠良と右近忠春だ。

この三人の上には長男で庵原家の当主である美作守之政がいて、今は駿河で氏輝に仕えている。今川家への忠誠心が特に強い男だけに、さぞかし気を揉んでいるのではあるまいか。

庵原四兄弟の父親が左衛門尉忠職で、雪斎の兄である。忠職はすでに隠居の身だ。雪斎は、この四兄弟の叔父に当たる。足軽と雑兵は庵原家に仕える者たちである。

「では、まいるぞ」

まわりの塔頭で暮らす人たちに迷惑にならないよう、承芳は控えめな声を上げた。いくら寺の朝が早いとはいえ、まだ眠っている者のほうが多いはずだ。

「はっ、まいりましょう」

承芳を見て、将監が小さく顎を引いた。歩き出した承芳たちは山門を出、霊雲院をあとにした。妙心寺の広大な境内を走る道を、南に向かう。

南総門を抜けて、妙心寺の境内の外に出た。目の前の道を東へ十町ほど行き、右に折れる。

その大通りは西大路というが、御前通とも呼ばれている。さすがに大路だけのことはあり、十三間ほどの幅がある。

西大路は、南は東寺のある九条まで、京の町を突っ切っている。漆黒の闇に包まれて人けが絶えている西大路を、承芳たちは南下しはじめた。

――やはり京は荒れておる……。

西大路沿いの暗い町並みを、じっと眺めて承芳は改めて思った。

十一年もの長きにわたって続き、京を焼け野原にした応仁の大乱が終息して六十年ほどたつが、京の町はいまだに再興が成ったとはいえない。

――俺が暮らしている妙心寺の境内は、まさに別の世といえるのではないか。外の喧噪などまるで届かず、静謐さに満ちている。そこではなんの憂いもなく、禅の修行に没頭できる。俺は守られておるのだ、と承芳は強く思った。

もちろん、今の京の都には、駿府とは比べものにならないほど、多くの家が建ち並んでいる。

だが、応仁の大乱の前は、家並みだけでなく、もっとたくさんの寺や神社があったはずなのだ。

長い歴史を刻んできた寺社仏閣が、城塞のような造りを嫌われて火を放たれ、ほとんどが灰燼に帰したとの話を承芳は聞いている。

なんともったいないことを、と思わざるを得ない。それで失われた寺宝や神宝は、いったいどれほどになるのだろう。一度失われた物は、二度と元に戻らないのだ。

今は足利義晴の時代だが、相変わらず京の町はきな臭いままである。管領の細川晴元と本願寺が戦って本願寺側が大敗したり、すぐに和議が成ったりしている上に、法華門徒や延暦寺などの勢力も加わり、また大きな戦が新たにはじまるのではないかという噂が立っているのだ。

それにおびえて、家財をまとめて京を逃げ出す者も続出している。

考えてみれば、公家も戦乱が続く京では食べていけず、大名に寄食している者が少なくない。

今川家にもその手の公家が数多くいる。

——戦など、決してするものではない。やはり平和が一番だ。戦などしたところで、誰一人として幸せになれぬ……。

誰かがこの戦乱の世を平らげ、と承芳は思った。人々が安心して暮らせる世の中にしなければならない。

——この乱世を鎮めるのが、足利家に連なる今川家の役目なのだろうか……。

ただし、今の今川家は、駿河と遠江の二カ国を領しているに過ぎない。それでも大大名といってよいのだろうが、もっと領国を広げ、力をつけない限り、天下を治めるなど、とても望めないだろう。

——領地を広げるには、戦をしなければならぬ。

天下を静謐にするために、他国に戦を仕掛けていかなければならないのだ。それでまた多くの血が流れる。

矛盾だな、と承芳は思った。

——今川家の当主となるのには、その矛盾をものともせぬ強い気持ちが要るのか。それをお師匠は、俺にいいたかったのだろうか。

そうかもしれぬ、と承芳は思った。

——生きていくには、いろいろと学ばねばならぬ……。

あまり会話もせずに、承芳たちは一刻ほどひたすら歩いた。九条通に突き当たった頃には、夜明けを迎えようとしていた。

——十一月二十三日も無事に明けたか。

太陽が顔をのぞかせ、あたりは少し明るくなってきていた。今は、卯一つ時という頃おいであろう。

九条通ならば、東側に東寺の五重塔が望めるはずだが、戦乱で焼け落ちたままなのか、その姿は見えなかった。

それから三十町近く行ったところで、承芳たちは千本通に入った。

だいぶ明るくなり、供の者たちが松明を消した。わずかだが、寒さも緩んできた。

どこからか、鐘の音が聞こえてくる。雅な音色だ、と承芳は空を見上げて思った。

——京は、鐘の音にも艶があるな。駿府とはどこかちがう……。

帰りたくない、という言葉が頭に浮かんだ。ずっとこのまま京にいられたら、どんなにいいだろう。

煩わしさなど、ほとんどないのだ。妙心寺に滞在していれば、ずっと落ち着いた気分でいられる。

——駿河に戻れば、必ずや難事に巻き込まれよう……。

それは疑いようがない。

——俺は兄上がうらやましくてならぬ。

承芳の脳裏にあるのは、すぐ上の兄の象耳泉奘である。今川家について一切、関心がなく、仏の道を究めるために修行に明け暮れている。

——俺も仏道に生きるべきなのか。

だが、やはり武将として力を試してみたいという気持ちも抑えきれない。

——迷っておる……。

とにかく、と承芳は顔を上げて思った。運命に任せるしかないのではないか。

——きっとそれが、俺の進むべき道なのだろう。すべては天が定めているはずだ。

気づくと、いつしか鐘の音が聞こえなくなっていた。

その後、鴨川を渡し船で越え、承芳たちは奈良街道と呼ばれる道に出た。

奈良街道をまっすぐ南へと進んでいく。

——このあたりは伏見だな……。

面を上げて、承芳は東側を見やった。伏見稲荷の杜が見えるかと思ったが、視界に入ってこなかった。

伏見稲荷には、承芳もこれまでに何度か参拝した。今回の奈良行きでは、さすがに寄れそうにない。あまりに時がなさすぎるのだ。

伏見は伏水とも書き、水が至るところに湧いている。よい水がいくらでも手に入るために、このあたりでは酒造りが盛んに行われていると聞く。鎌倉に幕府があった頃に、すでに伏見では酒屋という商売がはじまっていたというから、承芳は驚くしかない。

承芳たちが歩く奈良街道沿いにも、酒と染められた幟がはためく茶屋がいくつもある。

——いずれも、銘酒として知られている酒だな。さぞうまかろう……。

承芳自身、酒は嫌いではない。だが、もともと大して飲めはしない。雪斎との約束を破るつもりは毛頭なかった。

——お師匠が許しをくれれば、いつかは飲めるだろう。

承芳は、それまで待つ気でいる。別に酒を飲まずとも、苦ではない。

歩きつつ承芳は空を見上げた。雲はほとんどなく、冬らしい青空が広がっている。

承芳が名も知らない山の上に、艶やかに輝く太陽が昇っていた。

妙心寺からここまで、二里半は歩いただろう。

——西大寺まで、あと九里はあるな。さすがに遠い……。

伏見からさらに半里ほど行ったとき、庵原将監がはっとしたように後ろを見たのに承芳は気づいた。なにか気にしたような素振りである。

「どうかしたのか、将監」

気にかかり、歩を運びつつ承芳はたずねた。

「いえ、なんということもないのですが……」

承芳に心配をかけたくないのか、将監が言葉を濁した。

「だが将監、そなたは背後が気になっているのであろう」

はっ、と将監がこうべを垂れる。

「どういうわけか、誰かに見られているような気がしたのです」

「見られているだと……」

承芳も振り返った。承芳たちと同じ方向に歩く者の姿が、街道沿いに何人か見えている。ただそれだけに過ぎず、承芳には怪しい者など一人もいないように思えた。

承芳のそばにいる右近と彦次郎も、足を動かしながら背後を見つめている。

「そなたらは、なにか感じるか」

足を止めずに承芳は二人に問うた。承芳を見て、右近が口を開く。

「それがしも、誰かに見られているような気がしております」

「それがしもです」

彦次郎も、承芳にうなずいてみせた。

「ほう、三人が三人ともか。それは、気になるな……」

承芳は、また後ろを振り返った。だが、こちらを見ている者がいるようには思えない。

——だが、遣い手の三兄弟が揃って同じ思いを抱いているのだ。勘ちがいなどではあるまい。

いったい誰が見ているのだろうか、と承芳は考えた。

——野盗のような者か……。

「もし野盗の類に目をつけられたとしたら、ちと厄介な気がいたします……」

その将監の言葉を聞いて承芳は、ふふ、と笑った。なにがおかしいのだろう、という顔で将監が承芳を見る。

将監、と承芳は呼びかけた。

「もし野盗が我らに目をつけたとしても、そなたは厄介などと、毛ほども思っておらぬのではないか。そなたらの腕があれば、恐れるものなどあるまい」

「いえ、そうでもないのですが……」

実際のところ、将監は剣を遣わせたら右に出る者はいない。弟の右近と彦次郎も、素晴らしい遣い手である。

彦次郎は剣よりも槍のほうが得手であるが、今日は持ってきていない。

「そなたらは、いつから眼差しを感じておったのだ」

足を動かしつつ、承芳はたずねた。

「気づいたのは、桂川と鴨川が合したあたりでしょうか」

三人を代表して将監が答えた。

「では、伏見のあたりか。夜が明けてきた頃だな」

「さようです。もしかすると、それがしが気づかなかっただけで、その前からつけられていたのかもしれませぬ」

「今も眼差しを感じるのか」

「それが感じませぬ。先ほど、ぱたりと消えました」

その将監の言葉に、右近と彦次郎も同意してみせた。

「野盗どもも将監たちの腕のすごさを感じ取り、気を変えたのではないか」

「それならよいのですが……」

釈然としない顔で将監がいう。眼差しが消えたのなら、もはや気にせずともよかろう、と承芳は思った。

さらに歩き続けていくと、大河が目に入ってきた。木津川である。

「承芳さま、木津川で船に乗りましょう」

将監にいわれて、承芳は目を輝かせた。

「そうか、船に乗るのか」

三年前に奈良へ行ったときも、木津川では船を使ったのだ。それを今、承芳はようやく思い出した。

「船で木津川を行くのか。楽しみだな」

「まことに」

承芳を見て、将監も微笑した。承芳自身、街道を行くのを決して厭わないが、船で奈良へ向かえるのなら、それに越したことはない。船だけでなく、馬や輿など乗物はなんでも好きなのだ。

久御山近くの上津屋という地で、乗船した。船は三十人も乗れば一杯になる大きさだったが、承芳たち九人が乗り込むと、席はほぼ埋まった。

この船に乗るために、卯一つ時に霊雲院を出たのだったと承芳は改めて思い起こした。三年前も同じようにしたのを、すっかり忘れていた。

――俺は物覚えがよくないな。もし仮に機会に恵まれたとしても、このようなざまでは今川家の家督など継げぬのではないか。家臣を不幸にするだけのような気がする。やはり僧侶として、人生を全うするほうがよいのかもしれない。

――いや、すべて運命に任せればよい。それが最もよい手立てだ。

先ほどと同じ結論を、承芳は再び下した。

承芳たちが乗り込んで四半刻ほどで、船頭のかけ声が響き渡り、船が動きはじめた。

木津川を奈良のほうへ向かう場合、船は上流を目指す。

船縁（ふなべり）に結ばれた四本の綱が、二本ずつ両岸に向かって伸びている。左右の岸に屈強そうな男が計十人おり、船から伸びた綱を肩にかけて川縁を歩いている。

十人の男の働きのおかげで、船は上流に向かって力強く進んでいく。

――さぞ、きつかろう……。

船底に座り込んで、承芳は十人の男を見やった。

――俺には到底つとまる仕事ではない。ああいう者たちがおるからこそ、俺たちは楽をして生きていけるのだ……。

感謝の気持ちを忘れぬのが、上に立つ者として大事なのではないかという気がした。

強い寒風でさざ波が立つ流れを、船はゆったりと上っていく。歩くよりも遅いかもしれないが、なにもせずに座っていられるのは、やはりありがたい。

途中、船に乗ったまま承芳たちは握り飯を食べた。これは、将監が妙心寺から持ってきたものだ。

川風は相変わらず冷たいが、船の上で食する塩の利いた握り飯は、ことのほかおいしかった。

船の艫(とも)から流れに向かって、放尿するのも気持ちよかった。

途中、曳(ひ)き手たちは何度か交代した。同じ曳き手が船を曳き続けるのは、せいぜい一刻ほどでしかなかった。

乗船して四刻ほど過ぎたのち、船は川ノ尻というところで停まった。

そこは、木津川が左に大きく曲がっている場所だった。ここで船を下りないと、伊賀国に行ってしまうのだ。

木津川上りの船に乗ったのは夜が明けて一刻ほどのちだったのに、川ノ尻で下りたときには日はすでに傾いていた。

長く船に乗り、ずっと座したままだっただけに、腰がしびれたようになっている。足の関節もひどく痛み、下船した承芳は膝を曲げたり、伸ばしたりした。

将監たちも承芳と同じ仕草を繰り返していた。しゃんとして両肩を張った将監が承芳に告げる。

「西大寺へは、ここから一里半ほどです」

「ならば、一刻もかからぬな」

「はっ、おっしゃる通りです」

承芳をじっと見て、将監が点頭する。

「では、まいろう」

すぐさま承芳は歩き出したが、歩みがなんとなくおぼつかない。長く船に乗っていたせいで、足が宙を踏んでいるかのようなのだ。船の揺れが、足に残っているのであろう。

将監たちも同じらしく、歩き方がどこかぎこちない。

それでも、歩いているうちに、足のおぼつかなさは少しずつ消えていった。

三

休憩を挟まずに歩き続け、承芳たちは西大寺の門前に着いた。

じき夕暮れを迎える刻限のはずだが、あたりはまだ十分に明るい。西大寺の東門も開かれていた。

境内を囲んでいる築地塀（ついじべい）が崩れたり、隙間から草が生えたりしているのを、承芳は目の当たりにした。

――三年前とさして変わっておらぬ……。

この寺も京の寺社と同様、戦乱にさらされ、大きな火災に見舞われているのである。二十三年前に起きた大火事では、広大な境内にあるほとんどの建物が焼け落ちたという。今もその多くが再建されておらず、焼け焦げてむき出しになった柱や梁などが、野ざらしになっていた。

焼けることなく無事に残った建物も屋根から草が生えたり、瓦がずり落ちていたり、庇が斜めに傾いたりしている。

とにかく、寺全体がひどく傷んでおり、どの建物もすぐに修復を行わなければ、崩れてしまうのではないかと思わせる。

それは寺の者もわかっているはずだが、修復をしないのは、おそらく先立つ物がないためだろう。したくてもできないのだ。

――俺が富裕であれば、いくらでも金を出してやるのに……。兄上が修行している寺だから、なおさらだ。

泉奘が修行しているために、今川家から西大寺側には相応の金が渡っているはずだが、建物の修復にまでは手が回らないのだろう。

東大寺や興福寺などとともに南都七大寺の一つである西大寺も、このありさまなのだ。

——それでも、寺宝が無事だったのがなによりだが……。

軍勢が攻め込んできたり、火事が起きたりしたら、寺の者は真っ先に寺宝を持ち出す手はずになっているらしい。そのおかげで、西大寺でも寺宝のほとんどが今も残っているとの話を、承芳は泉奘から聞いている。

「承芳さま、さあ、まいりましょう」

将監が承芳をいざなう。うむ、と承芳は答えた。

泉奘は、西大寺内の三光院という塔頭で修行に励んでいる。承芳たちは西大寺の東門をくぐり、境内に入った。

三光院の場所はわかっている。三光院は二十三年前の火事を免れ、建物は残っているのである。

承芳は三光院の門前の掃き掃除をしていた寺男に名乗り、泉奘に会いたい旨を告げた。

あわてた様子で挨拶を返した寺男が、門の中に姿を消した。

寺男はすぐに戻ってきた。承芳たちに、お入りください、と丁寧にいった。

三光院の門をくぐる前に、承芳は右近を見やった。

「右近、そなたは、ほかの者とともにここで待っておれ。将監、彦次郎、まいるぞ」

九人全員で、ぞろぞろ三光院の境内に入るわけにはいかないのだ。右近と足軽、雑兵を門前に残して、承芳は三光院の境内に足を踏み入れた。

敷石を踏んで玄関に入ると、すすぎのたらいが用意されていた。

——気が利くな。

「かたじけない」

寺男に礼を述べて承芳は式台に腰かけ、草鞋を脱いだ。将監が、たらいの水で承芳の足を洗ってくれた。

将監が手ぬぐいを取り出し、承芳の足を拭く。次いで将監と彦次郎も足を洗った。失礼する、と断って承芳は武台に足をのせた。先導する寺男に客間とおぼしき間に案内され、そこに座した。客間は板敷きで、十畳ほどの広さがあった。

夕闇が迫り、寺の中は暗くなってきつつあった。客間には火のついた二つの灯し皿が置かれ、わずかに揺らぐ炎が、壁や天井を淡く照らしている。

床は冷えきっており、承芳は震え出すような寒さを覚えた。京も寒いが、奈良も相当なものである。

将監と彦次郎が、承芳の背後に控える。

待つほどもなく泉奘が姿を見せた。満面に笑みをたたえながら、承芳の前に端座する。

「承芳、よく来た」

いかにもうれしそうに泉奘がいった。

「兄上、急にお伺いし、まことに申し訳なく存ずる」

「いや、そなたの顔を見られて、拙僧はうれしくてならぬぞ」

灯し皿の火に照らされた泉奘の顔色はよく、特に頬がつややかな光を帯びていた。声にも覇気が感じられる。丸めた頭も、つやつやと輝いていた。喜びを隠しきれずにいる泉奘の笑顔を見て、承芳は込み上げてくるものがあった。

――やはり兄弟とは、よいものだな。

承芳は涙が出そうになった。

――もし五郎さまが亡くなり、家督争いになったら、果たして俺は恵探どのを殺せるのだろうか……。

無理ではないか。できれば、追放くらいにとどめておくほうがよいのではないか。だが、それものちに禍根を残しそうだ。

もし戦いになったら、やはり容赦なく息の根を止めるしか、道はないのだろう。それが武門の掟(おきて)である。下手に情けをかければ、こちらが身を滅ぼすもとになる。

「どうした、承芳」

急に黙り込んだ承芳を気にしたか、泉奘が声をかけてきた。

いえ、と答えて承芳は顔を上げた。

「兄上、お久しゅうござる」

泉奘をじっと見て、承芳は改めて頭を下げた。承芳の後ろに控えている将監と彦次郎が、両手を床についたのが知れた。

「いや、承芳、そのような真似をせずともよいぞ」

面を上げるように泉奘がいった。その言葉に承芳は従った。

「承芳、元気そうでなによりだ」

「おかげさまで……。兄上も健やかそうで、それがし、うれしく存じます」

「健やかか。うむ、これも御仏のお導きであろう……」

こほん、と軽く咳払いをし、真剣な面持ちになった泉奘が承芳にきいてきた。

「それで承芳、どうしたのだ。もしやなにかあったのか」

「それがしは、お師匠とともに駿河に戻る仕儀になりました……」

「そうなのか」

泉奘が残念そうな顔になる。

「では承芳と雪斎どのは、妙心寺での修行を切り上げるのか」

さようです、と承芳はいった。

「もしや国元でなにかあったのか」

眉を曇らせて泉奘がきいてきた。承芳は泉奘に、武田信虎が攻めてくる気配を見せているらしいと伝えた。

「またしても武田家が……」

ため息をつき、泉奘がうんざりしたような顔になる。

「武田は、この六月にも攻め込んできたというではないか……。それにもかかわらず、また攻めてくるというのか」

「そのようです」

「それゆえ、そなたが雪斎どのとともに帰国せざるを得なくなったのか」

「武田だけではありませぬ。どうやら、五郎さまの具合がよくないようなのです」

「なんと――」

高い声を上げ、泉奘が目をみはる。

「ならば、五郎さまは心細くなっておられるのかもしれぬな……」

「それゆえ、我がお師匠を国に呼ばれたのではないかと……」

「きっとそうであろう」

泉奘が納得したような顔になる。軽く息をつき、首を横に振る。

「もともと五郎さまは、体がお強いわけではない。具合が悪いとは、もしやお命に関わるようなことなのか」

案じ顔で泉奘がきいてきた。

「そうなのかもしれませぬ……」

むう、と泉奘がうなり声を発する。すぐにつぶやくように口にした。

「ならば、五郎さまの見舞いのために、拙僧も戻らなければならぬか……」

「御家から使いは来ましたか」

「来ておらぬ」

――ならば、五郎さまの葬儀で、兄上は帰ることになるかもしれぬ……。

さすがにそれを、承芳は口に出していえなかった。

承芳、と泉奘が呼びかけてくる。

「駿河に戻れば、そなたは家督争いに巻き込まれるかもしれぬ」

いきなり泉奘にずばりといわれ、承芳は驚くしかなかった。

――兄上はわかっておられたか。

それも当たり前であろう、と承芳は思った。泉奘は聡い男なのだ。

「承芳もよく知っているように、拙僧は今川家の家督になんら関心がない。これは嘘偽りない気持ちだ」

真実だ、と承芳は泉奘を見つめて思った。こうして会ったときに泉奘が熱く話をするのは、常に仏についてだけなのだ。泉奘は仏道に励み、悟りを開くことしか頭にない。

　実際のところ、承芳はそんな泉奘の話を聞くのが、好きでならなかった。人として、混じりけのない者を目の当たりにしている気がするからだ。泉奘と話していると、まるで仏そのものが目の前にいるかのように、爽快な気分になれるのである。

「もし五郎さまが儚くなられたら、そなたは恵探どのと家督の座を巡って争うであろうな」

　案じるような眼差しを泉奘が投げてきた。

「おっしゃる通りです」

　ごまかすことなく承芳は答えた。

「おびただしい血を見ようとも、恵探どのは決して家督を譲らぬだろう。なにしろ背後には、福島越前どのがおる」

　唇を嚙んで泉奘がいった。

「承芳、もし恵探どのと相争うような仕儀に至ったとき、そなたには徹底してやる覚悟はあるのか」

　斬りつけるような問いを、泉奘がぶつけてきた。

「まだ迷っております」

承芳は正直な気持ちを吐露した。

「そうであろうな」

合点がいった顔つきで泉奘がうなずいた。

「そなたは気持ちが優しいゆえ、徹底してやるなど、なかなかできはせぬ」

――その優しさこそ邪魔なのだ……。

承芳は心中で顔をゆがめた。

「今この国で上に立つ者は、いったいなにをなすべきか」

不意に泉奘がそんな言葉を口にした。

「承芳、そなたはどう思う」

唐突にきかれ、承芳は戸惑った。だが、すぐに言葉が口を衝いて出た。

「それがしは文徳、文教をもってこの国を豊かなものにしたいと考えています。朝廷を護持し、昔の京がそうだったように雅な文化を育てたい。仏教の隆盛を図り、多くの寺院を守り立てていきたい。兄上のように仏の御心に従う世をつくれば、誰もがなんの不安もなく、伸びやかに暮らせましょう」

――そうか、俺はこのような考えを心に秘めていたのか……。

それが承芳には驚きだった。これはきっと、泉奘と相対したからこそ、出てきた言葉であろう。泉奘には、人の心のうちを引き出す力があるのだ。

「承芳、残念ながらそれはちがう」

静かな口調でいって泉奘がかぶりを振った。

「えっ」

その言葉は、承芳には意外でしかなかった。

「仏道に心から従う者であろうと、なんら気にかけることなく戦を起こしておる。当たり前の如く人を殺しておる。仏道を興隆させたところで、戦はこの世から決してなくならぬのだ。むしろ、増えるやもしれぬ。平和な世のためには、仏門とはむしろ邪魔かもしれぬ。心の平穏を求めるために修行をする者には、これにまさるものはなかろうが……」

正直、泉奘の口から出ている言葉とは、承芳には思えない。

「では、どうすればよいのでしょう」

ごくりと息をのんで承芳はたずねた。

「人から欲を消す。さすれば、戦はこの世からなくなろう」

欲をなくせばよいのか、と承芳は思った。

「兄上、それにはどうすればよいのでしょう」

「人々に仁心を行き渡らせなりればならぬ」

仁心とは、情けの心である。人を思いやる気持ちといってもよい。

「人に施す、人に親切にする。その心持ちが最も大事ではないか。人に施したり、親切にしたりする際、その者に欲はなかろう。かわいそうだとか、哀れだとか、とにかく情けの気持ちだけがあるものだ」

確かにその通りだろう、と承芳は思った。

「宗門の教えを知ったから、そういう気持ちになるわけではない。その手の気持ちは人が本来、持っているはずの性分だ。それを伸ばせられれば、平和な世が必ず来る」

なるほど、と承芳はうなずいた。

「仁心を行き渡らせれば平和な世が訪れるのはわかりましたが、兄上、それにはどうすればよいのでしょう」

「今の世で失われてしまった仁心や慈悲の心を、改めて人々に植えつけるしかない。そのためには、まず殺生を禁ずるのが最も肝心であろう」

「殺生を禁ずる……」

承芳は呆然とするしかなかった。今の世は、武力で満ち満ちている。武力は人を殺すためにある。

「承芳、殺生を禁ずるには、まず武力をなくさねばならぬ」

「しかし武力をなくすために口でいって聞かせたところで、なんの意味もありませぬ。武力をなくすためには、武力が要ります」

その通りだ、と泉奘がいった。

「武力をなくすのには武力が要る。武力で平らげるしか、平和な世は訪れぬのだ。ゆえに、天下を治めんという志を持つ者には、おびただしい血を流してもそれをやり遂げるだけの覚悟がなければならぬ。赤く血塗られた大地の向こうに、新たな世が必ず望めるはずだ」

泉奘をまじまじと見て、承芳は唾を飲んだ。まさか泉奘から、こんな言葉を聞かされるとは思っていなかった。

「よいか、承芳。ほかに道はない」

深く息を入れて泉奘が断言した。

「平和の世を招き寄せるには、立ちはだかる相手を武力で倒し続けなければならぬ。いくら血を流そうと、決して揺るがぬ心の持ち主でなければならぬ」

泉奘の気迫に、承芳は圧倒される思いだ。それに気づいたかのように、泉奘が体から力を抜いた。承芳はようやく息をつけた。

「それは、拙僧にはどだい無理な話であった」

下を向き、泉奘がぽつりと口にした。

「ゆえに拙僧は、さっさと今川家を脱し、京に来たのだ」

そうだったのか、と承芳は思った。

「兄上は、この世を平和にするには武力が要ると、最初からわかっていらしたのか」

「わかっていた。ゆえに仏門に入った。そのほうが、ずっと楽な道だったからだ」

――そのような仕儀だったとは……。

承芳は驚愕するしかなかった。

「だが承芳なら、必ず平和な世をうつつのものにできよう」

確信の籠もった声で泉奘が告げた。

「まことですか」

いくら敬愛する泉奘の言葉だといっても、承芳は半信半疑にならざるを得ない。

「承芳ならできる」

承芳を見つめて泉奘が断じた。

「今の世には、民のために徳をもって政（まつりごと）を行おうとする者など、どこにもおらぬ。その中で承芳は、ただ一人、高徳な志を胸に抱いておる。そのような者を、天が選ばぬはずがない」

天が俺を選ぶというのか、と承芳は思った。

――ならば、もし天の意志に背いたら、どうなるのか……。

天に殺されるのだろうか。

「承芳、覚悟を決めよ」

朗々たる声で泉奘が命じてきた。

「覚悟ですか」

「先ほど承芳の口から出た言葉は、天意を映じたものであろう」

間を置くことなく泉奘が続ける。

「承芳の言葉を聞き、拙僧は腑に落ちた気分だ。天が平和な世をつくるよう、そなたに命じておるのではないかとな。承芳、どれほどの困難が立ちはだかろうとも、ものともせず突き進んでいくのだ」

真剣な光をたたえた目を、泉奘が承芳に据えてくる。

「どうだ、覚悟は定まったか」

急には無理だ、と承芳は正直、思った。

「まだ迷うておるのか」

迷っている、と承芳は思った。

——それほどの覚悟が、急に定まるはずもない。

いや、と承芳は心の中でかぶりを振った。

——そうではないのかもしれぬ。昨日、俺は西大寺に行こうと心に決めた。そして、西大寺に来て、兄上の言葉を聞いた。

すべては運命ではないか。

――俺は天意に操られているのかもしれぬ。

もしこれが天意であるのなら、と承芳は思った。もう迷わずともよい。

――もし五郎さまが儚くなられるのならば、俺が今川家の家督を握ってみせる。今川家をもっと大きくし、平和な世を必ず到来させてみせようではないか。

心中で承芳は決意を固めた。ぎゅっと拳を握り込む。

――天が平和な世を到来させたいと願っているのなら、俺がそれをうつつのものにするまでだ。

どんな困難が立ちはだかろうとも、と承芳は改めて誓った。

「承芳、覚悟が定まったようだな」

気持ちの変化を読み取ったらしい泉奘にいわれ、承芳は顔を上げた。

「兄上――」

威儀を正して承芳は呼びかけた。

「かたじけなく存じます。兄上のおかげで、目の前の霧が晴れました」

承芳の言葉を、泉奘は意外でもなく受け取ったようだ。

「やはり迷いが消えたのだな。承芳は、天意に沿うためなら、恵探どのを亡き者にしてもよいと考えておるのか」

そんな問いを泉奘が放ってきた。だが、承芳はうろたえなかった。

「もし内乱になれば――」

冷静にいって言葉を切り、承芳は泉奘をじっと見た。

「恵探どのはそれがしを亡き者にしようと、死に物狂いでかかってきましょう。もしそれがしが敗れて死んだとしても、それは天が恵探どのを選んだに過ぎませぬ」

「うむ」

厳しい顔つきで泉奘が相槌を打つ。

「もし恵探どのに敗れて死んだからといって、それがしに悔いはない。天意に沿う世を、恵探どのが必ずうつつにしてくれると信ずるからです」

「よい覚悟だ」

真剣な顔を崩さず、泉奘が承芳を褒める。

「もしそれがしが勝ち、恵探どのが敗れるとしたら……。それは、恵探どのの心持ちが天意に沿うものではなく、私欲がまさったゆえでありましょう」

「私欲を捨てたほうが、勝ちを得ると承芳は思っているのだな」

「天意にかなうためには、私心や私欲を捨て去るのが肝要だと存じます」

「承芳――」

納得したような声音で泉奘が語りかける。

「意地の悪い問いをぶつけて申し訳ないが、承芳と恵探どの、互いにまったく同じ思いを抱いているとしたら、天はどちらを選ぶだろうか」

互いに同じ思いなら、思いがより強いほうが選ばれるのではないか。

――いや、そうではないかもしれぬ。

すぐさま承芳は考え直した。

「人ではないでしょうか」

「人だと。というと」

首をかしげて泉奘がきいてきた。

「戦というものは、できるだけ多くの者を集めたほうが、やはり勝ちを得ましょう。大勢の者が旗の下に集まってくるのも、天意だとそれがしは考えます」

「天意に沿わぬ者には、人が集まらぬか」

「そうだと思います」

うむ、と泉奘が首を縦に動かした。

「人望とは、人々に慕い仰がれることをいう。天意に沿わぬ者に人は集まるまい」

はい、と承芳は顎を引いた。

「承芳、人望を期するためには、仁の心を持ち、賢くあらねばならぬ」

「兄上がおっしゃる者になれるよう、それがしは一所懸命、励みます」

「それがよい。努力を怠らぬ者は、必ず天意を得られるはずだ」

ふう、と泉奘が重たげな息をついた。悲しそうな顔になっている。

「これまでさんざん承芳を煽っておきながらなんだが、やはり兄弟同士、争ってほしくはない。できれば、恵探どのには引いてもらいたいものよ……」

それはあり得ぬ、と承芳は思った。

「やはり無理か」

承芳の表情を見て悟ったらしく、泉奘が無念そうにかぶりを振った。

「兄上――」

意を決して承芳は呼びかけた。

「それがし、これにて失礼いたします」

決然といって、承芳は頭を下げた。泉奘ともっと一緒にいたかったが、いつまでもこうしているわけにはいかない。酉一つ時は、もうとっくに過ぎているだろう。

泉奘も、承芳にずっと付き合ってはいられないはずだ。僧侶として、西大寺での暮らしがあるのだから。

承芳の言葉に驚いたように、泉奘が目を大きく見開いた。

「もう帰るのか。承芳、そなたは今宵どこかに泊まるつもりでおるのであろう」

「この近くで宿を取ろうと思っています」

「宿を取るのか……。いや、そうせずともよい。ここに泊まっていけばよかろう」

目を怒らせるようにして、泉奘が承芳を引き留める。そんな泉奘を見て、承芳は微笑を漏らした。

「供の者が八人もおります。いくらこのお寺が広いといっても、泊まる場所がないのではありませぬか」

むう、と泉奘がうめくような声を上げた。

「そうか、ほかに八人もいるのか……」

つぶやいて泉奘が残念そうにうつむいた。

「全部で九人もいては、無理だな……」

「兄上、また来ます」

泉奘をじっと見て、承芳は明るく告げた。

「承芳、次はいつ来るのだ」

すがるような顔つきで泉奘がきいた。

「そればかりは、わかりませぬ。ただし、これが永の別れではありますまい」

「そうであってほしいが……」

深刻そうに泉奘が考え込む。

「拙僧も、近いうちに駿河に赴くかもしれぬ。その際、そなたに会えるか……」

どこかいいにくそうに泉奘が口にした。

――兄上は、五郎さまの葬儀で戻るかもしれぬといっているのだな……。

「さようですね」

言葉少なに承芳は同意した。

「では兄上、失礼いたします。お目にかかれて、本当によかった」

深くこうべを垂れてから、承芳はすっくと立ち上がった。灯し皿を手にして、泉奘も腰を上げた。

将監が素早く板戸を開け、承芳は廊下に出た。その後ろに泉奘と将監が続き、最後に客間を出た彦次郎が板戸を閉めた。

西大寺の境内は広大だが、三光院自体はさほど広くはなく、廊下はすぐに切れた。

承芳は式台に腰かけ、泉奘がかざしている灯し皿の明かりを頼りに草鞋を履いた。

「兄上、息災にお過ごしください」

式台に座した泉奘に向かって、三和土(たたき)に立った承芳は告げた。将監と彦次郎の二人が深く辞儀する。

「承芳も元気でな……」

「はっ。では失礼いたします」

低頭して承芳は体を返し、三光院の玄関をあとにした。将監と彦次郎がすぐに続く。

背後から高足駄(たかあしだ)の音がした。承芳が見ると、高足駄を履いて泉奘が玄関を出てきた。

その姿を見て、承芳は胸が一杯になった。

——兄上……。

涙がこぼれそうになり、承芳は上を向いた。

あたりはすっかり暗くなっており、おびただしい星が空にちりばめられ、まばゆいほどに輝いていた。冬の空だ、と承芳は思った。

三光院の門の外に出ると、路上にいた右近たちが素早く立って、近づいてきた。

「お帰りですか」

右近が承芳にきいた。うむ、と承芳は返した。

三人の足軽が、手際よく松明に火をつけた。あたりが明るくなったが、星空の瞬きには変わりがない。

「承芳、達者に暮らせ」

承芳を見つめて、泉奘がいった。目がひどく潤んでいる。

「兄上も……」

「承芳、死ぬな」

切なそうな顔を目の当たりにして、承芳は胸が詰まった。

「もし戦に負けて命があれば、ここまで逃げてこい。匿ってやるゆえ」

「わかりました」

泉奘に強い眼差しを注いで、承芳は答えた。

「では兄上、これで失礼いたします」

これまで何度、失礼いたします、と繰り返したかわからない。深々と腰を折った承芳は、泉奘への思いを振り払うように歩き出した。もはや振り返る気はない。山門のそばに泉奘が立ち、身じろぎ一つせず見送っているのが、見ずともわかったからだ。

もし泉奘の姿を目にしたら、駆け戻りたくなる衝動を抑えるのが難しくなってしまう。

全身に力を込めて前を向き、承芳は西大寺の東門に向かって歩き続けた。

第二章

一

物売りの男女がかしましい。馬丁や人足たちも、ががら声でなにやら怪しげな会話をかわしている。

宿場内のあちこちから幾筋もの煙が上がり、魚や貝が焼けるにおいが鼻をつく。うまそうだ、と思いつつ承芳は東海道を行きかう大勢の旅人の中にいた。宿場内を歩いていくと、ふと道が下りになって景色が開け、冬の日射しを弾いて輝く大河が目に飛び込んできた。

大小さまざまな船が、流れに浮かんでいる。実際には動いているのだろうが、あまりに川が広すぎて、上りの船も下りの船も、進んでいる感じがしない。

「木曽川だな……」

承芳がつぶやくと、その声が届いたのか、横を歩く雪斎が穏やかな眼差しを投げてきた。

「正しくは木曽三川というべきだ。最も近くに見える川が揖斐(いび)川、次いで木曽川、最も遠い流れが西ノ森古川だ」

だが承芳には、その三つの川がどこを境目にしているのか、皆目わからなかった。

広い流れの中に、島と見紛うばかりの中州がいくつもあるからだ。中州には、高い土手が築かれているものも少なくない。

――あれらには、いつから人が住んでいるのだろう……。

そういえば、と承芳はすぐに思い出した。三年前、上京する際、それについて雪斎から聞かされていた。

――鎌倉に幕府が置かれていた頃には、もう人が住んでいたのだったな……。

中州は、こぢんまりとした町ならすっぽりおさまるほどの広さを持つものが多く、水田も開かれている。

――いったい、どんな者が暮らしているのだろう。戦乱などで、故郷を追われた者であろうか。

賑やかな宿場の道が途切れ、承芳たちは大河の前に来た。川岸には、何艘もの船が舫(もや)われている。

いずれも六間ほどの長さで、幅は一間もない。舳先は尖っていなかった。

——渡し船を操る船頭は、水面を滑るように速く行くことなど、つゆほども望んでおらぬのだな。ただ、据わりのよい船を求めているようだ……。

転覆しない船こそ、最もよいものだと考えているのだろう。

迷いのない足取りで、将監がそのうちの一艘に近づいていく。舫われている中では、かなり新しい船だ。

——あの船に乗るのか……。

船頭とおぼしき男が艫に座り込み、流れにぼんやりと目を投げていた。

「十一人だが、乗れるか」

将監が声をかけると、船頭が驚いたように将監を見た。へえ、と答えて、あわてて立ち上がり、船を下りてくる。よく日焼けしている顔はしわ深かった。

——腕扱きの船頭のようだな……。

歳のいった船頭を見て、承芳はそんな思いを抱いた。

「十一人ですね。ええ、大丈夫ですよ」

通りのよい声で、船頭が将監に応じた。承芳たちに目を向け、そっと両手を合わせてきた。僧への敬礼であろう。

承芳たちは全員が黒衣を着て金剛杖を持ち、僧侶の一団が旅をしているという態を取っている。

十一月二十六日に妙心寺を出て、今日が四日目である。十一月二十九日の昼過ぎに、伊勢国の桑名まで来たのだ。旅程は、すこぶる順調といってよい。

「すぐに船を出せるのか」

「もちろんですよ」

「代は」

「お坊さん方は、どちらまで行かれますかい」

「津島だ」

「でしたら、一人三十文になりますが、よろしいですかい」

「承知した。十一人だから、三百三十文でよいな」

「ええ、けっこうです」

船頭がにこにこと笑んだ。懐に手を入れた将監が、百文ずつ緡に通してある銭の束を三つ、取り出した。巾着も懐から出し、ばら銭を数えはじめる。

「これでよいか」

足を踏み出した将監が、三百三十文を船頭に差し出す。

「おっ、びた銭じゃありませんね」

金を受け取った船頭が緡を見て、顔を輝かせた。

「すべて永楽銭だ。もしや代を負けてくれるのか」

永楽通宝は、びた銭の四倍の価値があるといわれている。

「もちろん、そのつもりですよ」

弾んだ声で船頭が請け合った。

「では、こちらの三十文はお返しいたしましょう」

三つの緡銭だけ懐に大事そうにしまい込んで、船頭が三十文のばら銭を返してきた。

「ほう、ずいぶん気前がよいな」

将監が驚きの声を上げる。なにしろ、一人分の代を返してきたのだ。

「永楽銭なら、このくらい、当たり前ですよ」

「ありがたし」

うれしそうにいって、将監が三十文を受け取る。それを巾着に戻し、懐にしまった。

将監が持っている金は、今川家からの仕送りである。駿河と遠江という二カ国の領土を持つ今川家はさすがに富裕で、駿府から京へ常に永楽銭が送られてきている。

「さあ、まいりましょう」

将監にいわれて船に乗り込み、承芳は艫のそばに座り込んだ。雪斎たちも近くに座った。

京から駿府までの道行きの供は、雪斎のほかに将監、彦次郎、右近、それに西大寺に承芳と一緒に行った足軽と雑兵が五人である。

その者たちに加え、雪斎の身の回りの世話をしている小僧の承達がいる。承達は雪斎の母の実家である興津家の出で、承芳と同じく僧籍に入っている。歳は承芳より三つ下の十四だ。

まだ動き出そうとしない船から付近の光景を見渡して、承芳は胸がわくわくした。船に乗ると、いつも心が躍るのだ。

「では、出しますよ」

間近で船頭の声がした。首をひねって見やると、船頭が棹を使い、船を動かしはじめたところだった。すぐに船は岸を離れ、流れに、すいと乗った。

そのまま承芳は、艫のほうを眺めていた。船頭が船の上に棹をそっと置き、櫓を手にした。櫓の調子よい音が力強く響きはじめると同時に、まるで見えない誰かが押しているかのように、船の速さが増した。

見る間に桑名宿が遠ざかっていく。すごいものだな、と船頭の腕の素晴らしさに感心するしかなかった。

同時に川風が冷たさを増してきたが、まぶしいほどの陽光が頭上から射し込んでおり、承芳はさして寒さを覚えなかった。

――このあたりまで来れば、京よりだいぶ暖かい……。

不意に前のほうから、いらんかい、食わんかいと野卑な声が聞こえてきた。

なんだと思って顔を向けると、物売りの小舟が何艘も近寄ってきていた。物売りたちと話がついているのか、船頭が船をわざと遅くしたのが知れた。

物売り同士、互いに負けじと声を張り上げているせいで、承芳にはうるさいだけだった。

物売りたちは餅や団子、焼き貝、炙った小魚などを売りに来ていた。

小腹が空いたのか、それとも単におもしろがっただけなのか、雪斎が餅と団子を買った。それで満足したのか、物売りの舟は次の渡し船めがけ、一気に遠ざかっていく。

「承芳どのも食べぬか」

にこやかにいって、雪斎が餅を差し出してきた。

「済まぬ」

餅は食べたいと思っていたのだ。承芳は手に取り、口に運んだ。

塩味がついていたものの、恐ろしいほどに塩辛かった。その上、とんでもなくかたかった。歯がもろくなっている者なら、欠けてしまうのではないか。

「鈴鹿峠で食べた餅はうまかったが……」

茶店で売っていた餅は搗き立てだったのか、やわらかく、ほんのりと甘みがあった。

「承芳どの、食べ物にけちをつけてはならぬ」

いかめしい顔つきの雪斎がいった。

「先ほどの物売りも、最初はうまい物を食べさせたいと思ってつくったが、時がたって味が落ちただけかもしれぬではないか」

「だが、これはあまりに塩辛すぎる」

「たまたま塩が多くつきすぎただけかもしれぬ。拙僧が食べた餅は、さほど塩辛くはなかった」

「そうなのか。ならば、お師匠のいう通りかもしれぬ……」

雪斎を見つめて、承芳はこくりと首を動かした。

「これからは、食べ物にけちをつけはせぬ」

「それでよい」

そのやりとりに感心したのか、船頭が承芳たちを惚れ惚れとした顔で見る。

「ところで、先ほどの物売りは、どこから来たのだ」

ようやく餅を食べ終えて、承芳は雪斎にたずねた。

「あの者たちは、このあたりの中州に住んでおります」

通りのよい声で答えたのは、櫓を握る船頭だった。船頭は承芳に、穏やかな眼差しを注いできている。

「戦続きで今は誰もが苦しい暮らしを強いられていますから、中州に住む者たちにとってああして金が手に入るのは、ありがたくてならないでしょう」

そうなのであろうな、と承芳は思った。

「あの者たちが中州に住みはじめたのは、なにゆえだ」

体の向きを変え、承芳は船頭に問うた。

「戦乱で土地を奪われたり、土地から逃げ出したりして、暮らしはじめた者が多いようですね。中州は土地が肥えている上、誰の持ち物か、はっきりしないもので……」

「ほう、土が肥えているのか。では、米はけっこう取れるのだな」

「ええ、よく取れると聞いています。そこの中州は長島というのですが――」

櫓を動かしつつ船頭が、承芳の左手に見えている大きな中州に顎をしゃくった。

「相当に米が取れると聞いています。そこは伊勢国の領内でございますよ」

「ほう、長島というところは伊勢国なのか」

「ただし、場所が場所ですから、どこの中州であろうと、やはり大水にはよくやられますね。手前などにしてみれば、よく住んでいられるものだと思いますよ」

確かに水害はひどかろう、と承芳は思った。

「そなたは、中州で暮らしているわけではないのだな。桑名か」

「さようです。手前は桑名で生まれ育って、もう五十年になります。お坊さんは、どちらのお方ですか」

船頭にきかれ、駿河だ、と承芳は答えようとしたが、それを遮るように雪斎がいち早く口を開いた。

「津島だ」

「えっ、ああ、津島……」

雪斎の強い口調に、少し面食らったように船頭がいった。

「津島にお寺があるのですか」

「縁(ゆかり)のある寺がある」

「なんというお寺ですかい」

「それはよかろう」

「あっ、はい、わかりました」

鼻白んだように船頭が口を閉じた。

――なにゆえ、お師匠は駿河といわなかったのか。この船頭に、なにか疑いを抱いておるのだろうか……。

そうかもしれぬ、と承芳は思った。泉奘に会いに西大寺に行った際、背後から何者かの眼差しを感じたと将監が妙心寺で話したところ、それ以来、雪斎は明らかに用心深くなったのだ。

なにゆえなのか、今のところ承芳には理由はわからない。

「もしこの世から戦乱がなくなれば、中州から人は去ると思うか」

新たな問いを、承芳は船頭にぶつけた。

「それはないと思います」

気を取り直したらしい船頭が、即座にかぶりを振った。

「今でも中州を出ようと思えば出られるはずですが、決して動こうとしない者ばかりですからね」

「何度も大水にやられようとも、中州に住み続けているのか」

「さようです。住み心地がよいのかどうか、手前にはわかりませんが、同じ中州に住む者同士は、結びつきがやたらに強いのです。ですから、出ていきにくいというのは、あるかもしれませんね」

――百文銭の緡のように、結束が固いということか……。

「同じ中州の中で仲がよい分、他の中州の者たちとは、とんでもなく仲が悪いんです。話にならないほど、ひどいらしいですよ」

苦笑いしつつ船頭がいった。

「話は変わるが、船頭という商売は儲かるものなのか」

「ええ、おかげさまでそこそこ儲かります」

承芳を見て、船頭がにこりとする。

「この木曽の流れを横切る人たちは、戦乱続きだといっても、とても多いですからね」

「そうか、戦乱の世でも、人の行き来は少なくならぬのか……」

となれば、と承芳は思った。

――やはり水運というのは、大きな金になるのだな。

「先ほど払った渡し代だが、すべてがそなたの懐に入るわけではなかろう」

「ええ、よくご存じで」

真剣な顔で船頭がうなずいた。

「桑名には船会所があるんですが、そこにお客からもらったお金を持っていき、売上の半分を払うんですよ」

「ほう、半分も持っていかれるのか」

「ええ」

船頭は少し悔しそうな顔をした。

「それだけ払わないと、船を動かせないんですよ。まあ、仕方ありませんね。金を払っているおかげで、長野さまは手前どもをしっかり守ってくださいますから。おかげで、賊どもに商売を邪魔されることもありません」

長野家か、と承芳は思い出した。伊勢国の桑名郡や員弁(いなべ)郡を領している大名である。

「では、船会所を仕切っているのは長野家の者なのか」

「ええ、さようで」

長野家といえば、と承芳はさらに頭を巡らせた。建久四年（一一九三）に源頼朝が富士山麓で行った巻狩の際、曾我兄弟の仇討ちで殺された工藤祐経の子孫である。祐経の三男祐長が伊勢国長野の地頭となり、その子の祐政が伊勢国に来住して、長野を名乗ったのがはじまりである。

今の当主は稙藤といい、近衛稙家と同様、十代将軍義稙の偏諱を受けている。

「だが、やはり半分を持っていかれるのは痛かろう」

「滅多なことはいえませんが、まあ……」

駿河や遠江にも大河はあり、今川家が同じように津料を取っている。津料はできるだけ安くしたほうがよいのだろうか。それとも、今のままでよいのだろうか。そんなことを承芳は考えた。

船頭と話をしているうちに船は進み、川の真ん中あたりまで来た。

中州を避けるかのように流れる川は、まるで網の目の如く、数え切れないほどの筋になっていた。

――これでは、やはり川の境目などわかるはずがない……。

それでも、今はきっと三川のうちの木曽川にいるのであろうと、承芳は見当をつけた。

　渡し船は、土手が築かれた中州のそばを通り過ぎていく。

　ふむ、と承芳は軽く息をついた。

　――船頭もいっていたが、よくこのような場所に住んでいるものよ。大水が出たら、高い土手があるといっても、防ぎきれまい。

　やがて、承芳たちの乗る船は木曽三川を渡りきった。岸には向かわず、少し上流に進んで支流と思える川に入っていく。

　支流といっても、十五間ほどの幅は優にあった。流れのない川を行きから船は、すこぶる多かった。

　櫓を握る手から船頭が力を緩めたようで、船足が遅くなった。どうやら、船同士がぶつかるのを恐れているらしい。

「この川は天王川というんですよ」

　ゆっくりと船を進ませながら、船頭が承芳に教える。

「この川を上り下りする船は、すごい数でしょう。それだけ津島が盛っているという証ですよ」

　どこか誇らしげに船頭がいった。

「ああ、お坊さん方は津島のお寺に行かれるんでしたね。津島が盛っていることくらい、とうにご存じでしょうね」

気恥ずかしげに船頭が頭をかく。

——ふむ、この川の先に津島があるのか。

行く手を見やって、承芳は思った。

——尾張国の半分の金が津島に集まると聞くが、この船のおびただしさからして、どうやら本当のようだな……。

船頭の話を聞いて、承芳は納得した。

——やはり水運は金を生み出す源なのだな。

大小の船が停泊している津島湊に着き、承芳たちは船頭に礼をいって船を下りた。

湊のそばに、津島牛頭天王社がある。牛頭天王は祇園精舎の守護神とされ、疫病を鎮める魔除けの神として知られる。

「ここに牛頭天王社があるゆえ、今の川は天王川と呼ばれているのか」

津島牛頭天王社に向かって歩き出した承芳は、雪斎に小さな声できいた。

「そうかもしれぬ」

承芳を見つめて雪斎が同意してみせる。

「つまり津島牛頭天王社は、川の名の元になるだけの由緒、由来がある社なのであろう」

連れ立って、承芳たちは津島牛頭天王社に参詣した。高くて大きな鳥居をくぐり、境内に入る。

承芳たちだけでなく、参拝する者は多く、神域とは思えないほど賑やかだ。境内にはいくつもの小さな社があり、能舞台や本殿も立派で、この地で長く歴史を刻んできた雰囲気を濃く漂わせていた。

本殿の賽銭箱にいくばくかの銭を投げ、承芳はこの先の道中の無事を願った。そして、氏輝が元気になるようにとも祈った。

――やはり内乱など起きぬほうが、よいのだから……。

もし今川家の家督を巡って恵探と戦いになれば、承芳は力の限りを尽くすつもりだが、氏輝が健やかさを取り戻し、今川家の舵取りを再び行うのが、最もよい手立てだと思っている。

参拝を終えて、承芳たちは津島牛頭天王社をあとにした。那古野に通ずる街道に出るや、東に向かって歩きはじめる。

歩を運びつつ、承芳は雪斎にたずねた。

「お師匠、先ほど船頭に、行き先が駿河だといわなかったのは用心のためか」

「そうだ」

承芳を見やって雪斎がうなずいた。

「人のよさそうなあの船頭が、野盗の類とつながっておらぬと考えるのは、愚か者の振る舞いでしかない」

「お師匠、いくらなんでも、考えすぎではないか」

「考えすぎであろう」

承芳を見やって雪斎が認める。

「だが承芳どの、用心に越したことはない」

それについて、承芳に反論する気はなかった。雪斎が言葉を続ける。

「しかも、ここは尾張だ。敵対しておらぬといっても、今川の御曹司が領内を旅していると織田弾正忠が知れば、なにが起きようと不思議はない。野盗どころの話ではないのだ。誰も守ってくれぬ地では、軽々に出自や行く先を口にすべきではない」

その通りだ、と承芳は強く思った。自分の甘さを思い知らされた気分である。

「よくわかった。これからは肝に銘じよう」

「それがよい」

それ以後は口をろくに開かず、承芳は東へと足をひたすら進めていった。

二

　ふと、承芳の前を歩く将監が後ろを振り返った。

「右近――」

　承芳の後ろにいる弟に、将監が声をかけた。はっ、と右近がかしこまって答える。

「一人連れて、那古野の柳之丸へ先触れに出よ。左馬助さまに、承芳さまが来駕されることをお知らせするのだ」

「承知しました。――よし、堅市、一緒に来るのだ」

　足軽の一人に命じて、右近が街道を走り出した。堅市がすぐさま後ろに続く。

　二人の姿はしばらく見えていたが、やがて小さな黒い粒となって消えた。

　二人のあとを追うかのように街道を歩き続けていると、いつしか自分の影が、長く伸びているのに承芳は気づいた。背後を振り返り、西の空を見やる。

　橙色の見事な太陽が、地上の物すべてを赤く染めはじめていた。

　――美しい景色だ……。

　尾張国は、豊かとしかいえない大地が広がっている。やはり、米の実りは素晴らしいものなのだろう。

甲斐の武田信虎がこれほど広々とした景色を目にしたら、なにゆえ同じ日の本という国の中でこれほどの差をつけられるのかと、歯嚙みするのではないか。

――いや、俺だってうらやましくてならぬ。

今川家が領する駿河や遠江は山が多く、平地が少ない。温暖で物成はよいとはいえ、多くの米を収穫できる地とはいえない。もっと米をたくさん取るためには、手数をかけて荒れた大地を開拓しなければならない。

だが、尾張はその要がまったくないように見える。見渡す限り、平坦な土地が続いているのである。

――いつかこの国が今川家のものになれば、誰もがなんの不安も持たず、伸びやかに暮らせる世をうつつのものにできるかもしれぬ。

そんな思いを承芳は抱いた。

それに、尾張は米が取れるだけではない。

先ほど船で越えた木曽三川だけでなく、大河が数え切れないほどあり、それらの川を利用しての水運がとにかく盛んなのだ。

桑名宿で目の当たりにしたが、伊勢の海を行きかう船もまた多かった。

尾張には津島のほかにも、熱田（あつた）という大きな湊が開かれている。そこには熱田明神という、他国に知られた神社がある。

津島と熱田。この二つの湊から上がる津料は、莫大なものであろう。

――それが、織田弾正忠家の台頭につながっておるのだ……。

尾張には織田家がいくつかある。尾張守護は斯波（しば）家だが、それに仕える守護代の織田家がまず二つあるのだ。伊勢守織田家と大和守織田家である。

だが、いま尾張国で急速に力をつけているのは、そのいずれでもない。大和守織田家で奉行をつとめる織田家なのだ。

その織田家の当主は弾正忠信秀という。先ほど、雪斎がその名を口にしたばかりだ。

妙心寺を出立する前の夜、承芳は雪斎から、織田弾正忠信秀という男について詳しく聞かされた。

油断のならない男が津島と熱田という金が湧くような富裕な町を押さえている以上、いずれ今川家の前に立ちはだかるのはまちがいない、と確信がある顔つきで雪斎はいったのである。

蹴鞠（けまり）の宗家として知られる飛鳥井雅綱（あすかいまさつな）から、承芳も信秀の名を聞いていた。

雅綱は承芳の蹴鞠の師匠だが、二年前の天文二年七月に信秀に尾張へと呼ばれ、蹴鞠の会を催しているのだ。

――だからこそ、俺たちはいま那古野に向かっておる……。

那古野には、信秀と親しく交わっている男がいる。承芳にとって、ただ一人の弟の左馬助氏豊である。

ひたすら歩き続けた承芳は、薄闇があたりに立ち込めはじめた頃、こちらに二人の者が駆けてくるのを見た。

「右近たちが戻ってまいりましたな」

二人を見て、将監がうれしげな声を上げた。右近と堅市が承芳たちの前で止まる。

「左馬助さまは、柳之丸にいらしたか」

すぐさま将監が右近に問うた。

「いらっしゃいました」

右近が張りのある声で答える。

「承芳さまが近くまで来ておられるのをお聞きになり、大変うれしそうでいらっしゃいました」

「それは重畳……」

将監が顔をほころばせた。じきに氏豊に会えるのがわかり、承芳も心が弾んだ。

「よし、道を急ごう」

雪斎が承芳たちにいった。

「できれば、日暮れ前に柳之丸に着きたいものだ」

再び歩き出した承芳たちは、やがて多くの家が建ち並ぶ町に入った。

ここが那古野なのだな、と周りを見渡して承芳は思った。

夜の帳が下りはじめているというのに、松明を手に道を行く者が意外なほど多く、明かりを灯している家もけっこうあって、町はずいぶん明るく感じられた。

戦乱にやられたとはいえ、京の町も相当の賑わいだと思うが、宵にこれだけの人が出歩いている光景を目にするのは滅多にない。

――やはり尾張国は盛っておる……。

「あと二町ほど行った先で、岩槻内記どのが出張っているはずです」

先触れをつとめた右近が話した。岩槻内記は那古野今川家の家臣である。

道が枡形に曲がっているところで、承芳たちは足を止めた。路地から出てきた武士に、声をかけられたからだ。

「承芳さまご一行でいらっしゃいますか」

柳之丸から来た迎えの岩槻内記であろうと知れたが、念のために将監が前に出、武士にたずねる。

「どちらさまでござろう」

「それがしは、那古野家に仕える岩槻内記と申す者にござる」

「お出迎え、かたじけなく存ずる」

内記と名乗った四十代も半ばと思える武士に、将監が頭を下げる。

「こちらが承芳さまでござる」

将監が、承芳を手で指し示した。内記が畏れ入ったように低頭する。

武士は一人ではなく、全部で四人いた。ほかにも、槍を携えた足軽らしい者が十人近く立っている。

「兄上――」

いきなり武士の一人がずいと前に出てきて、承芳を呼んだ。

その若い武士を目の当たりにして、承芳は驚きを隠せなかった。

「左馬助ではないか」

雪斎や将監、彦次郎、右近も目をみはっている。

満面に笑みを浮かべて、氏豊が承芳の前に進み出る。

「兄上のご到着を待ちきれず、城を出てきてしまいました」

氏豊の明るい表情を見て承芳は、ふふ、と笑いを漏らした。

「相変わらずお調子者よ……」

だが、雪斎の氏豊を見る目はずいぶん厳しかった。

――左馬助は、お師匠の気に障るような真似をしたのだろうか……。

「では兄上、まいりましょう」

なにも感じていない顔で、氏豊が承芳をいざなった。氏豊はだいぶ体が大きくなり、大人びていたが、顔つきだけは承芳の頭にあるものと変わっていなかった。

「兄上は、柳之丸は初めてでしたな」

「そうだ。楽しみでならぬ」

氏豊は二年前、尾張今川家である那古野家に養子入りしたのだ。そのときは十二歳で、竹王丸と名乗っていた。

今はもう那古野家の義父は亡く、左馬助と名乗りを改めた氏豊が、那古野家の当主となっていた。

――そうか、左馬助はまだ十四歳なのか。

枡形の場所からさらに一町ほど行ったところで、先導する氏豊が立ち止まった。右手に一重の堀に架けられた木橋がある。その橋の先に、小ぶりな城門が見えていた。

柳之丸の大手門であろう。堀だけでなく、高く盛り上がった土塁が周囲を巡っていた。

「兄上、着きましたぞ」

うれしげな声を氏豊が発し、木橋を渡りはじめた。その後ろを承芳たちも続いた。

大手門はがっちりと閉められていた。ただし、門前に番兵らしい者が二十人ばかり立っていた。

その者たちは厳しい雰囲気を一切、漂わせておらず、どこか緩んでいる様子だった。

――左馬助の性分によるものだろうか……。

気候のよさのせいもあり、駿河人はあくせくしたところがないとよくいわれる。その中でも氏豊は、ひときわ伸びやかな質なのだ。城兵たちは、その影響を少なからず受けているのかもしれない。

「兄上、着きましたぞ」

先ほどと同じ声を発し、氏豊が見つめてきた。氏豊を見返して承芳は、うむ、と顎を引いた。

「兄上、疲れたか」

承芳を気遣って氏豊がきいてくる。

「いや、大丈夫だ」

本音をいえば、少し疲労を覚えていた。だが、久しぶりに会う弟に、疲れたなどといえぬ、と承芳は思った。横に立つ雪斎をそっと見やる。

「お師匠は疲れておらぬか」

「もうよい歳だが、さして疲れておらぬ」

実際、薄闇の中でも雪斎の顔は血色がよかった。四十だというのに、実に若々しい。強がりなどではないようだ。

さすがにお師匠だ、と承芳は感心するしかなかった。

――俺とは鍛え方がちがう……。

「開門っ」

城門を見上げて氏豊が命じた。その声に応じて、門が向こう側に開いていく。

「兄上、どうぞ、お入りくだされ」

「済まぬ」

一礼して承芳は大手門をくぐった。後ろに氏豊がつき、さらに雪斎たちが続いた。

――中はけっこう広いのだな……。

柳之丸は城とはいうものの、ただ一重の水堀に囲まれた居館も同然の造りでしかない。

――このあたりは、今川館とさして変わらぬようだ……。

今川館には内堀があり、二重の堀を備えている。だが、幅の広い堀は外堀だけだ。内堀は狭く、気休め程度のものでしかない。もし外堀を越えられたら、今川館はまず敵勢を防げない。

――もっとも、誰も今川館を城とは呼んでおらぬ……。

今川館は一応、構えと呼ばれている。敵勢に攻められた際、立て籠もる詰の城としては賤機山（しずはたやまじょう）城がある。

――どうやら柳之丸には、詰の城はないようだ……。

那古野あたりの地勢はあまりに平坦で、いざというときに籠もるだけの城をつくれそうな場所が見当たらないのである。

大手門を抜けると、内側にも土塁があるのが見えた。その土塁に設けられた虎口に、承芳たちは足早に近づいていった。

虎口は木戸になっており、それを抜けると、目の前に、大きな屋根を持つ居館があらわれた。居館の表側の庭に、柳の木がかたまるように植わっていた。

「その柳が、柳之丸という呼び名の由来なのだな」

柳を見ながら承芳は氏豊に語りかけた。

「その通りでござる」

はきはきとした声で氏豊が答えた。

居館に抱かれる形につくってある内庭に回り、承芳たちは濡縁のある部屋の前に来た。

内庭には篝火がいくつも焚かれ、すすぎのたらいが置かれていた。ありがたし、と感謝し、承芳はさっそく濡縁に腰かけて草鞋を脱いだ。

「どれ、拙者が兄上の足を洗いましょう」

いきなり氏豊がいい、承芳の前にしゃがみ込んだ。承芳は驚いた。

「那古野家の当主に、そのような真似をさせるわけにはいかぬ」

血相を変えて承芳は拒んだ。

「よいのです、やらせてください」

いい張り、氏豊が承芳の足を洗いはじめる。

「いかがです、兄上」

にこにこして氏豊が見上げてきた。

「とても気持ちよい。疲れが抜けていくのがわかる……」

「やはり兄上はお疲れだったのですね」

「長旅ゆえ、どうしてもな……」

承芳の足を洗い終わった氏豊が、手ぬぐいで丁寧に拭いてくれた。

「済まぬ、左馬助」

「いいのですよ。久しぶりにお目にかかった兄上に、このくらいのもてなしをするのは、弟として当然です」

その後、承芳たちは居館に上がった。供の足軽や雑兵は近くに建つ離れに部屋を与えられた。

承芳と雪斎、承達、将監、彦次郎、右近の六人は、母屋の客間とその両隣の部屋で休むように氏豊にいわれた。

客間で承芳が休み、左側の隣の間は雪斎と承達、右側は庵原兄弟が使うと決まった。

客間の端には、いつでも眠れるよう床が延べられていた。

「兄上、腹は空いておらぬか」

氏豊が承芳にきいてきた。承芳は、間髪を容れずに答えた。

「空いておる。昼からなにも腹に入れておらぬゆえ……」

「いま湯漬けを支度させている。その支度がととのうまで、外の井戸で水浴びをせぬか。そこまでせずとも、水を絞った手ぬぐいで体を拭いても気持ちよかろう」

「ここには井戸があるのか」

ある、と氏豊が答えた。

「ここも城ゆえ、井戸がなければ立て籠もれぬ」

「では、井戸を使わせてもらうか」

荷物を解くや、承芳は雪斎や将監を誘った。雪斎は遠慮したが、将監たち兄弟は承芳と一緒に庭に出てきた。

夜を迎えて、冷たい風が吹き渡っており、承芳は水をかぶる気にはならなかった。裸になった承芳は、水に濡らした手ぬぐいで体を拭った。それだけで、生き返るような心持ちになった。

将監たちは三人とも、井戸の水を頭からかぶった。それで平気な顔をしている。この者らはすごい、と承芳は心中で感嘆の声を上げざるを得なかった。

爽快な気分とともに承芳が客間に戻ると、雪斎と氏豊が座り込み、なにやら熱心に話し込んでいた。

三

承知した、と氏豊が雪斎にいったのが承芳に聞こえた。

なにを話しているのだろうと思ったが、穿鑿（せんさく）は性に合わない。

承芳たちが客間に座すとほぼ同時に、腰元たちが姿を見せ、湯漬けの椀がのった膳を六つ用意した。

「兄上、雪斎どの。さあ、食べてくれ」

氏豊が、承芳たちに湯漬けを勧める。ありがたしと礼を述べて、承芳は膳の前に座り直した。雪斎たちも承芳にならう。

にこにこして、氏豊が承芳のそばにあぐらをかいた。

「兄上、遠慮はいらぬぞ。たくさん食べてくだされ」

氏豊に勧められるままに、承芳たちは箸を取った。

承芳は湯漬けを気兼ねなく食した。雪斎と承達はゆっくりと箸を動かしていたが、将監や彦次郎、右近は腹が空ききっていたらしく、湯漬けをさらさらと流し込んでいた。

食事が終わり、空の椀が置かれた膳が腰元たちの手で運び去られる。腹が満ち、承芳は気持ちが伸びやかになった。

「左馬助どの――」

居住まいを正し、少し怖い顔で雪斎が氏豊に呼びかけた。

「なにかな、雪斎どの」

唾を飲み込んだらしく、氏豊の喉がごくりと鳴った。

「左馬助どのは、織田弾正忠と親しく交わりをしているとうかがったが、まことでござろうか」

「まことだ」

氏豊が細い首をこくりと上下させた。さようか、といって雪斎が眉根を寄せた。

「畏れながら、左馬助どのに申し上げる。彼のお方には、気を許されぬほうがよい」

「なにゆえ――」

氏豊が心底、驚いたような顔になった。いや、心外というべき表情である。

「弾正忠どのは、とてもよい方だ」

「それは表向きのものに過ぎぬ」

「雪斎どの、なにゆえそのような物言いをするのだ」

咎めるように氏豊がいった。氏豊を見返して雪斎が口を開く。

「織田弾正忠は、この世で最も油断のならぬ男ゆえ」

「雪斎どのは、弾正忠どのに一度でも会っておるのか」

目を険しくして氏豊が問う。

「一度もござらぬ」

「俺は数えきれぬほど会っておる」

胸を張って氏豊が告げた。

「弾正忠どのはここ柳之丸で連歌の会を催すと、いつも快く足を運んでくれる。もし弾正忠どのが悪心を抱いているなら、この城に招き入れられたとき、俺を害していなければおかしくないか。雪斎どの、それについてどう考える」

その問いには答えず雪斎が、左馬助どの、と呼びかけた。

「こちらには、織田弾正忠がよく来るのでござるか」

「よく足を運んでくれる。俺にとって弾正忠どのは、連歌の師といえる方ゆえ」

織田弾正忠という男はそれほど連歌が巧みなのか、と承芳は意外な思いを抱いた。

氏豊を見据え、雪斎がたずねる。

「織田弾正忠は、次はいつ来る」

きかれて氏豊が首をかしげる。

「当分、来ぬのではないか……」

「なにゆえ」

「雪斎どのは知らぬか」

「なにをでござろう」

「織田家は、三河の松平家と事を構えるかもしれぬのだ」

「ほう、戦が起きるのでござるか」

氏豊を見やって、雪斎が思案の顔になる。

「こちらに来る道中も、それらしき気配は覚えなかったが……」

「尾張国の領民は戦慣れしすぎて、戦が迫ろうとも、暮らしぶりは平素と変わらぬ。それゆえ、気づかなかったのであろう。それに、実際に戦がはじまったわけではない。戦が差し迫っているとは、誰も感じておらぬのだ」

「織田弾正忠の相手は三河の松平家だといわれたが、棟梁の次郎三郎（清康）どのが軍勢を率いてくるのだな」

「むろんそうであろう」

雪斎を見やって氏豊が肯定した。

「次郎三郎は、すでに尾張国内の岩崎城と品野城を手中にしているが、来月中に再び尾張に攻め込んでくるのではないかという風聞が、しきりに流れておる」

「来月でござるか。ちょうど我らが三河を通る頃でござるな」

「兄上や雪斎どのが三河にいる頃には、入れちがうように次郎三郎は尾張に入っておろう」

「次郎三郎どのは、尾張のどこを攻めるといわれておるのでござるか」

「雪斎どのは、どこを攻めると思う」

氏豊がきき返した。左馬助はお師匠を試したな、と承芳は思った。

氏豊に問われて雪斎が、小さな笑みを浮かべた。

「拙僧には見当がつかぬ。ただし、次郎三郎どのは三河と尾張を結ぶ要衝岩崎城を押さえているゆえ、どこに攻めかかるのもさして難しそうに思えぬ。岩崎城は織田弾正忠が三河攻めのために築いた城だが、それが今は裏目に出ておる」

「岩崎城からここ柳之丸まで、ほんの三里しかない。雪斎どのは、次郎三郎がこの城を攻めてくると思うか」

左馬助はこれを知りたかったのか、と承芳は合点がいった。

「左馬助どのを脅すわけではないが――」

前置きして雪斎が告げた。

「十分に考えられよう。次郎三郎どのが織田弾正忠の首を獲ろうとしているのは、まずまちがいなかろう。しかしながら、岩崎城から織田弾正忠の居城勝幡城は遠すぎて、さすがに一気には落とせぬ」

雪斎がいったん言葉を切った。

「だが柳之丸からなら、勝幡城まで二里ばかりであろう。この城を奪ってしまえば、勝幡城攻めは難しくなる。左馬助どのが織田弾正忠と親しく交わっていることを、次郎三郎どのは存じておるはず。次郎三郎どのは遠慮せず、この城を落としに来るであろう」

さすがに氏豊の顔色が変わった。

「やはり次郎三郎は、この城も手に入れようという腹か……」

「こたびの尾張攻めで次郎三郎どのがどこを攻略しようとしているのか、まことに拙僧にはわからぬ。岩崎城を押さえている今、戌亥の方角へ二里ばかり先にある守山城を攻めるのもよし、まっすぐ西に向かって熱田を目指すのも悪くない。むろん、この城を目当てにしても不思議はない」

守山城か、と氏豊がつぶやいた。

「あの城は織田孫三郎どのが守っておるゆえ、次郎三郎に的にされやすいかもしれぬ……」

織田孫三郎は諱を信光といい、信秀の弟である。

「もし次郎三郎が守山城を落としたら、この城まで一里もない。次郎三郎の次の的にされるかもしれぬ……」

下を向いて氏豊がつぶやいた。

「それで雪斎どの――」

不意になにかを思い出したように、氏豊が面を上げた。

「先ほど、織田弾正忠どのには気を許さぬほうがよいといったが……」

「申し上げた」

「雪斎どのは、ここに織田弾正忠どのが来たら亡き者にせよといいたいのか」

瞳を鋭くして氏豊が問うた。平然とした顔で雪斎がうなずく。

「それこそ、将来の禍根を断つ唯一(ゆいいち)の手立てでござろう」

「弾正忠どのを騙し討ちにせよというのか」

「それが左馬助どののためだ」

なに、と氏豊が目をむいた。

「俺のためだと。どういう意味だ」

「いずれ織田弾正忠は、左馬助どのに牙をむくゆえ」

「そのようなことがあるはずがない」

断固とした声で氏豊がいった。

「俺と弾正忠どのは、本当に仲がよいのだ」

「仲がよいのは、まことでござろう。しかしながら、織田弾正忠は仲のよさなど、斟酌せぬ。彼の男の欲深さは、他に類を見ぬほどのものといってよい」

今の言葉が氏豊に伝わっているか、確かめるように雪斎が間を置いた。

「次郎三郎どのから勝幡城を守るためにも、織田弾正忠はこの城を自ら握りたいはず。おのれの軍勢で守れれば、次郎三郎どのの手にたやすく渡らぬと考えているであろう」

ふむう、と氏豊がうなった。

「岩崎城を奪い返すためにも、織田弾正忠はこの城がほしくてならぬ。一重の堀しかない今の備えでは無理だが、左馬助どのを殺すか追い出すかすれば、いくらでも改築は利く。この城の備えを万全にさえすれば、岩崎城を奪い返すのは夢ではない」

「俺を殺すか追い出すか……」

さらに雪斎が言葉を続ける。

「織田弾正忠が、もしこの城がほしいと考えたら、ためらいはせぬ。一気にその振る舞いに及ぼう」

「雪斎どの、なにゆえそこまでいえるのだ」

すがるような顔で氏豊がきいた。

「これまで拙僧は、織田弾正忠の行いを注意深く見てきた。そのほうが、じかに話をするよりも人の本質を捉えやすいからだ」

息を入れ、氏豊が雪斎に目を当てる。

「弾正忠どのが、この城を欲するとしたら、それはいつになる。今は、次郎三郎が攻め寄せるかもしれぬゆえ、その備えに忙殺されていようが……」

「はて、いつになろうか……」

顎に手を当て、雪斎が考え込む。

「次郎三郎どのは三河を統一した英雄と呼ばれているが、実際には増善寺（氏親）さまの死に乗じて勢力を得たに過ぎぬ」

確かにその通りだ、と承芳は思った。大永六年（一五二六）の六月に父の氏親は死んだが、中風でその前から長く床に臥せていた。そのために、今川家の三河攻めは停滞したのである。

松平清康は氏親が病で臥せっているのを知り、氏親の死の前年あたりから、三河の今川方に攻撃を加えるようになった。

氏親の死後、今川家の家督を継いだ氏輝は若年の上、体が弱く、三河での退勢を挽回できなかった。今も今川家は、三河に侵攻できずにいる。

「次郎三郎どのが、優れた武将であるのは疑いようがない。むしろ、強すぎる大将といってよい」

そういう噂は承芳の耳にも届いている。

「おそらく次郎三郎どのは、ほうぼうで要らぬうらみを買っていよう。その手の大将は総じて、よい死に方をせぬものだ。次郎三郎どのも、いずれ仰向けざまに倒れるのではないか」

むっ、と声を漏らし、氏豊が目をみはった。承芳も同様である。

——仰向けざまに倒れるとは、死を意味するのだな……。

松平清康は、今や無敵の武将といってよいのだ。それが無残な死を迎えるというのか。

「次郎三郎は殺されるのか」

少し前に体を乗り出し、氏豊が雪斎にきく。

「次郎三郎は誰に殺されるのだ」

「うらみを持つ者にござろう」

「そういう者に闇討ちにされるのか」

「十分に考えられる」

雪斎の言葉に、氏豊が黙り込む。客間が沈黙に覆われた。

身じろぎした氏豊が息をつく。承芳も、ため息を漏らした。

「驚いたな」

雪斎を見やって、氏豊がかぶりを振った。

「次郎三郎が殺されるとは……」

「それが果たしてうつつになるか、拙僧にはわからぬが、次郎三郎どのは、まだ二十五と若い。人情を解しているとは思えぬ。それだけでなく、次郎三郎どのの攻勢によってさらなる窮地に追い込まれる織田弾正忠が、刺客を送るかもしれぬ」

「弾正忠どのが刺客を……」

「生きるためになんでもするのが、人でござる。欲深い彼の男は、刺客を差し向けるくらい、当たり前のようにするであろう」

「むう、そうなのか……」

「刺客を送り込んだからといって、首尾よく仕留められるか、わからぬが……」

「それはそうだろうな……」

「織田弾正忠がこの城を取りに来るのは、次郎三郎どのが死んで、すぐかもしれぬ」

「なに」

氏豊が腰を浮かせた。目を険しくしてうつむき、なにかを思案する風情になった。

やがて顔を上げ、雪斎に眼差しを注いだ。

「わかった。これから弾正忠どのには、決して気を許さぬようにいたそう」

だが承芳には、雪斎の言葉に氏豊が心を動かしたようには見えなかった。単に物わかりのよい者を、演じたに過ぎないのではないだろうか。

――これからも、弾正忠とは今まで通りの交わりを続けるつもりではなかろうか。

それは、おそらく雪斎もわかっているであろう。

「左馬助どの、かたじけなく存ずる」

雪斎が氏豊に頭を下げたのは、これ以上なにをいっても無駄だろうと、諦観の思いがあるからに相違ない。

体の向きを変え、雪斎が承芳を見る。

「承芳どの、拙僧たちは部屋に引き上げる。ゆっくり休んでくれ」

「承知した」

雪斎たちが一斉に立ち上がった。だが氏豊は、客間を去るつもりはないらしい。承芳とまだ話がしたいようだ。

「では、お先に失礼いたす」

承芳と氏豊に辞儀して、雪斎や承達、将監、彦次郎、右近が客間を出ていった。

板戸が閉まると同時に、氏豊が承芳に膝を進ませてきた。

「兄上、元気そうでなによりだ」

雪斎の言葉などなかったかのように、氏豊は顔をほころばせている。

「左馬助も顔色がずいぶんよい」

そうか、といって氏豊が頬をなでる。

「体の具合はすこぶるよい。兄上と最後にお目にかかったのはいつだったかな」

「そうさな」

首をひねって承芳は思い出そうとした。

「俺は駿河にいるとき、たいてい富士郡の善得寺に行っていたし、駿府に帰っても館に入らず、近くの善得院におった。席のあたたまる間もなく京へ行ったし、そなたにはろくに会わなんだな……」

ふむ、とつぶやいて承芳は氏豊に告げた。

「最後に会ったのは、そなたの那古野家への養子入りが決まったときではないか」

「では、もう三年半ぶりになるのか」

氏豊が大きく目を見開く。

「そのくらいになろう」

「月日のたつのは早いものよ。それにしても兄上、なにゆえ急に那古野に来た。駿府に戻るためか」

「そうだ」

氏豊を見返して承芳は首肯した。

「なにゆえ駿府に戻る」

「そなたのもとには、御家から使者は来ておらぬか」

「来ておらぬ」

そうか、と承芳はうなずいた。

「妙心寺に来た使者は、武田家との雲行き及び、五郎さまの具合について知らせてきた」

「なに。五郎さまは、具合が悪いのか」

氏豊が眉を曇らせる。

「俺は、その使者には会っておらぬ。会ったのはお師匠だが、五郎さまの様子に関して使者は、はっきりと伝えなかったようだ。五郎さまの具合がよくないのは確からしい」

「心配だな……」

身じろぎした氏豊が、承芳を見る。

「兄上は、五郎さまの見舞いで駿府に戻るのか。いや、そうではないな」

深い色をたたえた瞳で氏豊が考え込む。

「もしや五郎さまの万が一に備えるためか」

「そうだ」

ここでごまかすような言葉を口にしても、しようがない。

「そうか。さほどに五郎さまの具合はよくないのか」

面を上げ、氏豊が承芳をじっと見る。

「もともと兄上は、父上から将来を見込まれていた。それゆえ雪斎どのが傅役となり、京でこの国随一の学問も身につけた。すべては、今川家の家督を継ぐにふさわしい人物になるためだ」

強い声音で氏豊が断言した。

「そのようなことはなかろう」

すぐさま承芳は否定した。

「五郎さまの万が一に備えているのは、恵探どのだ」

「それはちがう」

かぶりを振って、氏豊が厳しい眼差しを向けてきた。

「恵探どのは、五郎さまの死に備えて遍照光寺にいるわけではない」

「ならば、なにゆえ彼の地におる」

「遍照光寺は花蔵の地にある」

唇を湿し、氏豊が続ける。

「花蔵の地は、今川家が根づいたゆかりの地といってよい」

うむ、と承芳は相槌を打った。花蔵は、駿河今川家の祖といわれる第四代範氏が初めて入部したとき、居館と城を築いた地として知られる。

範氏の孫の範政の代、鎌倉公方と室町幕府の対立が深まった。室町将軍義教の側についていた範政は、応永十八年（一四一一）、鎌倉公方に対処するため、より鎌倉に近い駿府に居館を移したのである。

「花蔵には、今川家累代の墓もある」

つぶやくように氏豊がいった。

「恵探どのが今川家ゆかりの寺に配されたのは、累代の当主の墓守を任されたゆえだ。当主の菩提を弔う者は今川の血筋の者がよかろうと、恵探どのが選ばれたに過ぎぬ。恵探どのが遍照光寺にいるのは、それだけの意味でしかない」

承芳に目を据えて、氏豊が断じた。ふむう、と承芳はうなりそうになった。

――左馬助は、とても十四とは思えぬ。

顔つきや姿形はまだ成長しきっていないが、考えだけは実に大人びている。

――俺よりずっと年を経ているようだ。

「もし本当に五郎さまの万が一に備えるならば、恵探どのは遍照光寺ではなく、善得院の住持におさまらなければならぬ」

善得院は、八代義忠の正室だった北川殿の隠居所につくられた寺である。今川館から二十町ほどしか離れていない。

「善得院ならば、もし五郎さまに万が一があっても、すぐさま今川館に駆けつけられるゆえ」

その通りだ、と承芳は思った。

「北川殿の隠居所だった善得院は、誰のために建てられたか、兄上は存じておろう」

鋭い口調で氏豊がいった。

「俺のためだ」

それを聞いて氏豊が大きく顎を引いた。

「わざわざ兄上のために、今川館にほど近い場所に、寺が一つ興されたのだ。その事実は、兄上が五郎さまの万が一の際に備える身であると、はっきり物語っておる」

言葉を切り、氏豊が身じろぎした。

「もし恵探どののために善得院が建てられたのなら、父上は、恵探どのを五郎さまの後継に望んでいたといってもよいだろうが、そうはなっておらぬ」

「うむ……」

「しかも、恵探どのは京へ一度たりとも足を運んでおらぬ。今川家はいうまでもなく、室町の幕府と深いつながりがある。京で兄上は、幕府の重臣や朝廷に仕える公家たちと繁く交わってきたのであろう」

「その通りだ」

「それぞれの土地に根を張る大名家は、勢威が衰えた幕府の意を、今もないがしろにできぬ」

室町幕府の命は、今もときに諸大名に少なからぬ影響を及ぼしている。

「恵探どのは、当代一流の学問を身につけておらぬ。その上、幕府とのつながりが一切ない。そのような者が、今川家の家督を継げるわけがない」

声を励まして氏豊が続ける。

「とにかく父上は、兄上こそが五郎さまの後継だとみておられたのだ。それゆえ、兄上が万が一に備えて、京から呼び戻されるのは至極当然でしかない」

そうなのか、と承芳は思案した。

――確かに、駿府に呼び戻される訳は、それ以外に考えられぬか……。

「もし俺が今川家の家督を継ぐにふさわしい者であるなら、駿府に呼び戻されなければならぬ。だが、そうなってはおらぬ。今川家を継ぐにふさわしくないからだ」

「そなたが呼び戻されぬのは、那古野家に養子に入っているからではないか」

「それはちがう」

承芳の言を、氏豊は一顧だにしなかった。

「もし本気で俺を五郎さまの跡に据える気があるなら、今川家の主立った者たちは那古野家との縁をきっぱり切らせるであろう。だが、そのような気配は一切ない。俺など眼中にないからだ」

むしろさばさばとした口調で氏豊がいった。

「ところで兄上は、泉奘どのに会ってきたか」

話題を変えるように氏豊がきいてきた。

「会ってきた」

泣き出しそうだった泉奘の顔が脳裏によみがえり、承芳の心は湿りけを帯びた。

「泉奘どのには、駿府に戻るよう使いが来ていたか」

「来ておらなんだ」

「そうであろう」

氏豊は、我が意を得たりという顔だ。

「泉奘どのは、僧侶として一生を貫くため、自ら望んで京に行った。彼のお方は今川家の家督に、なんの関心も持っておらぬ」

それについて承芳も異論はない。

「泉奘どのには、我が道を行くことが許された。だが、兄上は許されなんだ。それの意味するところも一つであろう。それに加え、兄上が父上のご正室である大方さまから生まれた事実も、実に大きい」

同じ言葉を雪斎も口にしていた。

「今は実力の世といわれているが、血筋が持つ意味はまだまだ大きい。ところで泉奘どのは、今川家の家督に関してなにかいわれたか」

さらに氏豊が問うてきた。

「もし万が一があれば、今川家の家督は俺が継ぐべきだといった」

「そうであろう。泉奘どのが、俺と同じ気持ちでよかった」

ほう、と氏豊が吐息を漏らした。

「兄上、今川の家督を継ぐには僧形ではいかぬ。還俗せねばならぬ」

「左馬助。それを考えるのは、いくらなんでも早すぎよう」

「早くはない。還俗したら、次は元服だ。兄上、諱はなにがよい」

「諱だと……」

これまでおのれの諱など、一度たりとも考えなかった。

「見当もつかぬ……」

「今川家ゆえ、やはり『氏』がつく名がよいであろう」

「『氏』か……」

「父上が氏親、兄上が氏輝。俺も氏豊だ」

顎に手を当て、氏豊が首をひねる。

「いや、『氏』ばかりではないな。我らの祖父上は義忠か。八代将軍の義政公から、偏諱をいただいたのだったな。今の将軍は、義晴公か……」

　少し思案してから氏豊がいう。

「ならば、兄上は義晴公から偏諱をいただき、晴氏というのはどうだ」

「晴氏公は、古河公方家におるぞ」

「そうであった。それならば、義氏はどうだ」

　笑みを浮かべて氏豊が勧めてくる。

「これも、義晴公から偏諱をいただくのは同様だが……」

　義氏か、と承芳は思った。

「悪くない」

「ならば、決まりだ。兄上の名乗りは義氏だ」

　それでいいたいことは尽きたらしく、氏豊がさっぱりとした顔になった。すっくと立ち上がる。

「もっと話をしていたいが、兄上は明日も早いのであろう。俺は引き上げる。ゆっくり休んでくれ」

　確かに承芳も、眠気を覚えはじめている。

「わかった」

　承芳が答えると、氏豊がにこりとした。十四の若者に戻ったようなあどけない笑顔だ。

「今宵は兄上と話ができて、とても楽しかった」

「俺もだ」

少し歩いて氏豊が板戸に手を伸ばした。

「左馬助――」

氏豊の背中に承芳は声をかけた。なにかな、という顔で氏豊が振り向く。

「我がお師匠の言葉を信ずるのだ。お師匠の物事の真偽、善悪を見分ける力は並みではない。並みどころか、すさまじいものがある。お師匠は、神のような眼力の持ち主といってよい」

「よくわかっている」

微笑を漏らした氏豊が承芳にうなずきかけて、板戸を開けた。では、といって敷居を越え、廊下に出る。

板戸が音もなく閉まり、氏豊の姿が見えなくなった。

――俺の言葉も、左馬助の胸には響かなかったか……。

承芳も雪斎も織田弾正忠本人に一度も会っていないがゆえに誤った考えを抱いておるのだ、と氏豊は思っているのだろう。

織田弾正忠信秀という男は、と承芳は目を閉じて思案した。人をたぶらかす名人なのかもしれない。

──いや、まちがいなくそうだ。信用させてきたからこそ、さほど時をかけずに尾張国の半分を我が物にできたのであろう。

元服したとはいえ、大人になりきったとはいえない氏豊が、謀をひたすら錬磨してきた信秀に、ころりと騙されるのも仕方ないのではないか。

ため息をついて、承芳は床に寝転がった。横になると、さすがに気持ちがよい。眠気が増してくる。

──これなら、すぐに眠りにつけそうだ。

だが、実際にはそうはならなかった。眠りにつくのに、承芳は半刻ほどかかった。やはり氏豊の身が、気にかかってならなかったのである。

──左馬助になにもなければよいが……。

明朝には柳之丸を去らなければならないが、まさか明日が氏豊との今生の別れにならぬだろうか。

もし織田弾正忠が悪心を抱いたら、氏豊は助からぬのではないか。

──連れて帰りたいが、そういうわけにもいかぬ……。

そんな思案を繰り返しているうちに、承芳はいつしか眠りに落ちていた。

四

あくる十一月三十日の夜明け前、承芳たちは柳之丸の大手門を出、木橋を歩いた。氏豊も一緒に木橋を渡っている。承芳たちは街道に出た。

「兄上、道中、どうか、気をつけてくだされ」

真剣な顔で氏豊がいった。

「うむ、よくわかっておる」

承芳は氏豊をじっと見返した。織田弾正忠には気をつけるのだ、と改めて忠告したかったが、やめておいた。

そばに、岩槻内記がいるからだ。内記は、氏豊が駿河から連れてきた者ではなく、那古野家のもともとの家臣である。出自が尾張なのだ。

だからといって織田信秀とつながっているとはさすがに思えないが、気を許さぬほうがよいのは確かであろう。

「左馬助、達者に暮らせ」

承芳は万感の思いを込めていった。右手を伸ばし、氏豊の肩を叩く。

無言で承芳を見つめる氏豊は、名残惜しげな顔をしている。

――左馬助、そなたは駿府に戻りたいとはいわぬか……。

もし氏豊が懇願してくれれば、承芳は一緒に連れていくつもりでいる。

――この広々とした尾張の地で、今川の血縁がただ一人もおらぬ中、そなたは過ごしておる。心細くはないのか。

まちがいなく氏豊は、心細さを感じているはずである。そうか、と今になって承芳は気づいた。

――その寂しさゆえ、左馬助の中で、織田弾正忠を信じたいとの気持ちが強いのではあるまいか……。

きっとそうにちがいない。承芳自身、なんとかしてやりたいという思いはあるが、自分が勝手に氏豊を連れ帰るわけにはいかない。

氏豊自身、駿河に戻りたいとはいっていないのだ。

氏豊は悲しみをこらえるかのように、押し黙っている。

「左馬助、世話になった」

承芳はそれだけを口にした。

「兄上、またおいでください」

喉の奥から絞り出すように氏豊がいう。

「そなたの顔を見に、必ずまた来よう」

「お待ちしております」

うむ、と承芳はうなずいた。

「では」

氏豊に別れを告げ、承芳は煙を上げる松明とともに歩き出した。

ここから駿府まで、三十里はあろう。

今日で十一月も終わりである。三十里なら、駿府まであと五日か六日はかかる。

——駿府に着くのは、十二月四日か五日になるのか……。

おそらく五日であろう、と承芳は見当をつけた。

十人ほどの配下を連れ、岩槻内記が承芳たちの警固のつもりか、ついてきた。

「ここまででよい」

柳之丸城下の枡形のところまで来て、承芳は告げた。その言葉に従い、内記たちが足を止め、頭を下げてくる。

「では承芳さま、皆さま方、どうか、お気をつけて……」

配下の持つ松明に照らされている内記の顔が、承芳にはどういうわけかどす黒く見えた。

——これは……。

目をみはり、承芳はまじまじと内記を見た。どこか体の具合が悪いのではないか。

だが、今そのようなことをいっても、しようがない。

「内記、世話になった」

会釈して承芳は礼を述べた。

「左馬助をよろしく頼む」

「お任せください」

笑みを浮かべて内記が請け合う。相変わらず顔にどす黒さは貼りついたままだ。

「では、これで」

内記に顎を引いてみせ、承芳は再び歩き出した。しばらく行って後ろを振り返ると、内記たちはその場を動かず、こちらをじっと見ていた。

――あの顔色は、いったいなんなのか……。

「どうかしたか、承芳どの」

横から雪斎がきいてきた。

「いや、なんでもない……。ところで昨日、お師匠は、出迎えに来ていた左馬助を難しい顔で見ていたが、なにゆえだ」

「承芳どの、わからぬか」

底光りする目で承芳を見据えてくる。

「城主として軽々しい行いだったからか」

「そうだ」

雪斎が首を縦に振った。

「もし昨日、敵対する軍勢が城下にひそんでいたら、左馬助どのは殺害されていたかもしれぬ。柳之丸も、あっさり落とされていたであろう」

「柳之丸もな……」

城主が殺されれば、そうなるのは明らかである。

「城主たる者、実の兄と久しぶりに会えるからといって、わずかな供を連れて城外に出るとは、あまりに思慮がなさすぎる。城外に出るのは、城下の安全が確かめられたときのみにすべきだ」

もし左馬助の命を狙う者がいるとしたら、と承芳は思案した。雪斎の言葉通り、昨日は絶好の機会としかいいようがなかった。

――織田弾正忠が刺客を放っていたら、左馬助の命はなかったか……。

こうしてみると、と承芳は思った。

――やはり俺たちは、決して気を緩められぬ世を生きておるのだ。

承芳は、思い知らされたような気分だ。だがそれでは、とすぐに思った。

――あまりに辛すぎぬか。かような世を、いつまでも放っておくわけにはいかぬ。なんとしても変えねばならぬ。

　まだ闇が深くうずくまっている行く手を見やって、承芳は思った。

──だが、俺は新たな世を切り開くために、おびただしい血が流れるのを厭(いと)わず、突き進んでいけるのか。

　うつむいて承芳は自問した。

──魑魅魍魎(ちみもうりょう)の類としか思えぬ者が跳梁跋扈(ちょうりょうばっこ)している世を、平らげられるのか。

　目を閉じて承芳は考え込んだ。

──わからぬ……。

　必ずやれるとの確信を、承芳は持つに至らなかった。

第三章

一

お疲れさまでございました、と川越人足が丁寧な口調でいった。

「かたじけない」

礼を口にして、承芳は川越人足の肩から下りた。地面に足がつき、ほっと息が出る。

「いえ、なんでもないことで……」

こちらに向き直った四十代半ばと思える川越人足が、頰を和ませて小腰をかがめた。太ももとふくらはぎの張りはすさまじく、まるで木の幹のようだ。

「お坊さんを背負えるなんて、功徳以外のなにものでもありません」

肩車してきたのが今川家の御曹司だと知ったら、目の前の川越人足はひっくり返らんばかりに驚くだろう。

「これをお返しいたします」

川越人足が、金剛杖を承芳に差し出す。

「済まぬ」

金剛杖を承芳は受け取り、先端を地面に突き立てた。

「とにかく、そなたのおかげで無事に駿河国に入れた。礼を申す」

川越人足から目を離し、承芳は行く手を見やった。昇ったばかりの朝日がまぶしい。

――ついに駿河に入ったか……。

右手は広々とした平野が広がっているが、左手からは山が迫ってきている。行く手にも山並みが望めた。

――やはり駿河は山が多いな。尾張国とはずいぶんちがう……。

振り返ると、日射しを浴びて大井川がきらきらと輝いていた。さすがに遠江と駿河の国境になっている大河だけに、悠々とした流れが雄々しく感じられた。

――少し怖かったな……。

川越人足は旅人を肩にして大井川を渡ることに慣れている上に、今は渇水の時季で、流れは幾筋かに分かれており、さしたる深さはなかった。

だが、本流とおぼしき流れを渡っている最中だけは、川越人足の肩にしがみつきたくなる瞬間が何度かあった。

流れがごうごうと渦巻き、恐ろしいほど速かったからだ。

本流には、人を一気に引きずり込むほどの凄まじさも感じられた。

もし川越人足が足を滑らせでもしたら、承芳は溺れ死にを免れなかっただろう。

――とにかく俺は生きておる。

それを今は喜ぶべきだ、と承芳は思った。もっとも、もしここで命を落とすようなら、天下を平らげるほどの器ではないと、天が判断したからであろう。

雪斎や将監、彦次郎、右近たちも川越人足たちに肩車されて大井川を渡り、駿河側の岸に足をついた。

供の足軽、雑兵たちは徒歩渡しで流れを越えたが、安堵の顔つきになっていた。

もっとも、雪斎だけは別で、なにも感じていない顔をしていた。さすがに旅慣れているのだ。

「さあ、いよいよ今日中に駿府に到着いたしますぞ」

張り切った声を将監が上げた。

「兄者、駿府まであとどのくらいだ」

日焼けした顔を将監に向けて、右近がきく。

「五里というところか」

「ならば、今日の夕刻前には着けるな」

「急げば、昼過ぎに着けるぞ」

「兄者、さすがにそれは無理であろう」

「まあ、そうだな」

「よし、まいるぞ」

金剛杖を握り直して雪斎が皆をいざなう。

「まいりましょう」

将監が和すようにいった。承芳たちは東海道を歩き出した。

今日は天文四年（一五三五）十二月五日である。これまで承芳たちは、順調に旅程をこなしてきた。

冬でもあり、晴天が続いたのもありがたかった。

毎日、風がひどく冷たいのに承芳は閉口したが、氷のような雨に降られるよりずっとよかった。雪にも見舞われなかった。

「しかし、天気に恵まれてよかったですね」

生き生きとした声を上げたのは、彦次郎である。

「これも、我らの日頃の行いがよいからであろう」

駿府が近づいてきたのにうれしさを隠し切れないのか、珍しく雪斎が軽口を叩いた。

――お師匠も、だいぶ気持ちが弾んでいるようだ。

承芳は頬が緩むのを感じた。

承芳たちは途中、わずかな休息を挟みつつ東海道を東へ急いだ。

藤枝宿を過ぎると、正面に深い山並みが見えてきた。あの険しい山に、最後の難所というべき宇津ノ谷峠が控えている。

さらに東海道を進んで岡部宿に入ると、承芳は、両側から急に山が迫ってきたような気がした。

この地には、今川家の重臣岡部左京進親綱の居館がある。親綱がいま居館にいるか、わからない。

氏輝の具合がよくないため、今川館に詰めているかもしれない。

――五郎さまの具合は、どうなのだろうか。持ち直してはおらぬか……。

承芳としては、氏輝が快方に向かっていると信じたい。

――さすれば、俺は京に戻れる。またあの静かな場所で、学問や禅の修行に専心できるのだ……。

道が上りはじめ、それにつれて木々が深くなっていく。日が射し込んでこなくなり、あたりが一気に暗くなった。

街道は、すれちがうのにも難儀しそうなほどの細さである。しかも、人影はまったくない。

いかにも、野盗が出てきそうな雰囲気である。この道を一人で行くのは、と承芳は金剛杖を使って歩を進めながら思った。さぞかし心細かろう。

「承芳どの、蔦の細道に入りましたぞ」

後ろから雪斎が承芳に声をかけてきた。

「在原業平公の『伊勢物語』だな」

前に顔を向けたまま承芳はいった。

「承芳どのは、蔦の細道について、『伊勢物語』になんと書かれていたか覚えておるか」

「もちろんだ」

頬に笑みをたたえて、承芳はすらすらと口にした。

「宇津の山にいたりてわが入らむとする道はいと暗う細きにつたかえでは茂り……。お師匠、合っておるか」

「合っている」

雪斎が満足げな声で答えた。調子に乗って承芳はさらに続けた。

「在原業平公には、駿河なる宇津の山べのうつつにも夢にも人に逢はぬなりけり、という歌もある」

「承芳どの、その歌の意味は知っておるか」

「在原業平公が、東下りをしている最中のことだ。うつつでも夢でもあなたに会えずにいる、と京に残してきた恋しき人に焦がれる切ない思いを詠んだ歌であろう」

「あなたが自分のことを忘れてしまったゆえに夢にも出てこぬのであろう、とうらみの籠もった歌でもある。うつつという言葉を引き出すために、一句目と二句目はある。そこが、在原業平公の巧みさといってよかろう」

やがて承芳たちは蔦の細道を上りきった。木々が切れて、日射しが頭上から降り注ぐ場所に出た。風の通りもよく、承芳は爽やかな気分に包まれた。

――まるで駿府から風が吹き寄せているようだ。

宇津ノ谷峠の頂は少し広い場所になっていて見晴らしがよく、駿河の海に落ち込む山並みも眺められた。

「よし、ここでしばらく休憩しよう」

皆を見渡して雪斎がいった。ありがたい、と思って承芳はそばの灌木（かんぼく）に金剛杖を立てかけ、大石に腰を下ろした。

もっとも、雪斎や庵原三兄弟は座らず、立ったままでいる。足軽や雑兵も同じである。

自分だけ座って申し訳なかったが、やはり体を休められるのは、ありがたい。上り道を歩いてきたために、かなり汗をかいている。

承芳は手ぬぐいを使って、首筋の汗を拭いた。竹筒の水を飲むと、体に染み渡るようで、生き返った心地になった。

「ふう、うまい」

吐息とともに承芳はつぶやいた。

立ったままでいる雪斎も、じっくりと味わうように竹筒を傾けていた。他の者たちは、ごくごくと喉を鳴らして水を飲んでいる。

「ところで兄者。この頂はどのくらいの高さがあるのだ」

竹筒を腰に結わえつけて、彦次郎が将監にたずねる。

「六十丈というところか。俺も詳しくは知らぬのだが……」

「将監、合っておるぞ」

腰に竹筒を吊して雪斎がいった。

「さようですか」

将監がうれしげに笑った。雪斎が言葉を続ける。

「六十丈ではなく七十丈だという者もおるし、五十丈ほどではないかという者もいる。はっきりした高さは、誰も知らぬのであろう。ゆえに、あいだを取っておけばよい」

「なるほど」

笑みを浮かべて将監がいった。承芳に顔を向け、雪斎が問う。

「承芳どの、そろそろよいか」

「もちろんだ」

元気のよい声を承芳は返した。

「お師匠、俺は別に疲れてなどおらぬ」

「承芳どのは若いゆえな」

「お師匠は疲れておらぬのか」

「さほどでもない」

「さすがだ」

「若い時分より京と駿河を何度も行き来しておったゆえ、旅には慣れておる」

雪斎を褒めてから承芳はかたわらの金剛杖をつかみ、大石から腰を上げた。

「大したものだ」

ここから道は下りである。道行きが楽になるのは、まちがいない。

一気に駿府が近づいてくるのではないか。そう思うと、心が躍って仕方なかった。

承芳はその思いを鎮められない。一刻も早く、この目で駿府の町を見たくてならない。

――やはり生まれ故郷というのはよいものだ。もはや待ちきれぬ。

承芳の胸の鼓動は、痛いくらいに高まってきていた。

二

承芳が歩き出した直後、先頭を行く将監が、むっ、とうなるような声を発して立ち止まった。

「どうした」

すぐさま承芳は、こちらに背中を向けている将監にただした。

「承芳さま、お下がりください」

金剛杖を両手で構えた将監が、身振りで示した。

承芳は、身なりがよいとはいえない者が一人、行く手に立っているのに気づいた。男は承芳たちをこれ以上、行かせるつもりはないように思えた。

──何者だ。

承芳が見るところ、背の高い男は野盗の類ではないかと思えた。左の眉が切れたようになく、そこに大きな傷があった。それが男の人相をすさませていた。眉に傷がある男は、一本の刀を腰に差している。この寒いのに半裸で、具足だけを着込んでいた。刀のほかに、得物らしい物は見当たらない。

「なにか用か」

腰を落とした将監が、凄みのある声で問うた。だが男はなにも答えず、将監を見つめているだけだ。

「そこをどいてもらえるか」

将監の声が届かなかったかのように、男は身じろぎ一つしない。不意に、右手を振り下ろした。

それに応じて、右側の森からぞろぞろと男たちが出てきた。二十人は優にいる。その男たちも、半裸に具足を着込んでいた。刀を腰に差している者がほとんどだが、手槍を得物にしている者も何人かいた。

——やはり野盗か。ずいぶん数が多いな……。

ごくりと唾を飲み、承芳は金剛杖をかたく握り締めた。

すっと動いて彦次郎が承芳の前に出た。承芳を背後にかばい、金剛杖を構える。

眉に傷のある男が目つきを鋭くし、将監にずいと近づいた。

「金を出せ」

「目当ては金か」

馬鹿にしたように将監がいった。

「それ以外、なにがあるという」

「いやだといったら」

「殺す」

ふっ、と将監が笑いを漏らした。

「きさまらに、俺たちが殺れるはずがない」

「殺れるさ」

「ただの思いちがいに過ぎぬ」

「おびえておるくせに、大口を叩くな」

「誰がおびえているというのだ」

あくまでも冷静にいって、将監がちらりと彦次郎に目を当てた。

「彦次郎、承芳さまから離れるな」

鋭い口調で将監が命じた。

「承知した」

野盗たちに目を据えて、彦次郎が答えた。

「右近、おぬしは雪斎どのを守れ」

「わかった」

右近が返事をしたが、雪斎が間髪を容れずにかぶりを振った。

「いや、拙僧に構わずともよい。自分の身は自分で守れる」

背筋を伸ばし、雪斎が金剛杖を持ち上げてみせた。

「しかし……」

「将監、本当によい。野盗など、拙僧でも十分に相手ができる」

雪斎が武芸を使えるのか承芳は知らなかったが、できないにもかかわらず、できるというとは思えない。それは将監も同様だったらしい。

「承知いたしました。ならば右近、俺のそばにまいれ」

わかりもうした、と答えて右近が将監と肩を並べ、金剛杖の先を地面に打ちつけた。

「堅市──」

野盗たちをにらみつけたまま、将監が足軽の一人を呼んだ。

「おぬしらは、承芳さまを守れ。ほかはなにもせずともよい。承芳さまの盾になるのだ。承知か」

「承知いたしました」

きびきびとした声で堅市がいい、庵原家の足軽と雑兵たちが肩に担いでいた荷物を地面に置いた。金剛杖を手に、承芳の周りを囲んでいく。

「きさまら──」

目の前の野盗に、将監が落ち着いた声音で呼びかけた。両眼が炯々（けいけい）と輝いているのが、将監の顔を見ずとも承芳にはわかった。

「我らを狙うなど、心得ちがいも甚だしい。きさまらが今日を命日としてよいと思うておるなら、かかってまいれ。よいか、これは脅しではない。きさまらは知らぬだろうが、我らは手足（てだり）だ。おとなしく下がれば、今日のところは見逃してやる」

「でかい口を叩くものよ」

あきれたように眉に傷がある男がいった。

「うぬらこそ、有り金すべて置いておけ。さすれば、命だけは助けてやる。身ぐるみ剝ぐ気はない。僧衣などいらぬゆえな。金で命があるなら、安いものであろう」

「愚かな男よ……」

嘲るように将監がいい、首を振った。

「きさまらにくれてやる金など、一文たりともない。命が惜しければ、とっとと去（い）ね。もう一度いうが、これは脅しではない」

けっ、と眉に傷のある男が、将監の足元に唾を吐いた。その男を見て、将監が残念そうにかぶりを振った。

「物わかりの悪い男だ。まことに死ぬ気か」

その将監の言葉を合図にしたかのように、男の瞳に怒りの色がたたえられた。

「皆殺しにしてくれるわ。うぬらの命を奪ってから、金をいただこう」

腰の刀を引き抜くや、眉に傷のある男が猛然と突っ込んできた。

一間ほどまで迫ったところで、将監めがけて刀を振り下ろしてくる。先に攻勢をかけたほうが勝ちだといわんばかりの猛烈さである。

だが次の瞬間、どん、と音とともに男が後ろに吹っ飛んだ。男の斬撃が届くよりも先に将監が深く踏み込み、金剛杖の先で男の胸を突いたのである。

音を立てて背中から倒れ込んだ男は地面を少し滑ったのち、石に頭をぶつけて動きを止めた。刀は握り締めているものの、首が変にねじれていた。

――絶命したのではないか。

承芳にはそう見えた。あまりに将監の金剛杖での突きが強烈すぎ、具足の上から打たれたのにもかかわらず、男は息を詰まらせ、死に至ったのだろう。

男の両目の下にくまができ、顔色が徐々にどす黒さを増していく。

仲間の無残な死を目の当たりにして逃げ出すかと思ったが、ほかの野盗たちは我に返ったように、怒声を上げて一斉に将監に駆け寄ってきた。

将監の金剛杖がうなりを上げ、まず小太りの男の体を薙いだ。ぎゃあ、と悲鳴を上げて男が横倒しになる。

すっと前に出た右近が、金剛杖を袈裟懸けに振るった。突進してきた背の低い男の顔に、金剛杖がまともに当たる。

がつ、と音がし、男の顔が、ぐしゃっと潰れた。男はその場に、声もなくくずおれた。

ひょろりと瘦せた男が刀を振るって、雪斎に躍りかかっていく。お師匠、と承芳は心で叫んだが、雪斎はあわてず騒がず、男の刀を金剛杖で弾き返した。それだけで瘦せた男の両手が上がり、腰が伸びた。体勢の崩れを見逃さず、雪斎が金剛杖で突きを見舞った。

男の腹に金剛杖の先が鋭く吸い込まれ、どす、と具足を突いた。素早い立ち回りに、うおっ、と承芳は声を上げた。

——なんと、すごい……。

雪斎の動きに、承芳は目を奪われた。

——お師匠は、いつあのような技を身につけたのか……。

ううぅ、と腹を打たれた男がうめいて、腰を折る。相当の打撃だったようで、男がよろよろと後ずさっていく。

足を踏み出して金剛杖を振るえば、男にとどめを刺すのはさして難しくはなかっただろうが、雪斎は動かずその場にとどまっていた。

——見逃したか……。

男はずるずると下がって、他の野盗の後ろに入り込み、姿が見えなくなった。

承芳の目の前で、彦次郎も戦いはじめた。地面を滑るように近づいてきた若い男の肩に、金剛杖の一撃を加えた。

左肩を打たれた男は、ぐえっ、と蛙が潰れたような声を上げ、ぐらりと体をよろめかせた。次いで彦次郎の金剛杖がさっと横に払われ、若い男の顎を打った。顎を砕かれたらしい男は喉の奥から、あぁ、と絶望したような声を発し、その直後、地面に倒れ伏した。しばらく四肢を痙攣(けいれん)させていたが、やがてそれもやんだ。足を踏み出した彦次郎が金剛杖を旋回させ、刀を手に突っ込んできた小柄な男の脇腹を打った。ぐう、と妙な声を上げて、男がくるりと体を回転させる。

さらに彦次郎が容赦なく金剛杖を一閃させた。男の左肩に、金剛杖がめり込む。ぐわっ、という悲鳴とともに男の体が独楽(こま)のようにさらに回転した。三度ばかり回ったのち動きが止まり、力尽きたかのようにうつ伏せに倒れた。もはや身動き一つしない。

がっしりとした体の男が怒りに震えた顔で、きさまっ、と叫んで彦次郎に駆け寄ってきた。右手で握っていた手槍を、彦次郎めがけて振り下ろしてくる。

手槍は目にも留まらぬ速さで、自分が狙われているわけでもないのに、承芳は身がすくんだ。

彦次郎はまったく動じていなかった。両足を踏ん張り、両腕で金剛杖を掲げた。

手槍が金剛杖を打ち、がしんっ、と耳を聾(ろう)するような音が立った。金剛杖がたわんだように見えたが、彦次郎の体はびくともしなかった。彦次郎は、金剛杖で手槍をがっちりと受け止めていた。

男が槍をしごき、もう一度、彦次郎に一撃を加えようとした。

だが、その前に彦次郎が、金剛杖を右手のみで突き出していた。金剛杖の先端が男の具足を打つ。

がつ、と音がし、体をわずかにふらつかせたが、男が構わず槍を彦次郎の頭上へ振り下ろしていく。それとほぼ同時に、彦次郎が下段から金剛杖を振り上げていった。

金剛杖のほうが、槍よりも速かった。ぐわあ、という声とともに男がいきなり身もだえ、槍を放り出して股間を両手で押さえた。

彦次郎の金剛杖は、男の股間を打ったのだ。男は横倒しになり、もがき苦しんでいる。

足元に転がっている手槍を彦次郎が拾い上げ、右手に持ち替えて男の首筋に無造作に突き立てた。

げっ、という音とともに口から血の塊が吐き出され、男の顔が力なく地面に触れた。横を向いた顔は、すでに息をしていない。

彦次郎が手槍を引き抜くと、男の首から血が噴き出した。

楽にしてやったのだな、と承芳はその光景を見て思った。

あまりの彦次郎の強さに野盗たちは恐れをなしたのか、かかってくる者が一人もいなくなった。

将監と右近は、まだ戦い続けていた。二人の金剛杖が縦横に動くたびに、野盗から悲鳴が上がり、血しぶきが舞う。

庵原三兄弟のすさまじいまでの強さに、承芳は息をのむしかなかった。

気づくと、いつしかあたりは静かになっていた。剣戟(けんげき)の音は絶えている。二十人以上いたはずの野盗はおびただしい死骸を残し、姿を消していた。

数えてみると、十六人がその場で息絶えていた。すべて庵原三兄弟が倒した者である。雪斎に具足を打たれた男は、殺される前に逃げ出したようだ。

賢明だな、と承芳は思った。何事も命あっての物種である。死んでしまっては、元も子もない。

「承芳さま、お怪我はありませぬか」

返り血を浴びた彦次郎が、息を荒らげることなく承芳に問う。

「俺は大丈夫だ。彦次郎、そなたはどうだ。傷は負っておらぬか」

「なに、かすり傷一つ負っておりませぬ」

彦次郎が胸を張っていった。実際、彦次郎に傷をつけられる者など、野盗には一人もいなかった。

うむ、と承芳はうなずいてみせた。

「彦次郎、まことに見事な働きだった」

承芳を見つめて、彦次郎がにこりとする。

「野盗など、取るに足らぬ者どもです」

彦次郎と同じように、顔を血で一杯に染めた将監が近づいてきた。

「承芳さま、この者たちの始末ですが、どういたしましょう。埋めてやりますか」

地面に横たわる十六もの死骸に目をやって、将監がたずねてきた。

「将監、右近。そなたたちに怪我はないか」

「ございませぬ」

将監が笑顔で答えた。右近も将監の横で笑みを浮かべている。

あれだけ激しく戦ったのに、二人とも息をまったく切らしていない。

すごい男たちがいるものだ、と承芳は感心するしかない。

――俺には決して真似できぬ……。

「それで承芳さま、この者らはいかが始末いたしましょう」

改めて将監がきいてきた。物いわぬ骸を承芳は見渡した。

つい先ほどまで、当たり前に生きていた者たちである。将監の言葉の通り、本当におのれに死が巡ってくるとは、誰一人として考えていなかったのではないか。

――まさか今日が命日になるとは、今朝、目を覚ましたとき思った者がいただろうか。

いるはずがない。

──この者たちは、いったいなんのためにこれまで生きてきたのだろう。ここで骸となるためか。

ふっ、と承芳は小さく息を入れた。

「いくら非道の者どもとはいえ、山犬の餌にするのはあまりに哀れだ。葬ってやりたいと思うが、将監、構わぬか」

「わかりました。承芳さまの仰せの通りにいたします」

それでよい、というように雪斎が満足げに承芳を見つめてくる。

雪斎も、別に怪我は負っていないようだ。激しい戦いのあとだが、いつもと変わらぬ平静な顔つきをしている。

「この者どもを葬ってやれ」

将監の命で足軽と雑兵が、野盗たちの得物だった刀や手槍を使い、街道から少し外れた場所に穴を掘りはじめた。

「将監、そなたたちは顔や手を洗ってくるのだ。近くに泉が湧いていよう」

承芳がいうと、将監がほっとしたような顔になった。

「三人がいっぺんに承芳さまのそばを離れるわけにはいかぬゆえ、一人ずつ行ってまいります」

「それでよい」

まず将監がその場を立ち去った。その間に、足軽と雑兵の手で、大きな穴が二つ掘られた。

そこに将監が戻ってきた。泉の場所を将監から聞き、彦次郎が向かう。

死骸が二つの穴に次々に投げ込まれていく。十六の死骸がすべて穴におさまった。

彦次郎が戻ってきた。さっぱりした顔をしている。次いで右近が泉へ行った。

死骸に土がかけられ、すべて見えなくなった。そこは、こんもりとした二つの小山になった。

右近が帰ってきた。表情が生き返ったようにすっきりしている。

「承芳どの、経を上げてやりなされ」

穏やかな声で雪斎がいった。

「俺が上げるのか。お師匠は」

承芳を見て雪斎がかぶりを振った。

「拙僧も、この者らと戦ったのだ。拙僧が経を上げても喜ぶまい」

「経というのは、そういうものではあるまい」

「だが今日は、経を上げるのに拙僧がふさわしいとは思えぬ。承芳どのに頼みたい」

ここでいい争っても仕方ない気がした。

「承知」

顎を引いた承芳は、野盗たちの墓となった二つの小さな山の前に立った。むせるような土のにおいが放たれている。

合掌し、承芳は読経をはじめた。

それに合わせて、雪斎たちが一斉にこうべを垂れ、目を閉じた。

承芳の口から流れ出る朗々とした声が、山中に響き渡っていく。

自分が上げているにもかかわらず、承芳は誰か別の者が読経をしているかのような錯覚にとらわれた。

なんといっても、先ほどの出来事が自分に降りかかったとは思えずにいるのだ。あんな惨劇は、京にいたときは決して起こり得なかった。

――俺が駿府に帰ろうとしなければ、俺と会う運命ではなかった者たちだ。俺が京におれば、死ななくてもよかった……。

野盗を生業（なりわい）にしていれば、いつかは必ず命を落としていただろうが、少なくとも今日が命日にはならなかったのではないか。

――やはり俺は、都に戻るべきなのではないか……。

そんな思いを心中によぎらせながら、承芳は読経を続けた。

三

大勢の人が談笑しつつ行きかう駿府の町に足を踏み入れたとき、日は暮れかかっていた。

承芳にとって、三年ぶりの駿府である。先ほど経を上げた宇津ノ谷峠では、京に戻るべきではないかと考えたりもしたが、こうして故郷の土を踏んでみると、抑えきれない喜びが込み上げてくる。

——ついに戻ってきた……。

足にだいぶ疲労がたまっているが、承芳はそれを忘れた。駿府の町を見渡すと、胸が詰まりそうになった。

冬になると駿府は、戌亥の方角から冷たい風が吹きつけてくる。今もその風が吹いてきて、砂埃を巻き上げていく。それが顔に当たるのだが、承芳はなんとも思わなかった。

——いくら風が冷たかろうとも、故郷では芯から冷えるほどの寒さにはならぬ。

駿河は、それほど暖かなのだ。大気にも、どこか柔らかさが感じられる。

そのためなのか、すぐそこまで夜が迫っているというのに、笑みを浮かべて通りを歩いている者たちの姿がいくらでも目につく。

——この町は平和なのだな……。

今川家という、強大な勢威を誇る大名が治める町なのだ。三河の松平家、甲斐の武田家、相模の北条家と隣国に強力な大名家が揃っているが、堅固な今川領を侵そうとする者はどこにもいない。

甲斐の武田信虎のみがしきりに国境をうかがっているが、せいぜいその程度で、今川領深くまで攻め入ろうとはしない。

応永十八年（一四一一）に今川家がこの町に本拠を置いて以来、一度も他国の軍勢に攻め込まれていない。駿府は百年以上の長きにわたり、平穏を保っているのだ。

この町の者にとって平和を謳歌するように暮らすのは、至極当然のことでしかない。

「承芳さま、富士山が見えますぞ」

弾んだ声を上げて彦次郎が東を指さす。

「ああ、本当だな」

夕日を浴びて、富士山は赤く染まっていた。雪をまとっていたが、たっぷりというほどではない。青い肌がところどころ見えている。雨がよく降る春先のほうが、富士山はずっと雪深い。

「お師匠、今から今川館に行くのか」

足を止めずに承芳は雪斎にたずねた。

「いや、今日は善得院にまいろう。帰着の挨拶は明日でよい」

「そうか、わかった」

将監の命により、右近と堅市が善得院への先触れに出た。

それを見送って、承芳たちは東海道を進んでいった。

やがて、右手に今川館が見えてきた。懐かしさが胸を浸す。本当に駿府に帰ってきたのだな、と承芳は思った。

今川館の大手門に当たる四脚門は、がっちりと閉まっていた。付近に番兵らしい者もいない。

外から見る今川館は、相変わらずの静謐さに包まれていた。

――五郎さまは、どうされているだろうか。

兄の身が案じられ、承芳は氏輝の顔を見たいとの衝動に駆られた。

だが、今から今川館を訪れるのには、刻限が遅すぎる。明日には会えるのだ。承芳たちは、そのまま東海道を北上した。

小さな追分に出た。承芳たちは左に曲がり、麻機街道と呼ばれる道に足を踏み入れた。

左手に、覆いかぶさってくるかのような賤機山の影が見えている。この山に、詰の城の賤機山城が築かれているのだ。

麻機街道に入って十町ばかり行ったところで、道を斜め左に折れた。両側を深田に挟まれた道が、まっすぐ続いている。

この道は三町ほど先で、寺に突き当たって終わっている。薄闇の中、承芳の目に門がうっすらと見えた。善得院の山門である。

「着いたな、承芳どの」

承芳の横で雪斎がうれしそうにいった。

「うむ、帰ってきた」

承芳の胸も一杯になった。善得院は賤機山の懐にそっと抱かれているような寺である。山門を目にするたびに禅寺という厳しさよりも、優しさのようなものを承芳は覚える。

善得院の山門は、今川館とは異なり、大きく開いていた。

「お帰りなさいませ」

寺男の千吉が承芳たちを出迎えた。そばに先触れをつとめた右近と堅市が立っている。

「うむ、千吉、ただいま戻った」

「お疲れさまでございました」

まず承芳が門を入り、そのあとに雪斎たちが続いた。

全員が境内に足を踏み入れると、門戸が閉められ、閂が下ろされた。

「いつお戻りになるのか、手前はずっと心待ちにしておりました」

千吉がにこにこしていう。

「では承芳さま、雪斎さま、皆様方、どうか、こちらにおいでください」

承芳たちは境内の石段を上り、大方丈と呼ばれる本堂の前に出た。深々と頭を下げる。

それから大書院に向かい、承芳たちは庭に面した濡縁の前に立った。千吉がすすぎのたらいに水を入れて持ってきた。それで足を洗い、承芳は中に上がった。

雪斎や将監たちも足を洗って、承芳に続いた。

足軽や雑兵たちも荷物を持って上がってきた。畳敷きの広間に荷物を置くと、すぐに庭に下りていく。

京の妙心寺以来、承芳は久しぶりに畳に座った。やはり畳はよいな、と心から思った。

「千吉、そなた、変わりはないか」

にこやかに承芳がいうと、濡縁に端座している千吉が手を横に振った。

「いえ、承芳さまが京にいらっしゃるあいだに、手前も五十になりました。いつお迎えがきてもおかしくない歳でございます」

「そうか、千吉も五十になったか」

「はい。手前がいうのもおこがましいのでございますが、承芳さまは実にご立派になられました。袈裟を着ておられますが、まさに若武者としかいいようがございません。威風あたりを払うと申しますが、まさにその通りのお方だと存じます」

「千吉、いくらなんでも褒めすぎだ」

「いいえ、褒めすぎではございません」

千吉、と雪斎が横から呼んだ。

「夕餉の支度をしてくれぬか」

「あっ、はい。承知いたしました。ただいま」

畏れ入ったように答えて千吉が素早く立ち上がり、庭に下りていった。

千吉と入れちがうように、一人の僧侶が姿を見せた。善得院で、承芳たちの留守を預かっていた月斎である。

「おう、月斎ではないか」

雪斎が張りのある声を発した。

「お帰りなさいませ」

濡縁に上がって端座し、月斎が承芳と雪斎に向かって深く頭を下げる。

「月斎、我らが不在にしているあいだ、よく留守をつとめてくれた」

月斎は雪斎の弟弟子の一人で、三十七歳という年相応の落ち着きが感じられる男だ。

雪斎が安心して善得院の留守を託したのも、納得できる。

月斎が静かに顔を上げた。三年前と変わらず、すっきりとした面持ちをしている。

「はっ、おかげさまで何事もなく留守を預からせていただきました」

「よくやってくれた」

微笑をたたえて会釈した月斎が承芳を見る。

「いま風呂を焚いております。承芳さま、お入りになりますか」

「風呂か。長旅の汗と垢を落とせるのは、ありがたいな」

仏教においても、風呂は七病を除き、七福を得られるといわれている。体にとてもよいのである。

「夕餉の前にお入りになりますか」

「風呂に入れば、さっぱりしよう。それから夕餉を食べられるなら、ありがたい」

「では、そうなされますか」

うむ、と応じて承芳は立ち上がった。高足駄を履き、風呂場に向かう。承芳の警固に彦次郎がついてきた。

「こちらでお待ちいたします」

風呂場の戸口で一礼した彦次郎が、戸を閉めた。

高足駄を脱いで、承芳は上がり場に入った。焚場に置かれた湯釜から湯気が激しく上がっているらしく、戸板越しに熱気が感じられる。

上がり場で袈裟や下着を脱ぎ、承芳は裸になった。そこに用意されていた湯帷子(ゆかたびら)を着て板戸を開け、湯殿に入る。

焚場の湯釜から送られてくる湯気で、湯殿内は、むっとする暑さに包まれていた。

承芳は板戸を閉め、長床几(ながしょうぎ)に腰を下ろした。

目を閉じ、身じろぎせずに汗が出てくるのを待っていると、上がり場から男の声がかかった。

「千吉でございます。お背中を流しにまいりました」

「入ってくれ」

目を開けた承芳がいうと、板戸が開き、下帯だけの恰好をした千吉が、失礼いたしますといって入ってきた。

湯汲みが中に突っ込まれた大きめの桶を右手で持ち、左手には手ぬぐいを握っている。桶には、たっぷりと水が張られていた。

「おっ、だいぶ汗が出ておりますね」

承芳を柔和に見て、千吉がいった。

「かなり暑いからな」

「では、お背中を洗わせていただきます」

「頼む」

「失礼いたします」

頭を下げて千吉が承芳の背後に回り、桶を床に置いた。

「承芳さま、湯帷子を脱いでいただけますか」

「わかった」

いったん立ち、承芳は湯帷子を脱いだ。それを千吉が受け取り、長床几の端にそっと置く。桶の水に浸した手ぬぐいを、千吉が少ししぼった。

「はじめます」

宣するようにいって、千吉が手ぬぐいで承芳の背中を優しくこすりはじめる。

「痛くはありませんか」

「痛くはない。とても気持ちよい」

「それは、ようございました。垢がたくさん出てまいりました」

「そうであろう。長旅だったゆえ……」

ごしごしと強い音がするが、痛くはない。風呂に入るたびに承芳は、千吉に垢すりをしてもらっている。千吉は名人としか思えない巧みさで、常に垢をこすってくれる。

手ぬぐいで垢を落とし、湯汲みを使って千吉が承芳の体に桶の水をかけていく。

「承芳さまはお若いですから、こすってもこすっても切りがありません。手前などは、もう歳ですから、ひとこすり、ふたこすりしたくらいで、垢はすっかり出なくなってしまいますが……」

「そのようなことはあるまい。千吉はまだまだ若い」

「いえ、さすがにもう歳でございます」

「千吉には、これからもこすってほしいのだ。だから、ずっと元気でおるのだ。わかったか」

「ありがたきお言葉にございます。できる限りがんばって、生きるようにいたします」

「頼んだぞ」

最後に、千吉が桶に残った水を承芳にざぶんとかけた。

「これでおしまいでございます。承芳さま、おつかれさまでございました」

承芳は笑みを千吉に向けた。

「とても気持ちよかった。生き返った気分だ」

「それはようございました」

にこにこと千吉が笑んだ。

「どうぞ、お先にお出になってください。手前はここの掃除をしてから出ますので」

「そうか。済まぬな」

「お世話いただいているのは、手前のほうでございますよ」

千吉にうなずきかけてから、承芳は湯殿を出た。上がり場には新しい手ぬぐいが用意されており、それで体を拭いた。

着替えも置かれていた。袈裟ではなく、武士が着るような熨斗目色の小袖である。

「ありがたし」

つぶやいて承芳は下帯を締め、小袖を着用した。帯を結ぶと、気分がしゃんとした。疲れもすっきりと取れたような気がする。

その後、夕餉を済ませて寝に就いた。床に横になった途端、承芳は、今宵は安眠できそうだ、と感じた。

京からの帰路はほぼ毎晩、雪斎の伝で臨済宗の寺に泊まっていたが、疲れ切っているはずなのにどういうわけか気持ちが休まらず、ぐっすり眠れぬ晩が何度かあった。

――この善得院という寺に深い愛着があるからこそ、俺は安寝できるのだろう。もちろん、風呂で汗と垢を落とせたのも大きいのだろうが……。

富士郡の善得寺だけでなく、この寺でも僧侶として長く修行してきたのである。母に抱かれるように、心が安らぐのも当然かもしれない。

――もっとも、俺は母上の胸で眠った覚えはないが……。

ただ記憶にないだけで、実際には寿桂尼にはよく抱かれていたのかもしれない。

明日は、久しぶりに寿桂尼に会える。

幼い頃から寺に出され、承芳は寿桂尼と一緒に過ごした覚えはほとんどない。

寿桂尼に対し、愛しいという思いがないわけではないが、久方ぶりに会えるからといって、正直、さして気持ちが弾んでもいない。

――母上のお顔をこの目で見れば、きっとうれしさが込み上げてくるに決まっている。

承芳は、寿桂尼の顔を脳裏に思い描こうとした。寿桂尼が笑ってこちらを見ている。

――ああ、いつものように邪気のないお顔をされておる……。

それが承芳には喜びだった。やがて睡魔に包み込まれ、眠りに落ちていった。

四

あくる朝の巳（み）二つ時、承芳と雪斎は善得院の山門を抜け、外に出た。

二人とも、頭とひげをしっかりと剃っている。承芳は、雪持ち笹の小袖に肩衣（かたぎぬ）、袴という小綺麗な身なりにととのえていた。

いつもと変わらず黒衣に身を包んでいる雪斎の頭は、朝日を浴びてつやつやと輝いていた。おそらく自分も同じなのだろう、と承芳は思った。

将監、彦次郎、右近の三人に加え、京から一緒に戻ってきた足軽と雑兵が、供についている。

承芳たちが訪れるのに先立ち、右近を辰一つ時に今川館に先触れとして走らせてあった。氏輝や寿桂尼、並み居る重臣たちに、承芳と雪斎が今川館を訪れるのは、すでに伝わっているはずである。

二十町ほどを歩いて承芳たちは、今川館のそばにやってきた。善得院を出て、四半刻ほどたっている。

今川館のぐるりには幅四間ほどの水堀が巡っており、館近くに建つ朝比奈や三浦、福島、関口など重臣、一門の屋敷の周囲まで延びている。

半丈ほどの高さの土塁が堀に沿って盛り上がり、その上にのった塀が、方二町の広さを誇る館を囲んでいた。

これほどの造りなら、館とはいっても、駿府の者たちに構えと呼ばれているのが、よくわかろうというものだ。

昨日、前を通り過ぎた四脚門は大きく開いていた。

土橋を渡り、承芳たちは四脚門の前に来た。何人もの番兵が詰めていたが、雪斎が名乗ると、畏れ入ったように脇にどいた。

承芳たちは、今川館の中に堂々と入った。ただし、足軽と雑兵は四脚門の前から動かなかった。承芳たちが戻るまでここで過ごすのである。

今川館は主殿、常御殿、奥殿御屋敷、対面所、持仏堂、会所、台所、遠侍（とおざぶらい）など大きな建物が敷地内に配され、それらがすべて廊下でつながっている。

複雑に入り組んでいる敷地内の塀は、外から侵入しようとする者を、巧みに阻む形につくられていた。

それ以外にも厩（うまや）や米蔵があり、館内で働く者たちのために長屋が敷地の端に寄せられて建っていた。

将監や彦次郎、右近の三兄弟は遠侍に残し、承芳と雪斎は二人で対面所に向かった。遠侍は中門の近くにあり、館を訪れた客人を警固する侍の待合所となっている。

承芳と雪斎は対面所に入り、十畳ほどの広さの下段の間に座した。対面所は、主殿と屋根つきの廊下でつながっている。

四半刻ほど過ぎたと思える頃、一段上がった上座から人の気配が伝わってきた。

承芳が遠慮がちにそちらを見ると、氏輝が入ってきたところだった。大儀そうに座り、脇息にもたれかかる。

――ずいぶんと痩せられた……。

氏輝の姿を見て、承芳は息をのんだ。

次いで、大方さまと呼ばれる寿桂尼も姿を見せ、上座に端座した。

こちらは背筋が伸び、すっきりとした顔つきをしている。四十二という歳より若く見え、いかにも健やかそうだ。

寿桂尼の四十二という歳は、男なら本厄に当たるが、女は三十八歳の後厄を過ぎると、次は六十歳の前厄まで厄年はない。男も四十三歳の後厄のあとは、次は六十歳が厄年のはじまりとなる。

――俺の最初の厄年は七年後だ。

承芳は、いま十七歳である。男は二十四歳が前厄で、二十五歳が本厄なのだ。

――そういえば、五郎さまは来年、二十四歳になられる。なにもなければよいが……。

願いながら承芳は、氏輝の顔を控えめに見た。

氏輝は承芳より六つ上だが、今はもっと離れているように思えた。三十歳を過ぎているといっても、誰も疑わないのではないか。

氏輝の顔色は青く、額のしわも深くなっている。頬がこけ、げっそりと痩せ細った体からは、生気が一切、感じられなかった。

「承芳、よく帰ってきた」

脇息から重たげに体を起こし、氏輝がか細い声で呼びかけてきた。

「兄上のお呼びとあれば、この承芳、いつでも馳せ参じます」

両手を床につき、承芳はこうべを垂れた。

「承芳、心より礼を申す。雪斎も、よく帰ってきてくれた。余は、そなたの帰りを待ち侘びておった」

「ありがたきお言葉にございます」

氏輝に向かって、雪斎が深々と低頭した。

「承芳、雪斎、面を上げよ」

二人は氏輝の言葉に従った。承芳は氏輝に再び眼差しを注いだ。

――泉奘どのと左馬助に会ってきたが、兄弟の中で病にかかっているのは、五郎さまだけだ。お顔の色の悪さは、なんともいいようがない。

氏輝の姿を自分の目で見て、承芳は暗澹たる思いを抱いた。

「承芳、なにをうつむいておるのだ。顔を上げよ。余は、そなたの顔をもっと見たい」

はっ、と答えた承芳は、いつの間にか下を向いている自分に気づいた。

「健やかそうでなによりだ」

承芳の顔を見た氏輝が、相好を崩した。だが、承芳にはその笑顔が痛々しく思えてならなかった。

――兄上は、まことに儚くなってしまうのではあるまいか……。

そんな危惧を、承芳は心中に抱いた。

「兄上、お加減はいかがでしょうか」

承芳はきいた。きかざるを得なかった。うむ、と氏輝が顎を引く。

「だいぶよくなった」

かすかに笑みを浮かべて氏輝がいった。

「余は十日ばかり前に、ようやく起きられるようになったのだ」

すぐに疲れたような顔になり、氏輝が脇息にもたれかかった。

「それはなによりでございます」

本心から承芳は口にした。寝たきりだったのが起きられるようになった。それは、かなりよくなった証なのだ。

承芳が京で知り合った医者に有山という者がいるが、病というのは少しでもよくなったら、寝たきりでいるのはやめるべきだと、強くいっていた。

寝ているより座るほうがよい、座るより立つほうがよい、立つより歩くほうがよい、と口癖にしていたものだ。

「食事はいかがでございますか」

　さらに承芳は問うた。

「まだあまり食べられぬが、こうして起き上がれるようになってからは、だいぶ味がわかるようになった」

　吐息を漏らし、氏輝が脇息から体を持ち上げた。

「床に横になっていたときはいつも満腹で、食べる気はせなんだが、今はときおり空腹を覚える。そういうときにできるだけ食べるようにしておるが、侍医たちは、よい兆しだと喜んでおる」

「それがしも同じ気持ちでございます。食べてこそ、人は健やかになります。食事は、人にとって大根（おおね）といえるものでございます。食べ物を口に入れぬでは、健やかなる暮らしはまず望めませぬ」

　ふふ、と氏輝が薄く笑った。

「承芳は、医者と同じ物言いであるな」

　ただし、その氏輝の笑顔も切なげで、またしても承芳の胸は痛くなった。

「兄上は、どこがお悪いのでございますか」

「医者によると、どこが悪いというのではないらしいのだ」

　どういう意味だろう、と承芳は思った。少し悲しげな顔で、氏輝が言葉を続ける。

「結局のところ、余の体が弱いのが、すべてなのだ。病弱に過ぎるのだ。それに尽きるらしい」

無念そうに氏輝がいい、顔を伏せた。生まれつきでは、と承芳は思った。

――自分では、なんともしようがない。兄上も、もどかしいであろう。

同じ母から生まれたのに、おのれが丈夫なのに承芳は感謝した。やはり健やかでいられるのは、何物にも代えがたい。

承芳、と氏輝が呼びかけてきた。声音が少し明るくなっている。

「余は近いうちに湯治へ行こうと思うておる」

おっ、と承芳は目をみはった。氏輝から先ほどの無念そうな表情は消えている。氏輝の頬にたたえられた笑みは、二十三歳の男にふさわしいものに思えた。疲れた感じは、少なくともこの瞬間には失せていた。

――ずいぶん若々しく見える……。

これならば、本当に病はよくなるのではないか。承芳は強い期待を抱いた。

「湯治でございますか。どちらの湯へ行かれるおつもりでしょう」

「熱海だ」

思いもよらぬ地名を耳にし、承芳は氏輝を見直した。

「北条家の領内にある熱海でございますか」

駿河や遠江に熱海があるはずもなかったが、承芳は一応、確かめた。

「そうだ。伊豆国の熱海だ」

やや濁った目で承芳を見て、氏輝が首肯する。熱海は伊豆国の東の付け根に位置し、相模国と境を接している。

北条家の本拠である小田原から、今川家の数え方で、四里ほどであろう。

「兄上、なにゆえ熱海を選ばれたのでございますか」

新たな問いを、承芳はやんわりと投げた。

「北条家から、効能ある湯が熱海にあるゆえ、是非来るようにいわれたのだ」

――北条家が誘ってきておるのか……。

それになにか裏はないのか、と承芳は勘繰った。おそらくないのであろう。今川家と北条家は、それだけ親密な仲といってよいのである。

「熱海にはいい湯が湧くと、それがしも聞いております」

「名湯といってよいらしい。それゆえ、きっと余の体を治してくれよう」

行けば必ず善事がもたらされると信じ切った顔で、氏輝が深くうなずいた。

――北条家か……。

承芳たちの父である氏親の家督相続は、伊勢新九郎の尽力があったからこそ、うつつのものになった。それは、今川家の者なら誰でも知っている。

今川家は、小田原の伊勢家が北条家と名を改めた今でも、伊勢新九郎への恩義を忘れていない。北条家の当主氏綱も、それをよくわかっているのだろう。

「熱海には、いつ行かれるのですか」

「もっと暖かくなったら、行こうと思うておる。来年の春か、初夏あたりであろうか」

むう、と承芳は声を漏らしそうになった。

――来年か。五郎さまの前厄ではないか。

承芳は止めたかったが、氏輝にやめるようにとはいえない。効験があるという熱海の湯に浸かれば、氏輝の病が一気によくなるかもしれないのである。

実際、湯治で病が快方に向かった例は、数え切れないほどある。

「承芳、余は熱海に行くのが楽しみでならぬ」

氏輝の声が熱を帯びた。頰にも赤みが差してきている。

それを見て承芳は、なんと、と瞠目した。

――まちがいなく、お顔の色がよくなってきておる……。

これはよい兆しにちがいない、と承芳は心が弾んだ。

「熱海へは、陸路を行かれるのですか」

そうだ、と氏輝が首を縦に振った。

「輿に乗っていこうと思っている」

それはよいかもしれぬ、と承芳は思った。輿に乗っていくのなら、体にさしたる障りはないのではないか。

「熱海までどの道筋を行くか、もうお決まりですか」

「決まっておらぬ。だが、険しい山道より平らな街道のほうがよかろう。ゆえに、遠回りになるとはいえ、東海道を行くのがよいのではないかと考えておる」

すぐさま承芳は、伊豆あたりの地図を頭に描いた。駿府から東へ向かい、箱根の山中を抜けて南に進めば、熱海まで十五里というところだろう。

箱根山を登らず、東海道を行くなら、氏輝のいう通り、かなりの遠回りになる。

東海道は伊豆国三島で箱根の難所を避けて北へと曲がり、箱根の北側にある足柄峠をぐるりと回って相模国の国府津（こうづ）に至る。その道筋をたどっていくとなると、熱海まで二十里近くになるのではないか。

――それでも、兄上の体を慮（おもんぱか）れば、平坦な道を行くほうがずっとよかろう。遠回りになるといっても、輿の担ぎ手にとってもそのほうが、ありがたいのではないか。

「それがしも、東海道を行くのがよろしかろうと考えます」

「そうか。承芳も、余と同じように思うてくれるか」

破顔した氏輝が、母上、と横に座している寿桂尼を呼んだ。

「せっかく承芳と雪斎どのが帰ってきたというのに、ずっと黙っていらっしゃいますな。二人に、言葉をかけてあげてくだされ」

　氏輝に促され、寿桂尼がにこりとした。

「承芳どの、雪斎どの、よく帰ってきてくださいました。深く感謝しております。遠く京よりの長旅、さぞお疲れでありましょう」

「いえ、さほどでもありませぬ」

　朗々とした声で承芳は答えた。寿桂尼が微笑んだ。

「承芳どのはお若いですから。とにかく、お元気そうで、安心いたしました。雪斎どのもお疲れではありませぬか」

　はっ、と雪斎が低頭して答える。

「承芳どのと異なり、拙僧はもう歳でございますゆえ、さすがに疲れました」

　それでも承芳から見る限り、雪斎の顔に疲れの色は微塵もなく、晴れやかである。

「雪斎どの、昨日お戻りになったとのことですが、十分に休まれましたか」

「善得院は我が屋敷のようなものですから、ぐっすりと眠れました。ただ、若い頃とはちがい、翌日には疲れがすっかり取れるというわけにはいかなくなりました」

「それはよくわかります」

　自分の考えと一致したのが快かったのか、寿桂尼がたおやかに笑った。

「雪斎どのは、ちょうど四十でしたね。わらわは四十二です。他出などせぬでも、毎朝、起きるのが大義になってまいりました」

「しかし、母上はとてもお元気そうです」

雪斎と寿桂尼のあいだに割って入るように、承芳はいった。

「それがしは母上の健やかなお顔を拝見でき、喜ばしく思っております」

承芳は明るい声を投げた。それを受けて、寿桂尼が微笑を浮かべる。

「承芳どのは、京の都にずいぶんと鍛えられたようですね。お口が上手になりました」

「母上のおっしゃる通りでございます」

口元に笑みをたたえて、承芳は肯定した。

「京では、学ぶべきものが実に多うございました。口もうまくなろうというもの」

「学んだものが多かったのですか。承芳どの、わらわはそなたを頼もしく思います」

寿桂尼が心からいっているのが伝わり、承芳は胸が熱くなった。

「母上、かたじけなく存じます」

床に両手をついて、承芳は礼を述べた。

「承芳どの、そのような儀はわらわには無用になさいませ」

いいえ、といって承芳は首を横に振った。

「それがしが今あるのも、母上と兄上、そしてお師匠のおかげでございます。礼を欠くわけにはまいりませぬ」

真顔になり、承芳は氏輝にたずねた。

「ところで兄上。また武田が攻め寄せてくるとの話は、まことでございましょうか」

「それが武田左京大夫は、駿河攻めを取りやめたようなのだ」

むしろ気落ちしたように氏輝が告げる。えっ、と承芳は拍子抜けの思いを味わった。

「まことですか」

ええ、と氏輝の代わりに寿桂尼がうなずく。

「甲斐国に放っている間者によれば、武田左京大夫どのは、甲斐でおとなしくしているようなのです。戦支度をしている様子も、甲斐国には見られぬようなのです。武田との戦に備え、承芳どのと雪斎どのにせっかく帰ってきていただいたというのに……」

まことに武田家は駿河攻めをやめたのか、と承芳は思った。

――いや、最初から武田の駿河侵攻など、なかったのではあるまいか。

そんな考えが承芳の頭にひらめいた。信虎率いる武田勢は今年六月に駿甲国境にある万沢の地に攻め入り、二月ものあいだ対峙したのち、八月末に甲斐に戻っていった。

それにもかかわらず、またすぐに駿河攻めを企てるなど、いくら信虎が戦好きだといえ、あまりに性急すぎる。

寿桂尼及び重臣たちの頭には、氏輝の万が一の際に今川家の跡継ぎに承芳を立てたいという思いがあり、それがゆえ、氏輝が床に臥せたとき、承芳を京から呼び戻そうとした。

そして、それは急がねばならなかった。琴渓承舜の法要に合わせて承芳が帰ってくるのでは、手遅れになるかもしれなかったのではないか。いつ氏輝があの世に旅立っても、不思議はなかったのであろう。

京から承芳と雪斎を急ぎ戻ってこさせるために、武田家と戦が近いとの話を、寿桂尼と重臣たちはつくり上げたのではあるまいか。

——おそらくこの推量は、まちがってはおるまい……。

琴渓承舜和尚の七回忌が当月の二十七日にあるが、それまでに氏輝の命が保たないかもしれないと、今川家中の誰もが危ぶんだのであろう。

京から呼び戻すのに策を弄した寿桂尼に、承芳は腹を立てなかった。むしろ、喜びを覚えた。氏輝の跡は、なんとしても承芳に継がせなければならぬという強い愛情を感じたからだ。

——だが、こうして兄上を見ると、顔色はさほどよくないとはいえ、快方に向かいつつあるのはまちがいない……。

少なくとも、すぐに死んでしまうようには見えない。

——ならば、俺は要らぬのではあるまいか。京に帰れるかもしれぬ。

じんわりとした喜びが、承芳の胸を温かく浸した。

——俺は再び京で仏道に励めるかもしれぬ。

よかった、と承芳は心から思った。氏輝の病がよくなりつつあるとわかっただけでも、駿府に帰ってきた甲斐があったというものだ。

つまり、と承芳はすぐに考えた。

——天はこの俺に、日の本の国を平らかにせよというつとめを与えるつもりはなかったのだな……。

そう思うと、一抹の寂しさを覚えたが、京に戻れるという喜びは何物にも代えがたい。

「承芳どの、雪斎どの——」

居住まいを正し、寿桂尼が声をかけてくる。

「京の様子はいかがでございますか」

生まれ故郷だけに、やはり寿桂尼は気になるようだ。

「まだ応仁の大乱の傷は完全には癒えておりませぬが、だいぶ立ち直りつつあります。むろん、すぐにというのは無理でしょうが、いつか必ず大乱前の姿に立ち戻れるものと、それがしは信じております」

本心から承芳は告げた。

「さようですか」

承芳の力強い言葉を聞いて、寿桂尼は安堵したようだ。

「それを聞いて、ほっといたしました」

「母上。先月の十七日に、祖父上の中御門権大納言さまの法会に出てまいりました」

「それは重畳」

にこにこと笑んだ寿桂尼が、すぐに案じるような表情を見せた。

「その日に合わせ、私からも中御門家へ香典を送りましたが、届いたでしょうか……」

「ああ、母上、まことに申し訳ありませぬ」

床に手をついて承芳は謝した。

「母上に申し上げるのを失念しておりました。中御門侍従（宣綱）さまが、手厚い香典をいただき、感謝していると、母上に伝えてほしいとおっしゃっていました」

「ああ、さようですか。無事に届いたのですね。それはよかった」

顔をほころばせて、寿桂尼が軽く手を叩いた。その無邪気な仕草が、承芳には微笑ましかった。相変わらずかわいらしい人だ、と思った。

あまり長居して、氏輝の休に障ってもまずい。承芳たちは暇（いとま）の言葉を口にし、対面所をあとにした。

「兄上は、思っていたよりもずっとお元気そうだった……」

将監たちの待つ遠侍を足早に目指しながら、承芳はうれしくてならなかった。うむ、と雪斎が深くうなずいた。

「これでお屋形の病がよくなれば、なにもかもうまくいくのではないか」

少しずつだが確実に氏輝が快方に向かっているのがわかり、雪斎もほっとしたようだ。

——お師匠は、武将として力を試したいという気持ちもあるのだろうが、俺と同じで、京に戻りたいとの思いがより強いのではあるまいか……。

きっとそうにちがいない、と承芳は思った。

五

あと十間ほどで遠侍に着くというとき、向こうから廊下を渡ってくる二人の男に承芳は気づいた。

——あの二人は……。

ぎくりとし、顔がこわばった。足が急に重くなったが、なんとか歩き続ける。

――兄上が持ち直しつつあり、内乱の兆しが消えようとしているのに、なにゆえこれほどうろたえねばならぬ……。

もし今川の家督争いが起きれば亡き者にせねばならぬと考えていた相手が、不意打ちのようにあらわれたからであろう。

承芳の横を歩く雪斎も、むっ、とかすかな声を漏らした。

――笑うのだ。

承芳は自らに命じた。できれば、頬をはたきたいくらいだ。

なんとか口の端に笑みを浮かべたものの、ぎこちない笑顔になったのが、自分でもわかった。

――それでも、不承面(ふしょうづら)より遥かにましであろう……。

距離が一間ばかりに縮まったところで、承芳と雪斎は足を止めた。向こうから来た二人も、立ち止まる。

「これは、承芳さまではありませぬか」

瞠目して、福島越前守が辞儀してきた。隣にいる玄広恵探も頭を下げてくる。

すぐさま承芳もこうべを垂れた。雪斎も腰を折る。

「承芳さま、お帰りでございましたか」

やや しわがれた声で、福島越前守がきいてきた。

「そうだ。京より帰ってきた」

「いつお戻りになったのでございますか」

「昨日だ。越前は、俺が帰ってくるのを知らなかったか」

「まことに申し訳ないことに、存じ上げませなんだ」

済まなそうに福島越前守が謝った。越前が知らぬのも当然であろうな、と承芳は思った。

庵原家から差し向けられたという態を取っていたものの、実際に妙心寺へ使者を出したのは、母上や重臣たちだろう。

その中に、福島越前守が含まれているはずがなかった。恵探の祖父であるため、爪弾きにされたのだ。

「越前、なにも謝らずともよい」

優しい口調を心がけて承芳はいった。

「はっ、かたじけなく存じます。承芳さまはお屋形さまに帰着の挨拶にいらしたのでございますな」

「そうだ。先ほどお目にかかってきたが、五郎さまは具合がだいぶよくなっておられた」

「おっしゃる通り、お屋形さまは日々、快方に向かっていらっしゃいます。それがしも、ほっといたしております」

福島越前守が、胸をなで下ろしたようにいう。本心なのか、と承芳はいぶかった。

「俺も心より安堵した。まことによかったと思う」

心底からいって承芳は顔をわずかに動かし、恵探に眼差しを注いだ。恵探も瞬きのない目で、承芳を見返してくる。

恵探の硬い顔つきを目の当たりにして、承芳は落ち着きを取り戻した。

――恵探どのも、いずれ殺さねばならぬと考えていた男が目の前に姿を見せ、泰然としてはいられなかったようだ……。

十九歳の恵探は眉が濃く、鼻筋が通り、きりりとした顔立ちをしている。鳶色（とびいろ）の瞳には深みがあり、いかにも聡明そうだ。

――恵探どのは、まっすぐな気性をしているようだ……。

数年ぶりに恵探の顔を見て、承芳はそんな思いを抱いた。

――どこか泉奘どのに似ておる……。

恵探と泉奘は母親が異なっているものの、身にまとう情味というべきものが、承芳にはそっくりに思えた。

いま恵探は僧衣ではなく、承芳と同様、老緑（おいみどり）の小袖を着ている。

だがその姿には、僧侶としてこのまま修行を続けていけば、いずれ相当の位に就けるのではないかという予感を抱かせるに十分なものがあった。高僧になり得るだけの威厳が感じられたのだ。

——このあたりも、泉奘どのによく似ておる。武将としても、かなりの器であるのは疑えぬのだろうが……。

恵探とは、これまで話をする機会がほとんどなかった。幼い頃から互いに別々の寺に入ったために、滅多に顔を合わせなかったせいもある。

もっとも、それは泉奘も同じなのだが、一つ上の兄と初めて会ったときは話が弾み、一緒にいて、とても楽しかった。

それをきっかけに親しい交わりがはじまり、上京してからも、泉奘とはときおり会う仲になったのである。

だが、恵探はそうはならなかった。今川館でときに顔を合わせても、話が弾んだ例（ためし）がなかった。

話の種が次から次へと湧いて出てくるような泉奘とはちがい、互いの気持ちがまるで噛み合わぬのを、承芳は感じたものだ。

柳之丸の氏豊もいっていたが、恵探は一度も京に出てきていない。仮に恵探が京で修行をしていたとしても、承芳は親しい付き合いには決して至らなかっただろう。

——だが、それは恵探どのが悪いわけではない。ただ、馬が合わなかったということだ。

それにしても、と思い、心中で承芳は首を横に振った。

——まさかここで恵探どのと会おうとは……。

きっと恵探も同じ思いであろう。

「恵探どの、お久しゅうござる」

二つ上の兄に承芳は、快活な口調で語りかけた。

「ご壮健そうで、なによりでござる」

「承芳どのも、元気そうだ」

にこりとして恵探がいった。

「おかげさまで……」

そのあとの言葉が承芳は続かなかった。泉奘相手ならこんな仕儀には決してならないのだが、恵探とは勝手がちがいすぎる。

「越前、そなたも元気そうだ」

福島越前守に顔を向け、承芳は笑いかけた。もう自然な笑みになっているはずだ、と思った。

「承芳さまもいかにもご壮健のご様子、それがし、うれしく思います」

「かたじけない」

「承芳さま。京からの帰路、何事もなかったようで、祝着至極に存じます」

うむ、と承芳はうなずいた。

「文句のつけようのない旅であった。天気にも恵まれてな……」

——宇津ノ谷峠で野盗に襲われたのは、いわずともよかろう……。

「それはようございましたな」

承芳を見つめ、福島越前守がにこにこと笑った。

「それにしても承芳さま、その小袖はよくお似合いでございますな」

そうか、といって承芳は白らの小袖を見やった。

「善得院の月斎和尚が、用意してくれたものだ。越前、小袖を褒めてくれて、うれしく思う」

「しかし——」

いいかけて福島越前守が不意に口を閉じた。それきり言葉を続けようとしない。

「しかし、なんだ」

気になって承芳はただした。

「いえ、なんでもありませぬ」

下を向き、福島越前守が言葉を濁す。

「そのような物言いこそ、気になるではないか。越前、申すのだ」

「しかし……」

「よい、申せ」

はっ、と福島越前守がかしこまった。上目遣いに承芳を見つめる。どこか狡猾そうな色が瞳に浮かんでいた。

――やはり信用ならぬ。

承芳は一瞬にして感じ取った。福島越前守はまだ肝心の言葉を口にしていなかったが、小ずるそうな顔を目の当たりにして、この男の人望のなさに納得がいったのである。

「畏れながら、承芳さまは僧衣のほうが、小袖よりもお似合いでございます」

粘るような笑みを浮かべて、福島越前守がいった。どこか挑むような口調だったが、承芳は冷静に受け止めた。

それまでなにもいわずにいた雪斎の表情も、まったく動かなかった。福島越前守がこの程度の言葉を吐くのは、あらかじめ織り込み済みだったのであろう。

ただし、恵探にとっては思いもかけなかった出来事らしく、目をみはって福島越前守をにらみつけている。なんという無礼な物言いをするのだ、といわんばかりに目に怒りの色をにじませていた。

もっとも、福島越前守は孫の腹立ちには気づいていない。

――残念ながら、越前は愚か者だ。我がお師匠とは比べものにならぬ。

もし本当に今川家の家督を巡って戦になったら、勝負にならないのではないか。

それにしても、と承芳は恵探に目を当てて思った。

――やはり恵探どのはよい男だ……。

こんなときに怒ってくれる者など、ほとんどいない。恵探は祖父には、似ても似つかない男である。

氏輝が持ち直しつつあり、すでに戦がうつつとなる見込みはかなり減じたが、もし本当に今川の家督を巡って内乱になったとき、やはり殺すには惜しい。

――いや、本当に俺は恵探どのを殺せるのか。是非とも家臣となって、俺を支えてほしいものだが……。

だが、結局は殺すしかないのはわかっている。

仮に家臣としたところで、誰かにそそのかされて心変わりをし、いずれ承芳に対し、乱を起こすかもしれない。将来に禍根の種を残すわけにはいかないのだ。

「越前、それは褒め言葉だな」

余裕をもって承芳は福島越前守に返した。

「もちろんでございます」

商人のように揉み手をして、福島越前守が顎を引いた。

「承芳さまは、泉奘さまと同じく、いずれ上人と呼ばれるような高僧になられましょう。僧衣のほうが似合うのは、当たり前にございます」

その言葉に、またも恵探が苛立たしげな顔になった。しかし、それにも福島越前守は気づかない。

「ふむ、そうか……」

「それで承芳さま。いつ京に戻られるのでございますか」

うかがうような目で、福島越前守がきいてきた。

「祖父上、大概になされませ」

ついに耐え切れなくなったようで、恵探が福島越前守に怒りをぶつけた。

――恵探どのは、存外に気短なのだな……。

承芳は意外な感を抱いた。恵探は常に物静かな男だと思っていたのである。

「なっ、なにゆえ急に……」

恵探がいきなり気を荒立てたと感じたらしく、福島越前守がうろたえる。

「先ほどから祖父上は、承芳どのに無礼な口の利き方をしておるではないか」

激しい口調で恵探がいい募る。

「いや、そのような真似はしておらぬ……」

「祖父上、ごまかすつもりか」

顔を福島越前守にぐっと近づけ、恵探が怒鳴りつけた。

「いや、そのようなつもりはないが……」

顔を伏せ、福島越前守が身を縮める。

「祖父上、承芳どのに謝るのだ。謝れ」

恵探が福島越前守に命じた。

「いや、恵探どの。それには及ばぬ」

恵探を制するように、承芳はやんわりといった。

「それがしは、なにも気にしておらぬゆえ」

その言葉を聞いて、恵探が承芳を見る。両肩を大きく上下させ、息をつく。すでに目から怒りの色が消えている。落ち着きを取り戻したようだ。

「承芳どの、まことに腹を立ててはおらぬか」

静かな声で恵探がきいてきた。

「まことでござる」

「よかった。承芳どの、かたじけない」

一歩下がって、恵探がこうべを垂れた。それを見た福島越前守が、ふう、と息をつき、額に浮いた汗を、手の甲で拭う。

越前、と承芳は呼びかけた。

「はっ、なんでございましょう」

「先ほどの問いの答えだが、俺は当分、京には戻らぬ」

「ああ、さようにございますか」

失望の色らしきものが、福島越前守の目をよぎっていくのを、承芳の瞳は捉えた。

「それがしはうれしく存じます。承芳さまのお顔を拝見するのは、楽しみの一つでございますので……」

しれっとした顔で福島越前守がいった。

「そうか。俺も越前に会うのをいつも楽しみにしておる。越前、そなたは恵探どのとともに、今から五郎さまにお目にかかるのだな」

「さようにございます」

「そうか。そなたが見舞えば、五郎さまもきっとお喜びになろう」

「ありがたきお言葉にございます」

「では恵探どの、越前。これにて失礼いたす」

承芳は会釈気味に頭を下げた。福島越前守と恵探が辞儀してきた。

歩き出した承芳とぶつかりそうになった福島越前守が、あわてて横にどく。軽く低頭した雪斎が、そこを素早く通り過ぎる。

福島越前守と恵探の足音が遠ざかっていくのを、承芳は足早に歩きながら聞いた。

「お師匠、俺は決意した」

静かな声で承芳は、横を歩く雪斎に語りかけた。

「もし兄上に万が一があれば、俺は決してためらわぬ。ありたけの力を注いで、今川家の家督を取りにいく」

「よき覚悟にござる」

口元に満足げな笑みをたたえ、雪斎が承芳を褒める。

「先ほどの越前どのは、恵探どのにとって要らぬ振る舞いをいたした」

「俺を怒らせたからか」

「さよう」

「だがお師匠――」

顔を向け、承芳は雪斎に呼びかけた。

「正直、俺も越前となんら変わりはないのだ。恵探どのは、僧侶こそふさわしいとの思いを抱いたゆえ……」

ふふ、と雪斎が小さく笑った。

「実は拙僧も同じにござる」

にこりとして雪斎が告げた。

「恵探どのは、泉奘どのと同じく高僧への階（きざはし）を上っていける方だ。越前どのの欲により家督争いに巻き込まれたら、必ずや命を落とそう。それは、あまりに哀れでござる」

確かに哀れだ、と承芳は思った。だが、もし氏輝の身に万が一があったとしても、今川家の家督を譲る気はもはや微塵もなかった。

――恵探どのはよい男だが、俺が今川家のあるじになるのだ。福島越前守と恵探では、今川家の舵取りを任せられない。

――俺とお師匠なら、きっとうまくやっていける。

その上で、おのれの力を存分に振るう。武門に生まれた以上、それは当然の思いだ、と承芳は一片の疑いも抱かずに思った。

第四章

一

朝の勤行を終えた承芳は質素な朝餉（あさげ）を食べ、自室に落ち着いた。
一人でゆっくり『孫子』を読んでいると、気分が静まっていくのを感じた。
――やはり書物の力は素晴らしい。兵書は特によい。
揺れ動く気持ちを鎮めるのに、読書以上のものはこの世にないのではないか。
――読経よりもずっとよい……。
そんな風に思うのは、すでに還俗が決まった気になっているからかもしれない。
――先走るでない。
ぎゅっと奥歯を嚙み締め、承芳は自らを戒（いまし）めた。
――五郎さまは、持ち直しつつあるではないか……。

病を治した氏輝が、このまま今川家の舵取りを続けるのが最もよい手立てなのだ。そうすれば家督争いも起きず、誰も血を流さずに済む。今川家が揺らぐようなことには、決してならない。

——ゆえに、還俗などという言葉は、頭から除けておくべきだ。俺は僧としての人生を全うすればよい。そのほうが幸せな一生を過ごせるに決まっておる。

ならば、と承芳は思った。今は『孫子』を読んでいるときではないだろう。仏書に目を通すべきではないか。

——なにがよいだろうか。

考えてみたが、なにも思い浮かばなかった。そっと『孫子』を閉じ、承芳は板の間にごろりと横になった。腕枕をする。

床板に背中が当たって冷たかったが、構わず動かずにいた。

天井を凝視していると、木目が化け物の目のように見えてきた。幼い頃からそうである。

すぐに化け物に代わって、玄広恵探の顔が天井板に映り込んだ。

——俺がいろいろと思い悩むのも、致し方なかろう。あのようなところで会わぬほうがよかった。

軽く息をついて起き上がり、承芳はかたわらに置かれている火鉢に手を伸ばした。

炭が盛んに熾きており、体をじんわりと温めてくれる。

その暖かさは心地よかったが、もし、と承芳は翻然として思った。

――五郎さまに万が一があれば、俺は徹底してやるぞ。やらねばならぬ。

火鉢の熱に煽られたのか、承芳の中に強い気持ちがよみがえってきた。真っ赤な炭のごとくに血がたぎる。

――心を鬼にしなければならぬ。

息を入れて面を上げた承芳は、自らに強くいい聞かせた。

――そうせぬと、まず勝てぬ。しかし、あまり気持ちが高ぶりすぎるのも、よいことではあるまい……。

再び『孫子』を開いて、承芳は目を落とした。すぐに書物の中に入り込む。

兵書は仏書より格段におもしろい。

ふと目に疲れを覚え、まぶたを揉んでいると、外の廊下を渡ってくる足音が聞こえた。

――あれはお師匠だな。

耳を澄ませた承芳は目を開け、『孫子』を閉じた。これまでの人生で最も聞き慣れた足音である。まちがえようがなかった。

「相変わらず、能舞台を行くようではないか……」

雪斎の足音を聞きながら承芳は独りごちた。

障子に影が差し、承芳どの、と声がかかった。

「お師匠、どうかしたのか」

承芳が応ずると、音もなく障子が開いた。雪斎が廊下に端座している。

「承芳どの、入ってもよいか」

雪斎がやや暗い目をしているのが、承芳は気にかかった。

「もちろんだ」

あぐらをかいたまま、承芳は体の向きを変えた。

「では、失礼する」

一礼して雪斎が敷居を越え、承芳の向かいに座した。

「お師匠、なにかあったのか」

居住まいを正して、承芳はたずねた。雪斎が真剣な眼差しを向けてくる。

「今し方、尾張から早馬が着いた」

「尾張から……」

誰が差し向けたのか、と承芳は思案した。

「もしや左馬助が発したものか」

いや、と雪斎が首を横に振った。

そのような者が尾張におるのか、と承芳は驚いたが、それも当たり前であろう、とすぐに思った。

――逐一変わっていく他国の形勢を知るための手はずをととのえておかねば、寝耳に水という事態を避けることはできぬ。それでは、時宜を得た手段を講じられぬ。

「早馬はなにを知らせてきたのだ」

鋭い口調で承芳は問うた。

「松平次郎三郎どのが死んだ」

平静な声音で雪斎が告げた。なにっ、と承芳は腰が砕けるような思いを味わった。

――あの無敵の大将が死んだというのか。

信じられなかった。そういえば、と承芳は思い出した。

尾張の柳之丸において弟の左馬助が、松平清康が尾張に攻め込んでくるとの風評が流れているといっていたが、あのとき雪斎は清康のことを、仰向けざまに倒れるのではないか、と評した。

――あの兼言（かねごと）が当たったのか……。

雪斎の言葉ゆえ、必ず的中するであろうとは思っていたが、まさかこんなに早くうつつのものになるとは、考えもしなかった。

「松平次郎三郎どのはいつ死んだ」

「一昨日のことらしい」

「もしや尾張で死んだのか」

「その通りだ」

一昨日といえば、と承芳は思案した。天文四年（一五三五）十二月五日である。ちょうど自分たちが駿府に戻ってきた日だ。

「松平次郎三郎どのは、なにゆえ死んだ」

闇討ちに遭ったのではないか、と承芳は考えている。

「尾張の守山城に入り、織田弾正忠が率いる軍勢の動きをうかがっている最中、家臣に斬られたそうだ」

なんと、と承芳は大きく目を見開いた。

「家臣に殺されただと。しかも守山城で……。松平次郎三郎どのは、お師匠がいった通り守山城を奪ったのだな」

尾張の要衝岩崎城を我が物にした松平次郎三郎が、次に守山城を狙うかもしれぬと、柳之丸で雪斎がいっていた。

「いや、奪ったわけではない」

承芳を見つめ、雪斎が否定した。

「守山城主は織田弾正忠の弟織田孫三郎（信光）だ」

「うむ、存じておる」

「その孫三郎が、松平家に内応したようなのだ。松平次郎三郎どのは織田弾正忠を叩き潰す好機と見、大軍を引き連れて守山城に入ったらしい」

それを聞いて承芳は愕然とした。

「織田孫三郎が内応すると、松平次郎三郎どのは本気で信じたのか」

悪名高き織田弾正忠の弟である。腹のうちでなにを考えているか、知れたものではない。

――織田孫三郎が信用ならぬ人物なのは明らかなのに、なにゆえ……。

「松平次郎三郎どのが実際に守山城に入城した以上、織田孫三郎を信じたとしかいえぬ」

少し悔しげな光を瞳にたたえて、雪斎がいった。

「おそらく松平次郎三郎どのは、破竹の如き自らの勢いに、酔っていたのであろう」

「自分が出ていきさえすれば、その威光の前にすべての者がひれ伏すと思っていたのだな」

「その通りだ」

雪斎が同意する。

「松平次郎三郎どのは強すぎる大将ゆえ、落とし穴に嵌まってしまったにちがいない。戦というのは勢いがあるときこそ、逆に気をつけねばならぬものなのだ」

あまりに勢いがつきすぎて周りが見えなくなるからだな、と承芳は解した。

——勢いに乗って攻めるときこそ、気持ちを引き締めるのが肝要であろう。松平次郎三郎どのの死を、俺は教訓とせねばならぬ。果たしてそういう日が来るか、わからぬが……。

「松平家の家臣は、なにゆえ次郎三郎どのを殺したのだ」

頭に浮かんだ疑問を承芳は口にした。

「そのあたりの事情は、まだ詳らかになっておらぬ。だが、松平次郎三郎どのが織田弾正忠の策に陥ったのは、まずまちがいあるまい」

——なんと。

承芳は目をみはった。

「織田弾正忠の策によって、松平次郎三郎どのは家臣に殺されたというのか」

そうだ、といって雪斎が顎を引いた。

「織田弾正忠は、松平家の家臣に調略を行ったのであろう」

「その家臣は調略に応じたのだな……」

「織田弾正忠のやり方が、よほど巧みであったとしか考えられぬ」

むう、とため息を漏らし、承芳は腕組みをした。

──やはり織田弾正忠という男は、油断ならぬ。

顔を上げ、承芳は西のほうを見やった。脳裏には、尾張の大地が広がっている。

──左馬助は大丈夫だろうか。

承芳は、尾張那古野にいる弟の氏豊の身が案じられてならなかった。しかし、今はどうすることもできない。

きゅっと唇を嚙み締めたあと、承芳は体から力を抜いた。

「お師匠の兼言が当たったな」

雪斎におもねるつもりなどなく、承芳はいった。

「兼言とは、松平次郎三郎どのが仰向けざまに倒れるといったことを指すのか」

「そうだ」

自分の言葉が当たったからといって、雪斎はなんの感慨も示さない。

それにしても、と承芳は思った。これから尾張の形勢が一気に動くであろう。気にかかった承芳は雪斎に問うた。

「お師匠、これから尾張はどうなるのだろう」

「織田弾正忠が、勢いを増していくであろう。最も目障りな武将がいなくなったのだからな」

「織田弾正忠が尾張を我が物にするか」

「いずれそうなろう。あの者は、尾張守護代大和守織田家における三奉行の一人に過ぎぬが、才覚は図抜けておる。それに、金の源である津島を押さえてあるのが、とにかく大きい」

承芳の頭に、数え切れないほどの船が停泊していた津島湊（みなと）や、大勢の者が参拝していた津島牛頭天王社の光景がよみがえった。

――あれだけ栄えている津島を手中にしておけば、金には困るまい。金さえあれば、いくらでも兵を雇える。やはり肝心なのは、水運を押さえることなのだな。

そんな思いを承芳は抱いた。再び雪斎が口を開く。

「しかし織田弾正忠を憎む者は数多い。ゆえに、織田弾正忠の勢いを押さえ込もうとしたり、動きを邪魔したりする者が出てこよう。織田弾正忠が尾張一国を支配しようと企てても、なかなか思うようには進まぬはずだ」

「織田弾正忠は仰向けざまに倒れはせぬのか」

「おそらく織田弾正忠は、勢いに乗っているときの怖さをよく知っておろう。それゆえ、松平次郎三郎どのの二の舞は演じまい」

「用心深い男なのだな」

「謀（はかりごと）を巡らせる者は、たいてい用心深くできておる」

そういうものかもしれぬ、と承芳は同意した。

——俺はどうだろうか。

謀を巡らせられるような性質ではない。

——いろいろと思い悩む質であるが、用心深くはない……。

とにかくいま心配なのは、尾張にいる氏豊である。

「尾張国内で織田弾正忠が勢いを増していく中、左馬助は大丈夫だろうか」

承芳の言葉に、雪斎が憂いの色を顔ににじませた。

「拙僧も、それは気になっておる。織田弾正忠が、今すぐに要衝である柳之丸を攻めても、なんら不思議はない」

ならば、と承芳は強くいった。

「今のうちに左馬助を、尾張から脱させたほうがよいのではないか」

「そうしたほうがよかろう。だが、まだなにも起きておらぬ。それゆえ、左馬助どのは諾といわぬのではないか」

——左馬助は、織田弾正忠の人柄を信じている様子であった……。左馬助自身、人がよい上に頑なところがある。

「何事か起きてからでは遅いのに……。左馬助は、織田弾正忠に攻め殺されてしまうだろうか」

「十分にあり得る」

苦い表情で、雪斎が首を縦に動かした。

「ならば——」

承芳は深く息をのんだ。

「やはり左馬助のもとに、助けを差し向けるほうがよいのではないか」

「その通りだ。左馬助どのが柳之丸を抜ければ、今川家は尾張での足がかりを失うことになるが、致し方あるまい。今はまず三河を目指さねばならぬ」

「三河か……」

——次郎三郎どのが死に、今川家にとっても目障りな者がいなくなったのだな……。

松平次郎三郎が君臨していたために、今川家の三河攻めが停滞していたのは、紛れもない事実である。

承芳をじっと見て雪斎が話し出す。

「次郎三郎どのが死んだ今、今川家は近いうちに再び西へ向かいはじめよう。次郎三郎どの亡き後の三河を手のうちにおさめ、さらに尾張に踏み込んでいくことになろう」

すぐさま雪斎が小さくかぶりを振った。

「今川家が三河を攻めはじめる頃には、柳之丸は、すでに織田弾正忠のものになっているであろうな……」

やはりそうなのか、と思い、承芳は拳をぎゅっと握り締めた。

「これまでの誼があるゆえ、織田弾正忠が左馬助を殺さず、追い払うだけで済ませるというのは考えられぬか」

「織田弾正忠は酷薄な男ゆえ、これまでの誼などまったく気にせぬであろう。左馬助どのが柳之丸を黙って明け渡せば、命だけは助けるかもしれぬ」

——ならば、やはり左馬助をいち早く柳之丸から脱させるほうがよい。

承芳は心密かに決意した。

——手の者を遣わすのがよい。その中でも、特に腕扱きの者がよかろう。

承芳の頭に浮かんだのは、庵原兄弟である。

「承芳どの、ならぬぞ」

いきなり雪斎が釘を刺すようにいったから、承芳は目を見開いた。

「お師匠、なにがならぬというのだ」

「承芳どのは今、我が甥たちを柳之丸に遣わそうと考えたのではないか」

なに、と承芳は腰が浮きそうになった。

「お師匠は、なにゆえ俺の心が読めるのだ」

「これまで長い年月をともにしてきたからだ」

当たり前だろうといいたげな目で、雪斎が承芳を見る。

——同じだけの年月を重ねてきたが、俺はお師匠の心を読めぬ。これは歳の差のせいなのか。いや、これまでの経験もあるだろう。それに、雪斎との器量の差も大きいのかもしれない。

——こんな俺に、今川家の太守がつとまるのか。いや、お師匠がそばにいてくれれば、大丈夫だ。俺もお師匠から教えを請い、立派な大将になってみせよう。

すべてはその機会が訪れるかどうかにかかっているが、と承芳は思った。

「お師匠、左馬助を救うために将監や彦次郎、右近たちを、なにゆえ尾張に遣わしてはならぬのだ」

「そのような真似をすれば、承芳どのの身になにが起きるか、知れたものではないからだ。我が甥たちがそばにおらぬのでは、警固が手薄になる」

お師匠、と承芳は呼びかけた。

「俺の身にいったいなにが起きるというのだ」

承芳に顔を近づけ、そばにはほかに誰もいないのに雪斎が声をひそめる。

「拙僧は、お屋形の病がいずれ重くなるのではないかと危ぶんでおる。その際に我が甥たちが承芳どののそばにおらぬという事態は、なんとしても避けたい」

「しかしお師匠、五郎さまは持ち直しつつあるではないか」

口調を鋭くして承芳はいった。

「確かにその通りだ」

承芳を凝視して、雪斎が首を縦に動かす。

「だが人というのは、まことにどうなるかわからぬ。一寸先に闇がぽっかりと穴を開けて、待ち構えているかもしれぬのだ。お屋形に万が一の事態が降りかからぬとは、拙僧には決して思えぬ。ゆえに我らは、先をしっかりと見据えておかねばならぬ」

「お師匠は俺の警固が手薄になるのを避けたいといったが、刺客が放たれるとでも考えているのか」

そうだ、と雪斎が認めた。

「もしお屋形が儚くなられ、承芳どのと恵探どのが家督を巡ってやり合うことになれば、勝ち目がないのは福島越前どののほうだ。そのことは、福島越前どのもよくわかっていよう。ならば、家督争いが起きる前に承芳どのを亡き者にしてしまえばよい、と考えたところで、なんの不思議もない」

「五郎さまはきっと持ち直すであろうに、果たしてそこまでやるものなのか」

承芳は疑問を呈した。その考えは甘い、といわんばかりの目つきで、雪斎が首を横に振った。

「家督争いの際、承芳どのに多くの者が同心する。今は亡き増善寺さまのご正室であられた大方さまのお子というのは、とにかく大きい。ゆえに、恵探どのと福島越前どのが窮するのは、誰の目にも明らかだ。もし拙僧が福島越前どのの立場ならば、必ず手を打つ。窮すれば、人はなんでもやる。追い込まれた織田弾正忠が松平家の家臣を調略し、次郎三郎どのを殺したのがよい例だ」

そういうことか、と承芳は思った。さらに雪斎が言葉を続ける。

「もし我が甥たちが松平次郎三郎どののそばにいたら、承芳どのは、彼の御仁が殺されていたと思うか」

「いや、思わぬ」

雪斎を見て、承芳は即座にかぶりを振った。

「あれだけの腕扱きたちがそばに侍っていれば、いくら刺客が家中の者だからといえども、易々と殺られてはしまわなかったであろう。将監たちが未然に防いだはずだ」

「その通りだ」

力強い口調で雪斎が肯定した。

「だからこそ承芳どのは、将監たちをそばから離してはならぬ」

承芳は、雪斎の厳しい眼差しを受け止めた。

「承知した。だがお師匠、左馬助を見殺しにはできぬぞ」

「むろんだ」

承芳を見つめて雪斎が答える。

「さっそく、お屋形に相談しよう。だが、一番の難題は、救いの手を差し向けたところで、果たして左馬助どのが受けるかどうかだ」

「俺が文を書こう」

すぐさま承芳は申し出た。

「承芳どのに、文を書いてもらおうと拙僧も思ってはいた……」

それでも、氏豊が心を動かされるかどうかはわからぬと雪斎は考えているようだ。

左馬助は頑なだからな、と承芳は思った。

「とにかくお師匠、左馬助のもとに手足を遣わせてくれ。よろしく頼む」

雪斎に向かって、承芳は頭を下げた。

「承知した」

厳かな声で雪斎が答えた。

二

東の空が白んできた。

卯の刻だな、と承芳は思った。そろそろ出立であろう。

吐く息が白い。今朝の寒気はことのほか厳しく、見えない縄で身をかたく縛りつけられているかのようだ。

師走も二十六日なのだ、と承芳は思った。

――いくら暖かな駿府だといっても、寒いのは当たり前であろう。厚めの僧衣を身につけているが、寒さはほとんど減じていない。

――このくらいの寒さなど、京の冬に比べれば、なにほどのものがあろうか。歩き出せば、すぐに温まろう。

「承芳どの、出立しようと思うが、よいか」

そばに立つ雪斎がきいてきた。

「もちろんだ」

承芳が元気よく答えると、雪斎が深いうなずきを見せた。

「よし、出立っ」

雪斎の声が響き渡る。あたりに傲然と居座る寒さを、吹き飛ばさんとするかのような威風が感じられた。

承芳は雪斎と肩を並べるようにして、善得院の山門を抜けた。

目指すは、富士郡の善得寺である。琴渓承舜の七回忌の法要に出席するためだ。

善得院から善得寺まで、七里ほどである。この刻限に出れば、日が短い時季といっても、夕刻前には善得寺に着けるのではあるまいか。

——もっとも、ずいぶんと早足で行かねばならぬであろう。休息も、ほとんど取らぬのではないか。

承芳は、別にそれで構わなかった。脚力には自信がある。

供の者は、庵原将監、彦次郎、右近の三人兄弟に加え、五十人ばかりの足軽、雑兵がついている。

これだけ多くの者が承芳の警固に加わったのは、善得寺への往復の間に、福島越前守の手の者による襲撃があるかもしれぬと、雪斎が考えたからである。

昨日の昼前、承芳は今川館に足を運んで、氏輝に会い、翌日に善得寺に赴く旨を伝えた。そのときの氏輝の顔色は相変わらずよいとはいえなかったものの、病が悪くなっているようには見えなかった。声には、力と張りが感じられた。

一気に病がよくなりはしないのだろうが、ゆっくりと快方に向かっているように思えた。

氏輝がこのまま健やかさを取り戻すのであれば、家督争いは勃発しようがない。だから、善得寺に行くのにこれほど大がかりな供はいらないはずだが、雪斎の言はよく当たる。雪斎のいう通りにして、悪かった例はこれまで一度もない。

それに、大勢の供の姿を目の当たりにして、承芳自身、心からの安堵を覚えていた。

「承芳どの、まことに馬でなくてよかったか」

少し気がかりそうな顔で、横を歩く雪斎が問うてきた。承芳は、頰に笑みをたたえた。

「馬は楽だが、お師匠、俺は歩くほうが性に合っている。大丈夫だ」

「それならよいのだが……」

出立前に雪斎は承芳に、馬で行くかときいてきた。承芳は即座に、いらぬ、と答えた。承芳が馬に乗っているときに、矢に狙われるのを雪斎が恐れているのがわかったからである。

飛び道具で狙われては、いくら将監たちのような手足を周囲に揃えていても、防ぎようがない。

――それに、こうして皆と一緒に歩いているほうが、気持ちが弾むではないか。体も温まる。馬にずっと揺られているのでは、寒すぎよう。

善得院を出て一里ばかりのあいだ、承芳たちは無言で道を東に進んだ。右手に、日射しを受けて輝く海が見えてきた。

――海を見ると、心が躍るのはなにゆえなのか……。

「承芳どの、話がある」

明るい朝日を正面から浴びながら、真剣な顔つきの雪斎が声をかけてきた。

――なにかあったのか。

心中でわずかに身構えつつも承芳は、雪斎がなにをいいたいのか、思い当たるものがあった。

「お師匠、もしや左馬助のことか」

承芳がきくと、その通りだ、と雪斎が首肯した。

「昨夜、尾張に出張った岡部五郎兵衛どのたちが帰ってきた」

岡部五郎兵衛は、氏輝の側近で忠臣として知られている岡部左京進親綱の息子である。まだ十九と若いが、豪胆の士といわれている。腕もすこぶる立つと評判で、武田家とのこれまでの戦いにおいても、何度か手柄を立てていた。

――そうか。昨夜、岡部たちは尾張から戻ってきたのか。

半月ほど前、岡部五郎兵衛たち十人は、氏輝の命で尾張に向かったのだ。

駿府から尾張那古野まで、三十里はある。往き帰りだけで、十日は優にかかる。

昨晩帰ってきたということは、と承芳は考えた。

――岡部たちは、丸二日は柳之丸にとどまり、左馬助の説得に当たったのか……。

「それで、どうであった」

勢い込んで承芳はきいた。

「左馬助は戻ってきたのか」

まずい物を口にしたかのように、雪斎が顔をしかめる。

「残念ながら、戻ってきておらぬ。左馬助どのは岡部五郎兵衛どののたちの必死の説得に応じず、柳之丸に残るといい張ったそうだ」

「そうか……」

氏豊宛てに心のこもった文を承芳は、使いとなった岡部五郎兵衛に託していた。とはいえ、その文を読んだところで左馬助は駿河に戻ってこぬのではないか、と前もって覚悟していた。

「戻らぬというのを、首に縄をくくりつけて連れてくるわけにもいくまい……」

吐息とともに、承芳は言葉を吐き出した。雪斎が顔をしかめる。

「左馬助どのは、織田弾正忠を信じきっておる様子だという……」

「それが過ちであるのを、左馬助はいずれ身をもって知ることになろう」

――もっとも、駿府に戻ってきても、もはや居場所がないと左馬助は考えているのかもしれぬ。

なにしろ、五人兄弟の末っ子である。尾張に出されたのも、末子が厄介払いされたくらいに考えているかもしれない。

実際のところ、誰かがそういう風に考えたがゆえに、氏豊は尾張に送り込まれたのではないか。

——左馬助自身、すでに尾張に骨をうずめる気でいるのかもしれぬ……。

とにかく、と決然として承芳は思った。

——なるようにしかならぬ。生きるも死ぬも、左馬助次第であろう。冷たいいい方になるが、それが今の世の習わしだ……。左馬助が無事に帰ってきた暁には、せめて俺だけは温かくもてなしてやろう。

承芳は決意を新たにした。

東海道を東に歩き続けた承芳たちは、夕暮れ時に善得寺に到着した。

「なんとか日のあるうちに着けたな」

善得寺の山門をくぐった際、安堵したように雪斎がいった。

案の定、一行は途中、ほとんど休息せずに歩き通した。

そのあいだ、怪しい気配を感じて将監たちが身構えるような瞬間は一度たりともなかった。風が強く、寒さは厳しかったが、平穏そのものの道中だった。

「承芳どの、疲れておらぬか」

境内に立ったところで、雪斎がいたわるように声をかけてきた。

「大丈夫だ、疲れておらぬ。お師匠こそ、どうだ」

「わしもなんともない」

微笑とともに雪斎が答えた。

駿東一の大寺といわれるだけのことはあり、善得寺の境内は広々としていた。清澄な気が満ちている。

胸を広げ、承芳は深く息を吸った。それだけで、体に巣くう悪いものが出ていくような気がした。

――やはりこの寺はよい。

巨大な瓦屋根がのる本堂は宏壮で、そのほかにも法堂、仏堂、経堂、宝物殿、大庫裏など、おびただしい建物が建ち並んでいる。塔頭も多く、ここで修行する僧侶たちのための檀林も設けられている。

善得寺の創建は貞治二年（一三六三）で、それ以来、今川家に護持され続けてきた寺だけのことはあった。

この寺に来たのはいつ以来だろう、と承芳は境内を眺めて考えた。

大永五年（一五二五）にここから京に上ったが、翌年の六月に父氏親の葬儀でいったん駿府に戻ってきた。そのときに善得寺にも足を延ばし、琴渓承舜に会った。

その後、京に再び上ったものの、享禄二年（一五二九）、今度は琴渓承舜の葬儀のためにこの寺にやってきた。

それ以来ではあるまいか。

――もう六年ぶりになるのだな……。

善得寺は吉原の地を見下ろす高台にあり、そこから眺める景色も、承芳には懐かしかった。よそよりも一段と冷たく感じられる風も、ここで過ごした幼い頃のことを思い起こさせた。

——さまざまな者がいたな……。

駿河だけでなく遠江や相模、三河、甲斐、信濃などから大勢の学僧が修行に来ており、檀林でその者たちと身分を超えて話をするのは、実に楽しかった。

——この寺にとどまり、出世を果たした者もいるにちがいない。だが、ほとんどの者はもう故郷に帰っているのであろう。

あのとき話をした者たちは今頃どうしているのだろうか。いつかまた会う日が来るのか。

——いや、そのような日が来ることはまずあるまい……。

その夜は、宿所として用意された望堅院という塔頭で一泊し、明くる日の二十七日、承芳は琴渓承舜の七回忌の法要に列座した。

盛大な法要は、一日かけて行われた。参列した者は数え切れないほどで、ずらりと立ち並んだ僧侶たちによる荘厳な読経が、本堂内に朗々と響き渡った。

雪斎は読経に加わっていたが、承芳は参列者の一人として、ひたすらこうべを垂れていた。

琴渓承舜の法要が終わったのち、参列者たちとの食事を済ませた承芳と雪斎は夜、望堅院に戻った。

その夜も望堅院に泊まり、明くる二十八日の朝早く、承芳たちは善得寺をあとにした。

急ぎ足で東海道を西へ向かい、夕暮れ前に駿府に到着した。承芳と雪斎は、善得院に落ち着いた。

将監たちとともに自室に戻る。庵原三兄弟は、片時も承芳のそばを離れない。

部屋の中に、怪しい者はひそんでいなかった。承芳の戻りに合わせたように、火鉢の炭が、赤々とした明かりをじんわりと放っていた。廊下に出た将監が障子を閉め、隣の間に入る。彦次郎と右近も一緒である。

文机の前に座った承芳は、火鉢のおかげでようやく寒さから解き放たれたような気がし、ふう、と大きく息をついた。

――なにも起きなかったな……。

善得寺からの帰りの道も、襲ってくる者はいなかった。福島越前守に承芳の命を狙う気がなかったのではなく、善得寺への往き帰りについた警固の人数に、恐れをなしたのではあるまいか。承芳はそんな気がしてならなかった。

その後、承芳は寺男の千吉が焚いた風呂に入り、旅の疲れを癒やした。その間も、将監たちが外で警固をしていた。

風呂を出た承芳は、雪斎や将監たちと一緒に夕餉をとった。夕餉のあと、これから文を書くという雪斎と別れ、将監たちと再び自室に戻った。その頃には、あたりはすっかり暗くなっていた。

部屋の前に立った将監が障子を開け、中に刺客がひそんでいないか確かめる。むっ、とうなり、腰を落とした。

「なにやつっ」

刀の柄（つか）に手を置き、将監が鋭い声を発する。なにっ、と承芳は身構えた。

将監の眼差しを追うように部屋をのぞき込むと、天井板に真っ黒な化け物がいた。うおっ、と承芳は声を上げそうになった。

――いや、化け物などではない。

こちらに背中を見せ、黒装束に黒頭巾という形（なり）の男が天井の桟を手足の指を使ってつかみ、ぶら下がっているようだ。

桟を離したか、黒装束の男が床の上に音もなく立った。すらりと刀を抜く。振りやすそうな短い刀のように承芳には見えた。

――夕闇に紛れて、入り込んだのだな……。

「なにやつっ」

もう一度、将監が誰何(すいか)した。

「返答如何(いかん)では斬る」

黒頭巾の中の瞳がぎろりと動き、承芳を見る。感情を感じさせない二つの目に見据えられ、承芳は背筋が凍りつくような心持ちになった。それほど黒装束の男は冷たい目をしていた。

音もなく足を踏み出すや、男は承芳に向かって突進してきた。

――俺を狙っておる。

刺客の姿を目の当たりにしているのに、承芳には、これがうつつに起きていることとは思えなかった。

すかさず抜刀した将監が深く踏み出し、えいっ、という気合とともに、黒装束の男に斬りつける。

その斬撃をあっさりとかわした男は、承芳を一気に間合に入れ、刀を振り下ろしてきた。

眼前に白刃が迫り、承芳は足がすくんだ。

――やられる。

死ぬ覚悟を決めたわけではなかったが、承芳は自然に目を閉じていた。

がきん、と頭上で鉄が激しく鳴る音がした。刀は落ちてこなかった。

目を開くと、承芳の頭のすぐ上で、一本の刀が刺客の刀と交差していた。斬撃をがっちりと受け止めたのは、彦次郎だった。承芳の背後にいた彦次郎は素早く前に出て、刀を伸ばしたのだ。

——そこに彦次郎が控えているとわかっていたから、将監は思い切って前に出ることができたのだな……。

這いずるように背中を落ちていく汗を感じつつ、承芳は納得した。

「承芳さま、お下がりください」

叫ぶようにいって、将監が刺客に迫っていった。右近に手を引かれ、承芳は後ろに下がった。

姿勢を低くした将監が、刺客の胴へと刀を払っていく。

刺客が横に動いて、将監の斬撃をよけた。さらに彦次郎が袈裟懸けに刀を落としていく。それも刺客はかわし、足を止めずに廊下に躍り出た。

刺客の背後から、今度は右近が斬りかかった。だが、その斬撃は黒装束をわずかにかすめただけで、肉を斬るまでに至らなかった。

さっと庭に下り立った刺客は、承芳を狙うのはもはや無理と判断したか、こちらに背を見せて走り出した。塀を目指しているようだ。善得院の外に逃げようとしているのではないか。

待てっ、と彦次郎と右近が追いすがった。だが、逃げ足は恐ろしく速い。承芳の視野から、一瞬で刺客の姿が消え失せた。塀を、ひとっ飛びで乗り越えていったのである。

なんと。承芳はその光景を見て息をのんだ。

——なんだ、あやつは。人とは思えぬ。

彦次郎と右近も塀を越えようとしたが、刺客のようにはいかなかった。

「彦次郎、右近、戻ってこい」

野太い声で将監が呼んだ。飼い主に忠実な犬のように、二人が駆け戻ってきた。承芳のそばを長く離れているわけにはいかぬとの判断も、働いたようだ。

「逃がしてしまいました」

悔しそうな顔で彦次郎がいった。その横で右近も唇を嚙み締めている。

「あやつが何者かに頼まれて承芳さまのお命を狙ったのは、明白。生かして捕らえ、吐かせたかったのですが……」

「なに、そなたらは俺を守ってくれた。それだけで十分だ」

承芳は、彦次郎と右近をねぎらった。

「ありがたきお言葉」

彦次郎と右近が深く頭を下げる。

「承芳さま、お怪我はありませぬか」

　真摯な目をした将監にきかれ、承芳は大きく顎を引いた。

「どこにも傷はない。大丈夫だ」

「それはようございました」

　深く息をつき、将監が胸をなで下ろす。

「しかし、今のはいったい……」

　刺客が逃げていった方角に目をやり、承芳はつぶやいた。

「福島越前が差し向けたのでございましょう」

　憎々しげな顔つきで、将監が承芳に伝える。やはりそうだったか、と承芳は思った。

「今の者は、忍びと呼ばれる者でございましょう」

「ああ、あれが忍びか……」

　屋敷内などに忍び込んで敵の様子を探ったり、敵国内で噂をばらまいたりするのを得手としているらしいが、城に付け火をしたり、人を闇討ちにしたりするのも仕事のうちにしていると、承芳は聞いている。

「初めて見たぞ」

「それがしも、初めてでございます」

「将監、助かったぞ。まことにかたじけない。心より礼を申す」

承芳は改めて感謝の意を口にした。

「それがしは、当然のことをしたまででございます。承芳さまの御身に何事もなく、まことによろしゅうございました」

強い安堵の思いが、将監の口調ににじんでいる。敷居を越えて承芳の部屋に入り、中をなめるように見た。

「まちがいなく誰もおりませぬ。承芳さま、どうぞ、お入りください」

将監にいわれ、承芳は部屋に足を踏み入れた。すでに夜具が敷かれているのに、初めて気づいた。火鉢には新たな炭が足されたらしく、部屋の中は暖かかった。燭台にはろうそくも灯されていた。

「承芳さま。念のために、我らはこの部屋に残りましょうか」

承芳を見つめて将監が申し出る。

「そなたらも疲れておろう。俺のそばにいては気も休まるまい。隣の間で寝てくれ」

「まことによろしいのですか」

気がかりそうに将監が承芳を見た。

「構わぬ。そなたらが隣にいるだけで、俺は安心できる」

承知いたしました、と将監がいった。

「なにかあれば、すぐさま駆けつけますので、承芳さま、どうか、ごゆっくりお休みになってください」

「わかった。その言葉に甘えよう」

「それがしは今から雪斎さまに、今の一件をお伝えしてまいります」

「ああ、そうするのがよかろう。お師匠に心配をかけたくないが、黙っているわけにもいくまい」

「おっしゃる通りにございます。承芳さま、これにて失礼いたします」

一礼し、将監たちが外に出ていく。

「三人とも、ゆっくり休んでくれ」

承芳は、いったん廊下に立ち並んだ将監たちに告げた。障子が閉まり、三人の姿が見えなくなった。

将監のものらしい足音が廊下を遠ざかっていく。残った二人が隣の部屋に入る気配が、伝わってきた。

将監たちがいてくれて本当によかった、と感謝の思いを抱きつつ承芳は寝床に横になった。

――もし俺一人だったら、とうに死んでおった……。

こうして命があるのが、実にありがたい。それでも、承芳はさほどの衝撃を覚えていない自分を感じていた。

――まだうつつのことだと、肌が感じておらぬからだろう……。

「福島越前――」

ささやくような声で承芳は呼びかけた。

「そなたがその気なら、俺もやるしかない。そなたの大事な恵探どのは死ぬことになるが、構わぬのだな」

燭台で、ろうそくが燃えている。恵探の顔が天井に映った。

――恵探どの、そなたはなにも知らぬのであろうが、もはや容赦せぬ。

承芳は恵探に語りかけた。

そのとき廊下を渡ってくる足音がした。

――あれはお師匠だな。

足の運びがいつもと異なり、少し乱れているのが、承芳にはわかった。夜具の上に静かに起き上がる。

「承芳どの」

障子越しに雪斎の声がした。

「お師匠、入ってくれ」

障子が開き、廊下に端座した雪斎が承芳の顔をじっと見る。ほっとした表情になった。雪斎が敷居を越え、承芳の前に座した。

「承芳どの。まことに、怪我はしておらぬのだな」

念を押すように雪斎がきいてきた。

「大丈夫だ。かすり傷一つ負っておらぬ」

「それは重畳……」

「それにしても、またしてもお師匠の兼言は当たったな」

雪斎が顔をゆがめる。

「兼言などではない。わしは福島越前の心を読んだに過ぎぬ」

それでも大したものだ、と承芳は感心するしかない。

「しかしお師匠。福島越前は、やり方をまちがえておるぞ」

雪斎にいって、承芳はぎゅっと拳を握り締めた。

「承芳どの。それはどういう意味だ」

静かに雪斎が問うてきた。

「命を狙うべきは、俺ではない」

むっ、と雪斎が顔をしかめた。

「まさか、わしだというのではなかろうな」

「そのまさかだ。お師匠を亡き者にすれば、俺は後ろ盾を失う。もし内乱が起きたとしても、俺の側に立つように武将たちを説得する者も失う。多分、それで俺から勝ち目は消える」

雪斎がいなくなったのちに内乱が起これば、承芳には死が待っているだろう。

「いや、承芳どの」

やんわりとした声で、雪斎が言葉を投げかけてきた。

「もしわしが福島越前なら、やはり亡き者にすべきは承芳どのだ」

承芳は、無言で雪斎を見返した。

「もしお屋形が亡くなる前に承芳どのがこの世を去っておるのならば、次の太守となるのはまちがいなく恵探どのであろう。それは福島越前もわかっているはずだ」

雪斎にいわれ、承芳は思案した。氏親が残した五人兄弟のうち、氏輝と承芳の二人がこの世を去ったとすると、残るは恵探と泉奘、氏豊の三人である。

僧侶として頭角をあらわしつつある泉奘は、今川家の家督にはまったく興を抱いていない。氏豊も尾張那古野家の養子に入っているから、今川家の跡継ぎとはなり得ない。

——確かにお師匠を亡き者にするより、俺を殺したほうが早いようだ。

「どうだ。狙うべきはわしではなく、承芳どのであろう」

「その通りだ」

承芳は答え、目を閉じた。

――だが、それも五郎さまが傳くなったときの話だ。五郎さまが持ち直せば、俺の命やお師匠の命を狙ったところで意味はない。

ふと気づいて、承芳は目を開けた。

「福島越前は、よもや五郎さままで弑するつもりではあるまいな」

「それはなかろう」

承芳を見つめて、雪斎があっさりと断じた。

「いくら我が孫を今川家の家督につけたいと、福島越前が願ったとしても、そこまではやらぬ」

確かに、と承芳は思った。太守殺しはあまりに畏れ多い。もしそれが露見すれば、今川家中のすべてを敵に回すことになる。そうなれば、福島越前守と恵探に待っているのは滅亡だろう。

「とにかく承芳どの、無事でなによりだった」

しみじみと承芳を見て、雪斎が深い安堵の息をつく。その喜びようを目の当たりにした承芳は、俺はお師匠に大事に思われておる、と心の底からうれしかった。

三

今朝は寒くない。

——ついに春が巡ってきたのだ。

それを実感し、承芳は大気を思い切り吸い込んだ。

——暖かくなるのは、実にありがたい。

「よし、まいろう」

手を振り、承芳は張り切った声を上げた。そばにいる将監や彦次郎、右近が、はっ、と声を揃える。雪斎も一緒である。

松明を手にした将監が歩き出す。その背を追いかけるように歩を進めた承芳は、善得院の塀越しに東の空を見やった。

まだ白んできてはいない。日が昇るまで、半刻ほどはあるだろう。

外の気配をじっくりと嗅いだ将監が妙なところはないと判断したらしく、山門を開けるように命じた。

山門が開き、将監が再び歩きはじめる。続いて承芳も山門を出た。雪斎が後ろに続く。

雪斎の背後には、彦次郎と右近がついている。ほかに警固についているのは、二十人ほどの足軽、雑兵である。

一月も今日で終わりなのだな、と道を踏み締めつつ承芳は考えた。

――ずいぶん早いものだ。

つい先日、天文五年という新たな年を迎えた。と思ったのに、明日からもう二月である。

――俺も十八になって、早一月か……。

人生五十年として、残りは三十年ほどしか残されていない。仏門に入っていなかったら、とうに武家として元服を済ませている歳である。もっとも、得度し、出家したから芳菊丸から梅岳承芳という名乗りになったのだが、背中をあぶられているような焦りを、覚えないでもない。

このまま仏門で過ごすのが最もよい、と承芳は承知している。しかし今年、この身を変えるような大きな出来事が起きるのではないかとも考えていた。

確信はないが、承芳の中で、なにかが起きるような気がしている。

――まさか、五郎さまが儚くなってしまうようなことにはなるまいが……。

だが氏輝の死以外に、大きな出来事というと、なにが考えられるのか。

――なにしろ兄上は厄年だ。なにもなければよいが……。

兄上ではなく俺が死ぬようなことはないのか、と承芳は思った。

黒装束に身を包んだ刺客に襲われてから、承芳の周りは一応、平穏である。そばを決して離れようとしない将監たちが、殺気立つような場面はなかった。

あのあと、刺客には一度も襲われていない。その手の気配も感じない。

去年の十二月二十八日の夕暮れどきに刺客に襲われたことを、承芳は氏輝に告げていない。

承芳としては、氏輝に心労の種を与えたくなかった。もし氏輝に刺客の一件を知らせれば、徹底した下手人捜しを家臣たちに命じるだろう。

あまりに怒りが強すぎるという、ただそれだけのことで、氏輝の病は一気に重くなってしまうかもしれない。

刺客に襲われたといっても、承芳の身に別状はないのだ。氏輝の体に障るような振る舞いは、避けたほうがよい。

なにもなかったことにしておけばよいと、承芳は判断したのである。

雪斎は福島越前守の仕業だと断定したものの、屋敷に乗り込み、詰問するような真似はしなかった。

証拠はなにもない。詰め寄ったところで、福島越前守はしらを切るだけだろう。

腹立ちと苛立ちをぐっと抑え込んだらしい雪斎は、承芳と話し合った。二人が出した結論は、福島越前守に対する仕返しの機会をひたすら待つべしということだった。

仕返しを決意したといっても、承芳には恵探へ刺客を差し向けるというような気持ちは、一切ない。

闇討ちなど、性に合わない。やるならば、正々堂々とやり合わなければならない。

今はおとなしくしていればよい、と承芳は思っている。いずれ機会はやってこよう。それまでは、素知らぬ顔をしていればよい。

四半刻ほど過ぎた頃、承芳の目は今川館の四脚門を捉えた。

そのあたりには、大勢の兵がたむろしていた。数百では利かないであろう。

――この者たちは、五郎さまの供の者たちだな。

承芳たちは歩き進み、四脚門の前に来た。夜の帳はいまだに下りたままだが、城の大手門に当たる四脚門は開いていた。

門の両脇に置かれた四つの篝火が大きな炎を上げ、盛んに火花を散らせている。

水堀を割るように架けられた土橋を、承芳たちは渡りはじめた。

四脚門の前には、槍を手にした十人ばかりの番兵がおり、承芳たちに鋭い目を当ててきた。そばで焚かれている篝火の炎が、承芳には熱く感じられた。

前に進み出た将監が番兵に、承芳が来た旨を伝えた。承芳の名を聞いた途端、番兵がすぐに横へと動く。承芳たちは、今川館の敷地内に足を踏み入れた。

多くの篝火が配された門内は、夕暮れほどの明るさに保たれていた。

また、鎧に身を固めた武者たちが大勢いた。三百は優にいるだろうか。この者たちも、氏輝の供であろう。旗本や馬廻りにちがいない。

四脚門の内側に、塗輿が置いてあった。担ぎ手たちが無言で控え、氏輝がやってくるのを待っている。

――兄上は、もう常御殿の外に出られているのだろうか……。

承芳の目は、大勢の家臣たちが寄り集まっている場所に引きつけられた。

――あそこに、兄上はいらっしゃるのではないだろうか。

思い定めた承芳は、常御殿の前に足早に近づいていった。

案の定だった。家臣たちの輪の中心に、氏輝が立っていた。穏やかな表情で、家臣たちと語り合っている。

今から旅に出るためなのか、心がずいぶん弾んでいるらしく、篝火に照らされた氏輝の顔は上気していた。

歩き進んだ承芳は、氏輝の前に立った。

「兄上――」

呼びかけると、氏輝がこちらを向いた。承芳を認め、にっこりする。

「おう、承芳。わざわざ見送りに来てくれたのか」

快活な声を発して、氏輝が笑いかけてきた。承芳は一礼した。

「もちろんでございます。人事な兄上が小田原に行かれるのですから、見送りせぬはずがありませぬ」

笑みを浮かべながらも、承芳は氏輝をじっと見た。篝火に照らされた氏輝の顔色は、悪くない。頬のあたりは、むしろつやつやしていた。

——これならば、小田原までの道中、何事もあるまい。

そんな確信を承芳は抱いた。承芳を見返して、氏輝がうなずく。

「旅立ちの日に、承芳の顔を見られるとは。余はうれしくてならぬ」

にこやかな顔で氏輝がいった。

「おっ、雪斎も一緒か」

「はっ」

氏輝に向かって雪斎が低頭する。

「お屋形、おはようございます」

「雪斎、おはよう」

兄上、と承芳は呼びかけた。

「道中、どうか、無理をなさらずにしてください」

心を込めて承芳は告げた。

まじめな顔で氏輝が返してきた。駿府から小田原まで、十七里ほどであろう。順調に旅程をこなしていけば、五日後には小田原に着くはずだ。

「去年、それがしが京より戻った際、兄上にうかがいましたが、小田原までは、やはり東海道を行かれるのでございますか」

「そのつもりだ」

「では、あの輿に乗って小田原に行かれるのでございますね」

承芳は、四脚門のそばに置かれた塗輿を指さした。氏輝の塗輿は屋根と引戸がついた豪勢なもので、ひときわ目を引く。今川家の太守に、ふさわしいものである。

「そうだ。前にも申したが、あの塗輿を担ぐ者たちのためにも、箱根の坂を登らずに済むようにしたのだ」

「兄上は相変わらずお優しい」

「いや承芳、別に褒められるようなことでもあるまい」

「いえ、人には優しくあるべきだとそれがしは考えています。兄上はそれがしの手本となるお方でございます」

「承芳、いくらなんでも褒めすぎであろう」

「とんでもない」

承芳が顔の前で手を振ったとき、夜が明け、あたりが明るくなってきた。春らしい艶やかな太陽が東の空にあらわれ、同時に大気が暖まってくる。

「兄上、前にうかがったときは、熱海に湯治に行かれるとのことでしたが……」

「こたびは、まず小田原に行き、北条家のご当主が催される歌会に出る。小田原にしばらく滞在したのち、熱海へ行こうと思うておる」

北条家の今の当主は二代目の氏綱で、通称を新九郎という。北条家の始祖である伊勢宗瑞と同じ通称だ。伊勢から北条に改姓したのも、氏綱である。

「ほう、まずは小田原で歌会でございますか」

「新九郎どのが、歌が大好きなのだ。余もむろん好きではあるが……」

「とにかく楽しみでございますね」

うむ、と氏輝が相槌を打った。

「もっとも、余は歌会よりも湯治を待ち侘びておる。湯というものは、ことのほか気持ちよいものだ」

駿府の近くには油山の湯があり、寿桂尼がよく足を運んでいると聞く。もちろん、氏輝もしばしば同じ湯に浸かっているはずだ。

だが氏輝の病には、油山の湯はあまり効果がないのかもしれない。

でなければ、わざわざ遠く熱海まで、期待を込めて赴こうとは思わないのではないか。

――熱海の湯が、兄上の病に効いてくれればよいのだが……。

「侍医たちは、こたびの小田原行きについて、なにかいっておりますか」

さらなる問いを承芳は氏輝にぶつけた。

「すべての侍医が、できるなら余を行かせたくないようだ」

「えっ、さようでございますか」

承芳は、憂いの思いを顔にあらわした。

「承芳、案ずるな」

手を伸ばし、氏輝が承芳の肩を叩いた。

「余は、いわれるほど柔にできておらぬ。病はだいぶよくなってきておる。じきに、全快しよう。熱海の湯が、病の根を絶ってくれるはずだ」

それならよいのだが、と承芳は思った。そうなるように祈った。

――それに、今回の兄上の小田原行きは、兄上の壮健ぶりを家中や北条家や武田家、織田家などに、知らしめる意味もあるのかもしれぬ。

「北条家には、去年世話になった礼もいわねばならぬ」

穏やかな声で、氏輝が語りかけてきた。礼というと、と承芳は頭を巡らせた。

「武田勢が国境に攻め寄せてきたとき、兵を出してくれた礼でございますか」

「その通りだ」

承芳を見て氏輝が首肯する。

「余の求めに応じ、新九郎どのはすぐさま兵を動かしてくれた。北条勢の働きがあったからこそ、我が家は武田勢を追い払えた」

確かに北条勢が武田の背後を突かなかったら、万沢での戦いは、もっと長引いていたかもしれない。

「それだけではない。実をいうと、余と新九郎どのは、朝廷に金を献じたばかりなのだ」

「朝廷に金の献上を……」

うむ、と氏輝が顎を引いた。

「余はだいぶ前に済ませたが、新九郎どのも余の勧めに応じ、このあいだ朝廷にまとまった金を送ってくれたのだ。その礼も、併せていってくるつもりだ」

「なるほど……」

「承芳。朝廷に金を献じたのは、我らだけでない。越前国の朝倉、周防国の大内も志を同じゅうしてくれている」

おお、と承芳は声を上げた。

「さようにございますか。いずれも天下に鳴り響く家ばかりでございますね。それだけの大名家が揃えば、朝廷も少しは潤うのでないでしょうか」

「朝廷はあまりに金がなさすぎて、今上天皇であらせられる知仁さまは、いまだに践祚ができておらぬ」

践祚とは三種の神器を受け継ぐ儀をいい、皇位についたことを天下に宣する即位とは異なる。

「我らがまとまった金を献上すれば、知仁さまは践祚の儀を行えるに相違ないのだ」

「それは素晴らしいことにございます」

これは雪斎がいった。雪斎という男は、常に朝廷について気にかけている。

兄上、と承芳は呼びかけた。

「とにかく、最も寒い時季は終わりました。旅に出るのには、恰好の季節ですね」

笑顔で承芳は氏輝にいった。氏輝も笑う。

「承芳は寒がりゆえ、冬が終わったのは、ことのほかうれしいのであろう」

「それがしが寒がりだと、兄上はご存じでございましたか」

首をかしげて承芳はたずねた。

「むろん知っておる」

当たり前だという顔で氏輝がいった。なにゆえだろう、と承芳は不思議でならない。

自分が寒がりであるとは、氏輝に話した覚えはないのである。

「なに、余も寒がりだからだ。同じ母を持つ身よ。余が寒がりなのに、そなたがちがうはずがない」

ああ、と承芳は声を上げた。

「そういうことでございましたか」

——兄上と俺は、同じ母を持つという意味でいえば、この世でたった二人の兄弟だ。失いたくない……。

そんなことを承芳は思った。

「それで兄上。いつ駿府にはお戻りになるのでございますか」

それか、と氏輝がいった。

「熱海ではゆっくり湯治しようと思うておる。戻りは来月であろうな」

そんなに長く駿府を離れているのか、と承芳は少し驚いた。

一人の年老いた侍が足早に寄ってきた。

「お屋形さま——」

呼びかけてきたのは、氏輝の側近をつとめる三浦内匠助正俊（みうらたくみのすけまさとし）である。正俊は今川家の筆頭重臣の一人でもある。氏輝の信頼が、ことのほか厚い男だ。

承芳自身、正俊の人となりについて、よく知らない。これまでほとんど会ったことがないからだ。

「そろそろ出立の刻限でございます」

しわがれた声で正俊が氏輝にいった。

「承知した」

鷹揚な口調で氏輝が答えた。承芳を見て、正俊が辞儀する。

「これは承芳さま。おはようございます」

「三浦どの、おはよう。暖かなよい朝だな」

にこやかさを心がけて、承芳は声をかけた。

「まこと、おっしゃる通りにございます」

かしこまった正俊が腰を折る。

「おっ、雪斎どのもご一緒でしたか」

雪斎を見て正俊が破顔した。

「内匠助どの、お久しゅうござる」

「まったくですね。同じ駿府にいるというのに、なかなか顔を合わせませぬな」

「内匠助どのはお忙しい御身ゆえ……」

「いえ、そのようなこともないのですが……」

「三浦どのも、小田原に行かれるのか」

承芳は正俊にきいた。いえ、と正俊が首を横に振った。

「それがしは留守居にございます」

「内匠助がおらぬと、今川家の政が成り立たぬゆえ、駿府に居残ってもらわぬと困るのだ」

正俊を見やって、氏輝がどこかうれしそうに口にした。

「いえ、そのようなこともないのでございましょうが……」

「よし、ではまいるとするか」

足取りも軽く、すたすたと歩き出した氏輝が輿に近づいていく。氏輝が乗り込むと、供頭とおぼしき武士の合図が発せられ、輿がゆっくりと上がった。

承芳は輿を見上げた。引戸が開き、氏輝が顔を見せる。

「では承芳、雪斎、行ってまいる」

承芳と雪斎に告げて、氏輝が微笑した。それがいかにも儚げな顔に見え、承芳は胸を突かれた。

「どうか、道中、ご無事で」

承芳は声を振りしぼった。うむ、と笑顔で氏輝がうなずいた。

「承芳、余がおらぬあいだ、駿府を頼んだぞ」

思いかけない言葉で、承芳はなんと答えればよいか、わからなかった。

「雪斎も、力を貸してくれ」

はっ、と雪斎が低頭する。

「余の帰りを待っていてくれ」

氏輝が引戸を閉めようとする。その瞬間、あっ、と承芳は声を上げた。

「どうかしたか、承芳」

驚いたように氏輝がきいてきた。

「いえ、なんでもありませぬ」

あわてて承芳は作り笑いを浮かべた。

「そうか……」

引戸がゆっくりと閉まっていき、氏輝の顔が消えた。

「出立」

供頭らしい者の声が響く。輿がゆっくりと動き出した。

総勢千人にも及ばんとする供を引き連れ、氏輝率いる一行は今川館を出ていった。

——ああ、行ってしまった……。

一行を見送った承芳は、吐息を漏らした。

——しかし、先ほどの兄上のお顔はいったいなんだったのか……。

「承芳どの、どうかしたか」

顔をのぞき込んできた雪斎にきかれ、承芳は答えるかどうか迷った。

——いや、お師匠にはなんでもいっておくべきだ。秘密にすることなどない。

雪斎に顔を近づけ、承芳はささやきかけた。

「実は、先ほど幻を見たのだ。兄上のお顔がぐにゃりと崩れたように見えた。まるで、雪だるまの顔が溶けたかのようであった」

その声は将監にも届いたようで、驚きの目を承芳に向けてきた。

「なんと、さようか……」

目を見開いたものの、雪斎がひときわ低い声でいった。腕組みをし、難しい顔になった。

「もしかすると、それは幻ではないのかもしれぬ」

「なに」

目をみはって承芳は雪斎を見た。

「承芳どのがそのような光景を目の当たりにするなど、まことお屋形は儚くなってしまわれるのかもしれぬ……」

唇を嚙み締めて雪斎がいった。実をいえば、承芳もそうではないかと思っていた。あれは、氏輝の将来を暗示しているのではあるまいか。

「この先なにが起きようと、決してうろたえたり、あわてたりすることのないようにせねばならぬ」

雪斎の口調からは強い決意が感じ取れた。

——つまり恵探どのたちとの戦いに備え、支度をはじめるのだな……。

「よし、承芳どの。戻るとするか」

手を軽く振り、雪斎がいった。うむ、と承芳は点頭した。

あれがただの幻に過ぎぬのかどうか、近いうちにはっきりするだろう。

——お師匠のいう通り、とにかくどんなことが起きようと、身構えだけはしておかねばならぬ。

承芳は歩き出そうとしたが、すぐに体が固まった。どうしたという顔で雪斎が承芳を見たが、むっ、と声を漏らした。

供の者を連れた恵探と福島越前守が、こちらに近づいてきていた。

「承芳どの、雪斎どのではござらぬか」

笑みを口元にたたえた恵探が、親しげな声を上げた。

福島越前守は恵探の後ろに付き従い、唇をひん曲げるような笑いを見せている。

その顔が承芳には憎々しくてならず、にらみつけたかったが、なんとか我慢した。

——ここは素知らぬ顔をしていればよい。

承芳は自らにいい聞かせた。

「お二人も、兄上を見送りにいらしたのだな」

張りのある声で、恵探が承芳にきいてきた。

「さよう」

言葉短く承芳は答えた。

「どうかしたか、承芳どの」

気がかりそうに恵探がいった。

「どうかしたか、というと」

恵探を見つめて、承芳は問い返した。

「いや、なにか浮かぬ顔をしているな、と思ったのだが……」

「五郎さまが小田原に行かれてしまったので、寂しいのでござるよ」

「そうか。承芳どのは、お屋形とそれほど親しくされているのだな」

「五郎さまには、特に大事にしていただいておる。母が同じということも、あるのかもしれぬが」

その承芳の言葉を聞いて、福島越前守が少し嫌そうな顔をした。

「そういえば、大方さまのお姿を目にしなかったが、お屋形の見送りには出てこられなんだのかな」

首をかしげて恵探がいった。そうだったか、と承芳は思った。

「館内で五郎さまとのお別れを済ませたゆえ、出てこられなかったのではあるまいか」

「そうではござらぬ」

冷ややかな口調で福島越前守が否定した。

「大方さまは、お屋形さまを小田原に行かせたくなかったのでござる。すべての侍医たちも、よしとしていなかった。大方さまはお屋形さまの御身を慮られたのでござる。だが、お屋形さまが決して肯んじられなかったために、見送りに見えなかったのでござる」

――つまり兄上の勝手に腹を立てたがゆえに、母上は見送りに来られなかったのか。

納得したが、承芳は福島越前守を無視した。

「あっ――」

不意に雪斎が、福島越前守の頭に向けて手を伸ばした。

「なにをされる」

狼狽したように福島越前守が後ろに下がり、雪斎をにらみつける。

「これでござる」

雪斎が拳を前に出し、開いてみせた。そこには蠅の死骸があった。

「福島越前どのの頭に、これがとまっておりましたので。蠅など、こうして叩き潰してしまうに限りましょう」

福島越前守に目を投げ、雪斎が蝿の死骸を地面に捨てた。土に紛れ、小さな死骸はすぐに見えなくなった。

「では恵探どの。これにて失礼いたす」

会釈気味に頭を下げ、承芳は四脚門に向かって歩き出した。雪斎が承芳の後ろにつく。将監たちも続いた。

「雪斎さま。それがし、少し気が晴れましてございます」

承芳の前に出て、先導をはじめた将監がうれしげにいった。

「それはよかった」

雪斎がにこにこと笑んだ。

「なにしろ、それがしは福島越前を斬り殺したくて、なりませんでしたので」

「本当は、手であの男の頭を叩きたかったのだが……」

「承芳さまに刺客を差し向けるなど、あの男の振る舞いは卑劣千万にございます」

「将監、そなたの気持ちはよくわかる」

なだめるように、承芳は声をかけた。

「その鬱憤は、きっと晴らせよう」

「それがしも、備えだけはしっかりとしておくことにいたします」

きっぱりとした声音で将監が答えた。

四

胸が悪い。

今日はいったいどうしたのだろう、と承芳は首をひねらざるを得ない。

朝、起きたときから体の調子がよいとはいえないのだ。

そのせいで、書見にも身が入らない。文字を目が追っているだけで、意味がまったく頭に入ってこない。

仕方なく書を閉じ、承芳はごろりと横になった。腕枕をすると、天井が目に飛び込んできた。

——しかし、あのときは驚いたな。

なんといっても、眼前の天井に刺客が貼りついていたのだから。

忍びというのは、と承芳は思った。あのような真似もできるのか。どのような修行をすれば、できるようになるのか。

——俺には決して真似できぬ。それにしても、あれはもう二月半前のことになるのか。

相変わらず月日は流れるのが早い。

今日は三月十七日である。部屋には初夏の風が流れ込んできている。湿気をほとんど感じさせない風は、とても心地よい。

それなのに、と承芳は思い、顔をしかめた。この胸の悪さはどうしたわけか。

――いや、俺の調子などどうでもよい。兄上の具合はどうなのだろう。

目を閉じ、承芳は氏輝について考えはじめた。ちょうど十日前の七日に氏輝は駿府に帰ってきた。無事な顔を目の当たりにして、承芳は胸をなで下ろしたものだ。

旅の疲れが出たのか、氏輝の顔色はよいとはいえなかった。実際、旅から帰ってきて、すぐに寝込んだ。

今も、床に横になっている。侍医たちはかかりきりになっているのだろう。

昨日、承芳は見舞いに行ってきた。間近で氏輝の顔を見たが、熱海の湯が病に効いたように見えなかった。

――むしろ、お顔の色は悪くなっていたような……。

大丈夫だろうか、と承芳は氏輝の容体を危ぶまざるを得なかった。

――まさか、五郎さまは他界されてしまうのではあるまいな……。いや、縁起でもない。五郎さまが死ぬわけがないではないか。

昨日の氏輝の様子からして、今日明日にでもこの世を去るようには見えなかった。本当に病が重篤だったなら、承芳にも面会が許されなかっただろう。

――五郎さまはきっとまた持ち直してくれよう。

目を開けるやいなや体を起こし、承芳は座り直した。再び書を開く。

今日も読んでいるのは『孫子』である。仏書は、どうしても読む気になれない。

承芳は『孫子』に目を落とした。だが、やはり中身はさっぱり頭に入らない。承芳の思案は、どうしても氏輝に戻っていく。

――五郎さまの顔がぐにゃりと崩れたように見えたあれは、お師匠がいったように、なにかの兆しなのか。

この前、小田原に行く氏輝を見送りに今川館に行ったときの出来事を、承芳は思い出した。あの光景が今も脳裏から離れない。

胸の悪さを気にせず、承芳は書見に集中しようとした。だが、どうやってもうまくいきそうになかった。

書見をあきらめ、承芳は『孫子』を閉じた。また仰向けになった。

そのとき、廊下を渡ってくる足音が聞こえてきた。あれはお師匠だな、と承芳は顔を持ち上げて思った。

――しかし、いつもとちがう。

雪斎の足の運びが、明らかに普段と異なるのだ。ただならぬ足音のように思えた。

――なにかあったのではないか。

すぐさま頭に浮かんできたのは、氏輝の顔である。

——五郎さまの身に、なにか起きたのか。

そう思うと、承芳は寝てはいられなかった。一気に立ち上がり、障子に足早に近づく。

障子に影が差し、足音が消えた。

「承芳どの——」

雪斎の声がすると同時に、承芳は障子を横に滑らせた。

廊下に雪斎が座し、承芳を見上げている。雪斎の顔は、ひどくこわばっていた。いつも冷静な雪斎がこれほどかたい顔つきをしているのは、滅多にない。

「五郎さまの身になにかあったのか」

すぐさま承芳は問いを投げた。むっ、とうなり、雪斎が承芳を凝視する。わかっていたのか、といいたげな顔になり、落ち着いた声音で告げた。

「お屋形が亡くなった」

うっ、と承芳は一瞬、喉が詰まった。その直後、床がぐらりと動いた。立っていられず、その場に座り込んだ。

地震のように床が揺れている。不意に視野が閉ざされ、雪斎がどこにいるのかも、わからなくなった。

横になりたかった。我慢できず、承芳は座り込み、それからゆっくりと仰向けになった。背中に冷たい床が当たる。

——初夏なのに、まだこんなに冷たいのか。

天井がぐるぐる回っていた。承芳は目を閉じた。

しばらく横になったままでいた。背中の冷たさは消えている。

「承芳どの、大丈夫か」

雪斎の穏やかな声が聞こえ、承芳はそっとまぶたを持ち上げた。もう目は回っておらず、天井も動いていない。

ふう、と息をついた承芳は体を起こした。廊下に座す雪斎の姿が目に入る。

「大丈夫か」

重ねて雪斎がきいてきた。

「うむ、もう大丈夫だ。お師匠、なにゆえ五郎さまは亡くなったのだ」

あぐらをかき、承芳は冷静な声で雪斎に質した。

「先ほど容体が一変したそうだ。侍医たちの懸命な治療も及ばず、逝去されたらしい……」

言葉を途切れさせ、雪斎がうつむいた。

「無念だ」

膝に置いた雪斎の拳が震えていた。

——五郎さまも無念だったであろう。

再び目を閉じ、承芳はため息をついた。

——五郎さまは、まだ二十四であった。その若さで厄年を乗り越えられなかったのか……。

もうあの優しい氏輝に会えないのだ。そう思ったら、まぶたの堰を破って、ぼろぼろと涙が出てきた。

ううぅ、と喉からむせぶような声が漏れ出た。悲しみの波が押し寄せてきて、承芳は体が震えてならなかった。

——もう二度と五郎さまの笑顔を見ることもないのだ。

体がふらりと動き、承芳は床にうつ伏せた。顔をゆがめ、五郎さま、と呼びかけた。

——なにゆえ死んでしまったのだ。

きっと、と承芳は激しく泣きながら思った。

——太守という地位にあったにもかかわらず、五郎さまは皆に優しすぎたのだ。気を遣いすぎたのだ。

その優しさは、病に対しても同じだったのではないだろうか。

そのとき、不意に一つの考えが承芳の脳裏をかすめていった。震えは止まっている。

素早く体を起き上がらせ、承芳は雪斎を見つめた。

「お師匠――」

承芳が呼びかけると、雪斎が顔を上げた。

「五郎さまは、まさか北条家に毒を飼われたのではあるまいな」

これが北条家への言いがかりに過ぎないのは、承芳はすでに解していた。氏輝の死を北条家のせいにすることで、悲しみを紛らわせたいという心の動きでしかないのだろう。

「それはない」

承芳をじっと見て、雪斎がかぶりを振る。

「毒ならば、効き目はすぐにあらわれよう。お屋形が駿府に戻られて、すでに十日。それだけゆっくりと効いていく毒など、聞いたことがない」

「ならば、五郎さまはなにゆえ死んだのだ」

いまだに涙は止まらない。顔をぐしゃぐしゃにして承芳はたずねた。

「病のせいだ。わしが思うに、おそらく湯が体に合わなかったのではないだろうか」

涙をこらえるような顔で雪斎が告げた。

「湯だと。熱海の湯が悪かったとお師匠はいうのか」

そうだ、と強い口調で雪斎がうなずいた。

「体が弱い者や、病にかかっている者が、よかれと思って湯に浸かる。それはよくあることに過ぎぬ。だが湯に浸かったのが毒となり、体に返ってくることがあるのだ」

「そういうものなのか……」

「湯は体への毒にもなる。それはわしも耳にしたことがある」

熱海の湯で病の根を断つ、と氏輝はいっていたが、逆に熱海の湯にとどめを刺されたということか。

——そんな馬鹿なことがあってたまるか。

承芳は、床を拳で殴りつけたかった。

——つまり、五郎さまを止めた母上や侍医たちが正しかったというのか。

北条家の招きを受けていなければ、今も氏輝は生きていたのだろうか。

——そうなのかもしれぬ。五郎さまは本当に熱海の湯でとどめを刺されたのではないのか。くそう。

奥歯を嚙み締め、承芳は目を閉じた。いつのまにか、うなだれている自分に気づいた。

——これはうつつのことなのか。実は夢を見ているのではないか。そうだ、きっと夢だ。夢を見ているにちがいない。五郎さまが死ぬはずがないではないか。

「承芳どの」

強い口調で雪斎が呼びかけてきた。承芳は身じろぎ一つしなかった。

「今は存分に悲しみに暮れてよい。いくら泣いても構わぬ」

その言葉を、これは夢だと思いながら承芳は黙って聞いていた。

「ただし、お屋形の葬儀までだ。それからは気持ちを入れ替えねばならぬぞ」

目を開けて顔を上げると、雪斎の厳しい眼差しが承芳を見据えていた。

――夢にしては、お師匠の顔はずいぶんはっきりしておるな。

「承芳どの、意味はわかるな」

鋭くきかれ、承芳は深く顎を引いた。

「わかっている」

「ならば承芳どの」

居住まいを正して雪斎がいった。そのとき瞳がきらりと光った。

あっ、と承芳は息をのんだ。

――ずいぶん久しぶりではないか。

氏輝を失った悲しみを忘れ、承芳はそんなことを思った。

――では、これは夢ではないのだな。兄上の死はうつつの出来事なのだ。

「どうかしたか、承芳どの」

不思議そうな顔で、雪斎が問うてきた。

「いや、今お師匠の瞳が輝いたので、目を奪われただけだ」

「ああ、またあったのか。自分ではどうやっても見られぬゆえ、どうしてそういう仕儀になるのか、わしにはよくわからぬ」

雪斎を見やって、承芳は首を縦に動かした。

「うむ、そういうものであろうな。できれば、お師匠にも見せてやりたいが……。それでお師匠、今なにをいおうとしていたのだ」

「今わしがいうべき言葉は一つしかない」

承芳を見つめ、雪斎が改めて口を開く。

「承芳どの、今川家の家督を取りにまいるぞ」

やはりそのことだったか、と承芳は思った。ついにそのときが来たのだ。胸の中で、なにかがぞわりと動いた。鳥肌が立っている。

今川家中で、すぐに内乱がはじまるかもしれない。むろん、福島越前守の出方次第だが、起きると考えて、まずまちがいはない。

やるぞ、と承芳は決意を固めた。

——俺は、この手で今川家の家督をつかむのだ。兄上に代わって今川家を率いていく。この役目は、決して恵探どのには任せられぬ。

全身に力がみなぎり、腹のうちに覚悟がしっかり備わったのを、承芳は感じた。

──恵探どのと福島越前が相手なら、不足はない。

俺は必ず勝ってみせると、承芳は誓った。

五

氏輝の死から六日たった三月二十三日の午前、盛大な葬儀が善得院で営まれた。

善得院には、駿河の内外から千人以上の僧侶がやってきた。

父氏親の葬儀の際には、七千人もの僧侶が増善寺に呼ばれたという。氏親の葬儀には、まだ八歳だった承芳も出、父の棺の引き綱を握っていた。あのときは、恵探は父の位牌を胸に抱いていた。

氏輝の葬儀への参列者も、氏親のほどではなかったが、相当の数に上った。参列者は大きな人波となって、善得院に押し寄せた。

一時はいつ葬儀がはじまるか、わからないほどの喧噪に境内は包まれた。だが、なんとか葬儀ははじまった。

葬儀が開始される前から承芳は、ずっと氏輝の棺のそばにいた。

氏輝が死んで六日がたち、棺からかなりにおいはじめていた。棺の近くにはおびただしい数の線香が焚かれ、死臭を消そうとしていたが、そううまくいくものではなかった。

——だが、これも兄上のにおいだと思えば、なんということもない。

氏輝の死骸は、棺の中で塩詰めにされていた。顔だけは、棺の外から見えるようになっている。

かなりの日がたっているにもかかわらず、意外なほどに死骸は崩れておらず、穏やかな死顔をしているように承芳には思えた。

——兄上、今日で本当にお別れだ。

棺をのぞき込み、承芳は氏輝の死顔に語りかけた。

——俺は、兄上の跡を立派に継いでみせる。どうか、見守っていてくだされ。

やがて、悲しみに暮れた風情の旗本衆がぞろぞろとやってきて、氏輝の棺を運び出した。棺は本堂に運ばれ、安置された。

本堂内は数え切れないほどのろうそくが灯され、かなり明るく感じられた。大勢の人が本堂内に詰めかけていた。

喪主として承芳は葬儀の挨拶をした。境内にも人があふれ出ていた。これは今川家の正統の跡取りが誰か、家中の者だけでなく、他の大名家にも伝えるために、重要なことだった。

承芳が喪主になるのはずんなりと決まったわけではなく、やはり福島越前守が横槍を入れてきた。

しかし、そこは承芳の実母である寿桂尼が押し切ったという。一時は女大名といわれたほどであり、その迫力は戦場経験の豊富な武将でも肝が縮み上がるほどだったそうだ。

承芳の挨拶が終わると、一千人の僧侶による読経が朗々と響き渡った。その中に兄の泉奘の姿はない。遠く奈良にいるために、とてもこの葬儀に間に合わなかったのだ。

読経が終わるや、氏輝の遺骸は荼毘（だび）に付された。

――ああ、兄上は本当に死んでしまったのだな。

空に立ち上っていく黒い煙を見つめて、承芳は悲しみに暮れた。

氏輝の葬儀が終わるや、この前雪斎にいわれた通り、即座に気持ちを切り替えた。悲しみに沈んでばかりいては、今川家の家督を手中にできようはずもない。

氏輝の葬儀から八日が過ぎた四月一日の昼過ぎ、今川家の家督を誰が継ぐか、雪斎や福島越前守、寿桂尼を中心に、重臣たちで話し合いが持たれた。

場所は今川館の主殿である。

承芳は、その場に出なかった。出たところで、話し合いが混乱するばかりであろうと考えたからだ。

おそらく恵探も同様で、姿を見せていないであろう。

話し合いの最中、承芳は善得院の自室で書見をしていた。文机の上に開いているのは、今回も『孫子』である。

――主殿での話し合いは、まずまとまらぬであろうな。

重臣たちのほとんどは雪斎の根回しもあって、おそらく承芳を推すはずだが、福島越前守が肯んじるはずがないと、承芳は思っている。

福島越前守は、承芳より歳が上の恵探をなんとか今川家の当主にしようと必死になっている。その態度は主殿の話し合いの場でも、きっと同じであろう。

――母上の一喝も、こたびは効かぬであろうな……。

しかし、と承芳はすぐに思った。

――福島越前守は、このまま突き進めば滅亡しか待っておらぬ。それなのに、なにゆえ恵探どのを、なんとしても家督につけようとするのか。

正直、承芳にはわけがわからない。ただ単に、福島越前守は意地を張っているとしか思えない。

そんなつまらない意地を振りかざし、恵探を死に追い込んでよいのか。

――死ぬなら、一人で死ねばよい。

恵探を巻き添えにするような真似はよせ、と承芳は福島越前守を怒鳴りつけたくてならない。できるなら、首根っこをつかんで揺さぶりたいくらいである。

夕餉を終えたその夜、承芳の部屋に雪斎が姿を見せた。念願をうつつのものにする機会がついに訪れ、いかにも張り切っている様子に見えた。

「いずれ戦は避けられぬ……」

承芳の向かいに座った雪斎が開口一番、告げた。

「やはりそうか。お師匠、もはやあとには引けぬな」

「その通りだ」

全身に生気をみなぎらせて、雪斎が首肯する。

「お師匠、福島越前が引くことは、考えられぬか」

「考えられぬ」

承芳の言を一顧だにせず雪斎がいった。

「あの男は、恵探どのを今川家の家督につけることのみに必死で、周りがまるで見えなくなっておる」

雪斎は、憤懣(ふんまん)やる方なしという風である。

「母上は福島越前になにかいっているのか」

「いっておられる。だが、喪主のときとはちがい、福島越前は一歩も引かぬ」

「それは厄介だ」

「承芳どの——」

姿勢を改めて雪斎が声をかけてきた。

「十日前に、わしは都に使者を走らせた」

「十日前……。兄上の葬儀の前だな」

「そうだ。使者を送るのは、できるだけ早いほうがよいとわしは判断した」

「なんの使者を送ったのだ」

「それに答える前に少しよいか」

「もちろんだ」

感謝する、と雪斎が微笑を浮かべた。

「都へは、本当はもっと早く使者を送りたかったが、お屋形の葬儀もあり、いろいろと役目に忙殺された」

氏輝の葬儀を営むために、雪斎はこれ以上ないほどの働きを見せた。もし雪斎がいなかったら、氏輝の葬儀は無事に済んでいなかったかもしれない。それほどの働きだった。

「葬儀の支度でとにかく忙しかったが、わずかな暇を見つけて、わしは岡部左京進どのと会った」

岡部左京進は親綱といい、今川家の重臣である。子息の五郎兵衛がこのあいだ、尾張の氏豊のもとに使者に立ってくれたばかりだ。

「お師匠は、岡部となにを話したのだ」

「都に使者を送ってくれるように頼んだのだ」

「なんと、そのような重大事を岡部に頼んだのか」

承芳は意外な気がした。

「なにゆえ庵原家にいわなんだ。甥の美作守に頼めば、京に使者を遣わすなど、なんということもあるまい」

美作守之政は氏輝の側近をつとめていた。むろん、今川家の重臣の一人である。

「庵原家の屋敷には、見張りがつけられているかもしれぬ。それゆえ頼むのをやめたのだ」

「庵原家に見張りが……。それは福島越前の見張りをいっているのだな」

「その通りだ」

「では、お師匠の意を受けて庵原屋敷を出た使者が、福島越前守の手の者に殺されるかもしれぬというのか」

「そういうことだ」

承芳を見て、雪斎が首を大きく縦に振った。

「なにしろ、福島越前は腕扱きの忍びを飼っておる。その者に使者を殺されてはたまらぬ」

ずいぶん用心深いのだな、と承芳は思った。

「岡部に頼むまでして、お師匠は、なんのために都へ使者を走らせたのだ」

「承芳どのは、これから還俗せねばならぬ」

うむ、と承芳は返事をした。

「法体（ほったい）のままでは、今川家の家督に座すことはかなわぬからな」

「承芳どのが還俗するに当たり、承芳どのに十二代将軍足利義晴公の偏諱（へんき）をもらえるようにお願いしたのだ」

「偏諱を……。都に使いを遣わしたのは、そのためか」

「承芳どのが今川家の正統の跡継ぎであると世に示すためには、将軍の偏諱はどうしても要る」

「今川家ほどの名家の家督を継ぐとは、そういうものなのだな」

今川家の重みを感じつつ、承芳は口にした。その通りだ、と雪斎がいった。

「今川というのは、天下に二つとない名字だ。実に重々しいものなのだ」

なるほど、と承芳は思った。兄上は病だけでなくこの重みとも戦っていたのだな、と納得できるものがあった。

——病がよくなるわけがない。

面を上げ、承芳は雪斎に眼差しを注いだ。

「お師匠、岡部の使者は帰ってきたのか」

「先ほど帰ってきた」

そうなのか、と承芳は心が躍った。

「それで使者はどうした」

身を乗り出し、承芳は先を促した。もったいぶったわけではなかろうが、雪斎が深く息を吸い、間を置いた。

「使者はこれを持ってきた」

袈裟の懐に手を入れ、雪斎が一通の文を取り出した。それを承芳に手渡す。

手に取った承芳はまじまじと文を見た。

「これに、俺の名乗りが記されているのか」

「承芳どの、さっそく開けるがよい」

——これが足利将軍からの文……。

少し震える手で承芳は文を開き、目を落とした。最初に見えたのは、今川家と同じ、二つ引両の家紋である。

その下に『義元』と太く書かれていた。目を大きく見開いて承芳はじっと見た。

——これが俺の名乗りか。

義晴の晴の字でなく、義の字を偏諱としてもらえた。これは、晴の字をもらうよりも上といわれている。なにしろ、義の字は足利将軍家累代で使われているのだ。

この名は一度も考えなかった。尾張で左馬助と話したときも、出てこなかった。

——義元か……。

うつむき、承芳は目を閉じた。

——まさか、俺の名乗りに元という字を使ってくるとは思わなんだ。

元という字は、物事の起こりやはじまり、根本を意味する。

——正直、今の今川家は、父上の頃ほど振るわぬ。そなたが今川家の中興の祖となり、足利将軍家のために尽くせ、との意が込められているのではないか。

承芳はそんな気がしてならなかった。

——もしそういう意味であるなら、この名は悪くない。

「どうだ、承芳どの。気に入ったか」

目を開け、承芳は雪斎を見やった。しばらく無言でいたが、やがて深くうなずいた。

「気に入った」

はっきりと承芳は告げた。

「それは重畳」

承芳の言葉を聞いて、雪斎が顔をほころばせる。

「お師匠はどうだ」

「気に入った。武田左京大夫の嫡男太郎もこの三月に元服し、足利将軍から偏諱をいただいたが、名乗りは晴信(はるのぶ)だ」

「ああ、そうであったな」

「宿敵の武田家よりも上というのは、小気味よくてならぬ」

子供のように喜んでいる雪斎が、承芳には微笑ましかった。

「お師匠、すぐにでも、この名を名乗ってよいのか」

姿勢を正して承芳は雪斎にきいた。

「いや、まだだ」

「なにゆえ」

「足利将軍家から偏諱をいただいたことを、福島越前に知られたくないからだ」

「なにゆえ知られたくないのだ」

「それを聞けば、あの男、いきなり蜂起するかもしれぬ。今はまだ支度がととのっておらぬ。盤石とはいえぬのだ。むろんわしとしても内乱はなんとかして避けたいが、もしどうしてもはじまるのなら、正直、もう少しときがほしい」

「では、いつなら名乗ってもよかろう」

「来月の初めならよい」

五月の頭ということだ。

「では、そのあたりになれば、すべての支度がととのうのだな」

「そういうことだ」

自信満々の顔つきで雪斎がうなずいた。

「その頃には多分、足利将軍家から、二通目の文が届くはずだ」

「二通目の文だと」

承芳には思いがけない言葉だった。

「その二通目の文には、なにが記されているのだ」

「詳しい中身はわしにもわからぬ」

「だいたいの中身はわかっているのか」

「足利将軍家には、今川家にいろいろといいたいことがあるらしい」

「なんと。なにをいいたいのだ」

「偏諱をいただくのも、ただではできぬ。足利将軍家は今川家に、なんらかの命を下すつもりでいるのではないかと思う」

「どんな命かはわからぬのだな」

「今のところ、わからぬ」

「二通目の文が届くのははっきりしているのだな」

「そうだ。必ず届く」

足利将軍家はいったいなにをいってくる気でいるのだろう、と身構えるように承芳は思った。

六

その後も家督相続について、今川館において何度か話し合いが持たれた。

その中身は逐一、雪斎に聞かされて承芳は経緯を熟知していた。

だが、いつまでたっても話し合いはまとまらなかった。四月二十五日になっても、状況は同じだった。

福島越前守が一人、強硬だったのだ。寿桂尼の言にもまったく耳を貸さなかった。寿桂尼はあきれ果てたのか、話し合いの場に出てこなくなったそうだ。

二十五日の夜、雪斎がまた承芳の部屋にやってきた。少し疲れた顔をしている。

「どうやら福島越前が、承芳どのの偏諱の一件を嗅ぎつけたようだ」

平静な声音で雪斎が告げた。

「えっ、そうなのか。では、もう伏せておく意味はないのではないか。俺は義元だと名乗ってもよいのではないか」

「構わぬ」

雪斎が許しをくれた。

「戦の支度も、だいぶととのった。まだ正式に宣することはできぬが、義元だと名乗りを上げてもよかろう」

「うれしくてならぬ。義元という名を、俺は一刻も早く使ってみたかったのだ」

ふふふ、と雪斎が笑いを漏らす。

「承芳どのは、いつまでたっても子供よな」

「お師匠、俺はもう承芳ではない。義元だ」

「だが諱を呼ぶわけにはいかぬぞ。ゆえに、義元どのとは呼べぬ」

いわれてみれば、その通りである。

「ではお師匠をはじめ、他の者たちは俺のことをなんと呼ぶのだ」

「お屋形であろう。だが、今のところはこれだ」

いきなりいって、雪斎が一枚の紙を承芳の前に広げてみせた。その紙には、治部大輔と大書されていた。

それを見て、承芳は眉根を寄せた。

「お師匠、これはなんだ」

「今日、朝廷から使者が来た。この官位を承芳どのに賜るそうだ」

なに、と承芳は目をむいた。

「では、俺は今川治部大輔義元ということか」

「そうだ。だから、これからは治部どのと呼ばれることになろう。正五位下だ。悪くはないぞ」

「悪くないどころか光栄でならぬ。しかし、まだ還俗すらしておらぬのに、よく官位がもらえたな。すごい手際だ」

そういえば、とすぐに承芳は思い出した。もともと雪斎は、京の摂関家である近衛尚通と親しかった。

——京といえば……。

ふと承芳の脳裏をよぎっていった光景があった。

「近衛尚通さまは、義晴公と姻戚関係にあったな」

「その通りだ」

承芳を見つめて雪斎がうなずく。

「近衛尚通さまの娘御が、義晴公の今の御正室だ。この三月に、義晴公の御子をお産みになったそうだ」

「えっ、そうなのか」

承芳は初耳だった。

「もしや男の子か」

「足利将軍家の立派な跡継ぎらしい」

「それはめでたいな」

承芳は笑顔になったが、すぐさま表情を引き締めた。

「俺が足利将軍家から偏諱をいただいたのは、近衛尚通さまのお力添えもあったのだろう」

「もちろんだ」

そうか、と承芳は納得がいった。

「あれは、去年の十一月だったな。駿河に戻るのが決まり、俺は奈良の西大寺の泉奘どのに別れの挨拶に行った。お師匠は一緒に来なかった。あのとき近衛尚通さまにお目にかかったのは、このためではないのか」

「その通りだ。よくわかったな」

大したものだ、と雪斎の目がいっている。

「偏諱もそうだが、こたびの治部大輔の官位についても、あまりに手際がよすぎる。だいぶ前から手続きを進めていなければ、こうまで滞りなくすらすらと物事が進むのではなかろう。なにしろ相手は朝廷だ」

朝廷においては、なかなかことが進まない。それはよく知られている。

「いろいろと手続きが面倒なのはまちがいなかった。お屋形の具合が思わしくないのがわかったとき、今日という日に備え、わしはいち早く手を打っておこうと考えたのだ」

さすがは我が師匠だ、と承芳は心から感服した。

「まさしく深謀遠慮だ。我がお師匠はすごい人物としかいいようがない」

「なに、そんなに褒められるほどのことはしておらぬ」

照れたように雪斎が答えた。

「それは謙遜に過ぎぬ。お師匠がしてのけたのは、まことにすごいことだ」

口から泡を飛ばすような勢いで承芳はいった。

「もともと我が父上は、十代将軍の義稙公に与していたはずだな」

「うむ、その通りだ」

流れ公方の異名を取るほど京にいることが少なかった義稙は、大永三年（一五二三）に阿波国で死んだ。その三年後に氏親もこの世を去った。

それで、今川家と足利将軍家との縁は途切れはしなかったものの、頼りない細い糸になってしまった。

「衰えたとはいえ、足利将軍の威光はまだ大したものだ。わしとしては、第十二代の義晴公になんとしても近づかねばならなかった。近づくことが今川家のためになるのはわかっていた」

「それでお師匠は、近衛尚通さまと誼を通じたのか」

うむ、と雪斎が顎を引いた。

「しかしお師匠、まことによくやってくれた」

承芳はもう一度、雪斎を褒めたたえた。

「治部どの。しかし喜んでばかりいられぬのだ。実は難題も一緒に届いておる」

承芳を見て雪斎が眉を曇らせた。

「難題というと」

興を引かれて承芳は問うた。

「治部どのには、わしはむしろこちらを見せに来たのだ」

懐に手を入れた雪斎が一通の文を取り出した。

「読んでくれ」

差し出された文を、承芳は受け取った。差出人は足利義晴だった。これは、と文を見つめて承芳はいった。

「前にお師匠がいっていた二通目の文だな」

「その通りだ」

「読ませてもらう」

文を開いて、承芳は目を落とした。すぐに眉間にしわを寄せることになった。

足利義晴は、偏諱を賜るのを機会に、今川家は武田左京大夫信虎と和すように命じてきたのだ。

さらに読み進めた承芳は、なに、と声を放った。

そこには、武田の姫を正室にするように書かれていたのである。

「なんと……」

文を手に、承芳はしばし声を失った。雪斎が厳しい顔になり、首を横に振った。

「もともと武田左京大夫は、長く義晴公に与していた。これまでずっと忠義を尽くしてきていたのだ。左京大夫は、一時は義晴公のために上洛までしようとしていたらしい」

「ほう、あの男、そこまで厚い忠義の心を持っていたのか」

「そのような真似はあの男にはまったく似つかわしくないが、義晴公は左京大夫を特に信用されているようだ」

そうなのか、とつぶやいて承芳は再び文に目をやった。

「武田家と和議をなせば今川家において家督争いによる内乱が起きた際には、左京大夫に援軍を出させると、義晴公はこの文に書いておられる」

「内乱が起きた際、武田の援軍を受け容れるのは、さして難しくはない。だが、そのあとが大変だ。治部どのと武田の姫との縁組みを、北条家が認めるはずがない。これは和議ではなく、同盟を意味する。無理に縁談を押し進めれば、北条家と戦になろう」

それはまちがいないな、と承芳は思い、口を開いた。

「北条家は、武田左京大夫を仇敵として忌み嫌っている。お師匠、この縁談を断るわけにはいかぬのか。北条家を敵に回すわけにはいかぬ」

「断れば、偏諱もなしだ。義元とは名乗れぬ」

「義元という名は気に入っているが、それでも断ったほうがよくないか」

「ここまでは、すべてうまくいっておる。北条家を説得するのがよかろう」

雪斎の言葉を聞いて、承芳は顔をしかめた。

「説得できるか」

「できる」

目を輝かせて雪斎が答えた。

「今川家が武田と和睦する。当然、我らは北条家にも武田家と和議を結ぶように勧める」

「うむ、それは当たり前だな」

さらに雪斎が続ける。

「北条家がそれを受ければ、三家による同盟がいずれ成ろう」

「三家による同盟か……」

「北条家にとっても、武田と同盟を結ぶのはよいことだろう。北条家は関東進出を念願としている。その企てに、背後から邪魔する者がいなくなるのだ」

「武田家も北条家を相手にせずに済むなら、信濃に向かっていける。我が今川家も、三河への進出に全力を傾けることができよう」

「治部どの、よいことずくめではないか」

「まったくだ」

承芳は腕組みをして考えた。

「最初は義晴公の言いがかりとしか思えなかったが、考えてみれば、武田と和睦し、さらに同盟を結ぶのは素晴らしいことだとしかいいようがない」

「どうだ、治部どの。これなら北条家も同意するのではないか」

「すると思う」

承芳は確信を抱いてうなずいた。

「よし、まずは文を書き、北条家に使者を送ろう。治部どの、文机を貸してくれ」

「もちろんだ」

承芳は雪斎のために場所を空けた。

熱い目をした雪斎が文机の前に座り、せっせと筆を動かしはじめた。

第五章

一

天文五年（一五三六）四月二十七日早朝。

いよいよ恵探勢との戦が間近に迫ったと、義元は聞かされた。将監や彦次郎に手伝ってもらい、生まれて初めて鎧をつけた。

「なかなか似合うではないか」

そばに立つ雪斎がにこりとした。

「そうか」

「うむ、惚れ惚れするほどの大将ぶりだ」

褒めすぎのような気もするが、気分は悪くない。自分でも鎧姿がしっくりときていると感じているからだ。

――鎧というのは素晴らしいものだな。

いったん着込んでしまえば、重みはほとんど感じないようにできているのだ。

――実にうまくつくられておる。先人の知恵は、すごいの一言だ。

重みを感じないのであれば、楽に走れるし、たやすく跳び上がれる。力の限り戦うのも、難しくはないだろう。

鎧というものが、ここまで自在に動けるものだとは思わなかった。

それにしても、と義元は自らの鎧を見下ろしながら考えた。

――今川家中における内乱が、まさか俺の初陣になろうとは……。

昨日の午前、義元は雪斎や将監たちを従えて今川館に入った。腰を落ち着けたのは主殿である。

主殿は、政が執り行われる場所だ。義元こそ今川家の次の当主であると、家中に知らしめるためにそうしたのである。

主殿に入ってしばらくすると、挨拶のために重臣たちが押し寄せるようにやってきた。これまでに何度も顔を合わせてきた者ばかりで、義元は余裕を持って口を利いた。軽口も叩けた。

氏輝の葬儀で喪主をつとめたのも、また大きかったようだ。

喪主をつとめたからこそ、家中の者たちから義元が次の太守であると、認められたのである。

だから、いくら寿桂尼に押し切られたとはいえ、福島越前守は迂闊だったとしかいいようがない。

――恵探どのをなんとしても今川家の当主につけたいのであれば、喪主の座を俺に渡してはならなかった。

氏輝の葬儀の喪主をつとめるというただそれだけで、後継争いにおいて義元のほうがずっと有利になるのを、福島越前守は前知しておかねばならなかったのだ。

だが、恵探にとって無念なことに、福島越前守はそこまで思いが至らなかったのである。

今頃、屋敷内でぎりぎりと歯ぎしりしているかもしれない。ときを戻したいと、悔やんでいるのではあるまいか。

昨日、義元は、重臣たちもまじえて今川館で還俗の儀を執り行った。予定よりも少し早かったが、義元は今川治部大輔義元という名に正式に改めた。むろん、それを家中に喧伝するのも忘れなかった。

恵探勢との戦が近いのは誰もが知っており、主殿内で宴は開かれなかったものの、重臣たちは今川義元という太守を上にいただけて、うれしそうにしていた。

重臣たちのほっとした笑顔を目の当たりにして、義元の心も喜びに包まれた。

――さて、福島越前はいつ仕掛けてくるのだろうか。

戦が迫っているといっても、あまり緊迫した様子は感じていない。

もっとも、恵探擁する福島越前守勢との戦に備え、今川館には昨日から続々と軍勢が入ってきていた。

雪斎の実家の庵原勢に加え、雪斎の母方の里である興津勢がすでに館内で集結を終えている。この二家の軍勢だけで、優に八百を超えていた。

大量の兵糧だけでなく、おびただしい数の槍や刀、薙刀、弓、矢、盾などの武具が運び込まれた。

対する福島越前守は、駿府の屋敷に軍勢を集めているようだ。福島屋敷は今川館から、二町ほどしか離れていない。

――これほど近ければ、なにか小さなきっかけ一つで戦がはじまってもおかしくはない。

「福島越前は、どのくらいの軍勢を集めたであろうか」

右近が用意した床几(しょうぎ)に腰を下ろした義元は、かたわらに立つ雪斎にきいた。

「おそらく屋敷に五百というところであろう」

「五百か……。福島越前は、有度(うど)郡に領地を持っていたな」

「かなり広い領地を持っている。そこから、まとまった兵を呼び寄せているようだ。

福島越前は、駿府の南の守りである久能山城の城主もつとめておる。そこからも、兵を呼んでいるらしい」

「それでも、集まった兵はまだ五百ほどに過ぎぬのか」

「そうだ。だが、決して油断はできぬ。精鋭揃いかもしれぬ。福島家といえば、これまでに戦で数えきれぬほどの手柄を立ててきた家だからな」

「福島越前も、戦には自信を持っているのであろうな。しかしお師匠――」

その言葉に、雪斎が首をかしげて義元をじっと見る。

「治部どの。今川家のお屋形となった今も、わしをそう呼ぶのか」

雪斎を見上げて義元は苦笑した。

「ほかに呼びようがあるとも思えぬ」

「そうだな……。それで治部どの。いや、お屋形、なにかな」

雪斎にお屋形と呼ばれて義元は咳払いをした。まだ気恥ずかしさがある。

――そう呼ばれるのにも、慣れていかねばならぬ。

「俺は一つ不思議でならぬ」

「なにが不思議なのだ」

興を覚えた顔で、雪斎がきいてきた。

「なにゆえ福島越前は、あれほどまでに意地を張るのか。もし戦となれば勝ち目がないのは、最初からわかっていたはずなのに……。恵探どのを、どうしても今川家の家督につけたくてならぬのはわかるのだが」

「恵探どのかわいさ。ただそれだけのことだと思う。わしにも、その気持ちはわからぬではない」

温かな目で、雪斎が義元を見る。

「だが、お屋形がいうように、福島越前がなにゆえ戦になってしまうまで突っ走ったのか、正直、わしにもよくわからぬ」

「お師匠にもわからぬのか……」

「実際のところ恵探どのは器量人とみて、まちがいなかろう。福島越前は、恵探どのの器に惚れ込んでいるのだろう。その器量を活かすために今川家の当主につけ、存分に采を振る姿を目にしたいと福島越前が願うのは当たり前だ。それでも、福島越前はやり過ぎたのではないか。その思いは、お屋形と同様に、わしからも消えぬ」

「乱を引き起こして敗れ、死んでしまっては元も子もないのに……」

まさか福島越前は、と義元は思った。戦に敗れても命だけは助かると考えているのだろうか。

だが、その考えは甘すぎる。

――いったん戦がはじまれば、恵探どのと福島越前の息の根を止めるまで、止まらぬ。それを福島越前はわかっておるのだろうか。

腕組みをして雪斎が義元にいった。

「福島越前にしてみれば、ささまらが引けば乱など起きぬ、と思っているのであろうが」

義元はすぐさま同意した。

「あの男の性格からして、まことにそうであろう」

「もしかすると——」

顎に手を当て、雪斎がつぶやいた。なにか思いついた顔をしている。

「福島越前は、北条家の援軍を当てにしているのかもしれぬ」

「北条の援軍だと」

眉間にしわを寄せて、義元は雪斎を見た。将監たちも驚きの目を雪斎に向けている。

「なにゆえ北条勢が、援軍を差し向けてくれると、福島越前が考えるのだ」

疑問に思って義元はきいた。

「福島越前は、北条家との血のつながりを当てにしているのかもしれぬ。あの男には、北条家に親戚がおる」

「親戚だと。誰だ」

語気鋭く義元は問うた。

「北条孫九郎綱成どのだ」

平静な顔で雪斎が答えた。

「その者を俺は知らぬが、福島越前が当てにするのであれば、その孫九郎とやらは北条家の重臣なのか」

「重臣といってよかろう」

間髪を容れずに雪斎が肯んじた。

「孫九郎どのは二十二歳とまだ若年だが、当主の北条新九郎どのが、ずいぶん気に入っているという話が聞こえてきておる」

――当主の気に入りなのか。

「孫九郎どのは、福島越前とどのようなつながりがあるのだ」

「孫九郎どのの父親は、福島上総介正成といった。もともと今川家の武将だった」

唇を湿して雪斎が説明をはじめた。

「福島上総介どのの名は、俺も聞いている。武田家との幾多の戦いで、常に先陣を切ったそうだな」

「勇猛な武将だったらしい。御家の大恩人である伊勢宗瑞公が、増善寺（氏親）さまに命じられて伊豆に押し入った際、与力として今川家から付けられた一人だ。伊豆一国が宗瑞公のものとなったのちも駿河に戻らず、伊勢家の被官となったという。おそらく、宗瑞公に心服したのであろう」

宗瑞が伊豆に攻め込んだのは、今から四十三年前の明応二年（一四九三）のことである。

宗瑞公のそばを離れたくなかったのだな、と義元は納得がいった。福島上総介は、宗瑞に惚れ込んだのである。

義元は、父氏親の恩人である宗瑞と会ったことはない。

――きっと人の心を惹きつけてやまぬ人物であったに相違なかろう。

さらに雪斎が言葉を続ける。

「伊勢家の武将となった福島上総介どのは幾多の戦場を駆け巡り、多くの手柄を立てたという。だが、五十三のとき、武蔵で討ち死にを遂げた」

「討ち死にしたのか……」

それは享禄三年（一五三〇）のことであったらしい。

「福島上総介には、二人の男子がいた。父が討ち死にしたとき、長男の勝千代どのは十六だった。勝千代どのを自分の小姓としていた北条新九郎どのはすぐさま元服させ、氏綱と正成から一字ずつ取って、綱成と名乗らせた。北条家の仮名（かりな）である九郎も与え、孫九郎とした。さらに、孫九郎どのに自分の娘を娶（めあわ）せた」

それはまたずいぶん手厚いもてなしぶりだな、と義元は思った。

——北条新九郎どのの気に入りというのに、偽りはなかろう。

「それで、孫九郎どのは福島から北条に姓が変わったのか。北条新九郎どのにそこまでしてもらえるとは、すごい話だ」

「そうそうある話ではないな」

話し疲れたか、雪斎がふっと息を入れた。

「その北条孫九郎どのと福島越前は、血のつながりがあるというのだな」

「福島越前と福島上総介どのは親戚だった。その縁を頼りに、福島越前は北条家に援軍を頼もうとしているのかもしれぬ」

「もしそうだとして、北条新九郎どのは、福島越前の頼みを受けるだろうか」

即座に雪斎が首を左右に振った。

「まず受けぬであろう。北条新九郎どのとしては、正統の血筋であるお屋形のほうを選ぶはずだ」

お師匠、と義元は呼びかけた。

「我らに都合よいほうに考えておらぬか。大丈夫か」

「都合よくなど考えておらぬ。北条家は我が方の味方につく。北条新九郎どのから、すでに確かな約束を取りつけてある」

義元を見つめ、雪斎が断言した。

「それならよいのだが……。もし北条家が恵探どのの味方についたら、一大事だ」

「お屋形、なんら案じずともよい。まことに大丈夫だ」

にこりとして雪斎がいった。その笑顔を見て、義元は安堵の思いを抱いた。

「我らの備えは万全だ。今川家中のほとんどの重臣が、お屋形の味方につくと明言している」

「それは素晴らしいな」

「お屋形は初耳だったか」

「そうだ」

「それは済まぬ。もうとうにお屋形は存じていると勝手に考えておった」

――そうか。ほとんどすべての重臣が俺の味方になってくれるのか……。

感慨が湧き、義元は涙が出そうになった。だがまだ泣くべきときでないと感じ、代わりに、ふう、と大きく息をついた。

「ところで、このあいだお師匠の書いた文だが、北条新九郎どのから、どのような返事が来るだろうか」

「まちがいなく、武田家との縁組みはやめるようにいってくるだろう」

まるで大したことでないことのように、雪斎が告げた。

「北条家がそういってきても、お師匠に武田との同盟をやめる気はないのだな。武田との同盟を進めて、まことに北条家との仲は大丈夫か」

それが義元の一抹の気がかりである。うむ、と雪斎が大きく顎を縦に動かした。

「お屋形は武田との同盟をやめたいか」

「いや、やめたくはない。三家の同盟は、計り知れぬほどの利益をもたらすゆえ」

「それがわかっておるならば、北条新九郎どのの説得につとめるしかあるまい。北条新九郎どのも、きっとわかってくれよう」

「俺もそう願いたい」

「なんといっても、足利将軍家が、武田と和睦するようにいってきたのだ。北条新九郎どのも、父上が足利将軍家の申次衆だったのだ。そのあたりの事情はわかってくれるであろう」

そうかもしれぬ、と義元は期待して思った。とにかく、と強い口調で雪斎がいった。

「嘘を決してつかず、誠実に北条新九郎どのを説得せねばならぬ。それが最も肝心なことであろう」

確かに嘘はならぬ、と義元は雪斎に同意した。嘘はいつか必ず露見するし、露見した際、必ずもめる。

嘘は、もめ事の元といってよい。何事も正直にするのがよい、と義元は思った。

「北条新九郎どのを、説得できたらよいな」

声を弾ませて義元は雪斎にいった。

「三家による同盟が結ばれれば、素晴らしいことだけしかない。きっと大丈夫だ」

雪斎の顔は、自信に満ちあふれている。

「我らは北条家になにも知らせず、いきなり武田家との縁組みをするわけではない。もしそのような真似をするなら、それは北条家に対する明白な裏切りだ。北条家が烈火の如く怒ってもしようがない」

そうであろうな、と義元は思った。

「しかし、文で事前に北条新九郎どのにどういうことか、しかと伝えてある。いくら北条新九郎どのが武田を心の底から嫌っているといっても、きっとうまくいくはずだ。わしはそう考えておる」

決意の色を面に露わに雪斎がいった。

――お師匠を信じよう。

これまで義元は、雪斎を厚く信頼して生きてきた。そして、雪斎は一度たりとも過ちを犯さなかった。

――きっとそれは、これからも変わらぬ。俺はお師匠に心を寄せていけばよいのだ。

決然たる思いを、義元は心に刻み込んだ。それにしても、とすぐに考えた。

――これまで人ごとのように思っていたが、武田の姫を娶(めと)るのは俺なのだ……。

足利将軍家のお声がかりによる婚姻である。断れるはずもない。

――いつになるかはまだわからぬが、武田の姫は、この俺に輿入れしてくるのだ。

どんな姫なのだろう、と義元は考えた。

――武田左京大夫の娘だ。鬼のような者かもしれぬ……。

だが、そんな想像を巡らせるのも、若い義元にとって、心楽しいことだった。

二

眠りの海をたゆたっていた義元は、はっと目を覚ました。

寝所の中は暗い。枕元に置かれた燭台の明かりが、板壁と天井をほんのり照らしている。

まだ深更ではないだろうか、と義元は思った。子の刻にはなっていないような気がする。たっぷり眠った感はない。

なにやら騒ぎが聞こえている。そのせいで、目が覚めたのである。館の外でなにか起きたのではないか。

喧嘩のような大声や怒声も、耳に飛び込んできた。悲鳴らしいものも混じっている。

「もしや戦がはじまったのでは……」

つぶやいた義元は、夜具の上に素早く起き上がった。

「お屋形――」

板戸の向こうから将監の声がかかった。

「将監、なにがあった」

将監は板戸の向こう側で、寝ずの番をしてくれている。

「失礼いたします」

再び将監の声がし、板戸がするすると横に動いた。すでに鎧を身につけた将監が、廊下に座している。

「福島勢が攻めてまいりました」

凜とした声を放った将監の顔に、緊張の色はない。むしろ晴れやかさがあった。

将監は根から戦が好きなのであろう、と義元は感じた。

「そうか。福島勢は夜討ちを仕掛けてきたか」

うなずいて義元は、すっくと立ち上がった。ついに、今川家の家督を巡っての戦がはじまったのである。

気持ちは平静そのものだ。波立ったところなど、どこを探してもない。眠気はとうに飛んでいた。とにかく、心が落ち着いているのは、なによりであろう。

――今日は、四月二十七日だったな。生涯、忘れ得ぬ日になろう。なんといっても、俺の初陣の日だ。

「失礼いたします」

一礼して、将監が寝所に入ってきた。手早く義元の夜具を片づける。すぐに彦次郎も姿を見せた。将監と彦次郎の手を借り、義元は鎧を着けた。腰には愛刀の摂津守峰通を佩く。鎌倉に柳営が置かれた頃に打たれた太刀である。これは還俗の儀の際、雪斎から贈られたのだ。

――今夜、これを遣うときが来るだろうか。

「将監、今は何刻だ」

床几に腰を下ろして義元はたずねた。

「じき子の刻になる頃でございましょう」

将監が答えた。やはりそうであったか、と義元は思った。自分の勘が当たったのが、なんとなくうれしかった。

「外はどんな様子だ」

背筋を伸ばしてきいた。

「四脚門に、福島勢が寄せてきております。しかし、我が方の守りはかたく、福島勢はいたずらに犠牲を増やしている由にございます」

将監が簡潔に説明した。

「福島勢はどのくらいの人数だ」

「一千五百ほどではないかと思われます」

福島屋敷に籠もっていた五百に加え、有度郡の領地にいた軍勢のほとんどを引き連れてきたのではないか。一千五百というのは、福島家の総勢であろう。

今度は彦次郎が口を開いた。

「ここ今川館には、我が庵原や興津の者だけでなく朝比奈家や三浦家、関口家、岡部家、蒲原家、由比家、孕石(はらみいし)家など、名だたる重臣、御一門の兵が入っております。総勢で三千というところでしょう。福島勢一千五百のみでは、この館は決して落ちませぬ」

自信に満ちた顔で彦次郎が断言した。

「ならば、安心していてよいな」

「もちろんでございます」

笑みを浮かべて、彦次郎が大きく顎を引いた。義元は軽く咳払いをした。

「重臣のほとんどが我らに与(くみ)したのは、よくわかった。それで、恵探どのに与同した者は、どのような者がおる」

はっ、と彦次郎がかしこまった。

「今わかっているのは、以下の通りでございます。富士郡におきましては、福島弥四郎と井出左近(さこん)太郎。庵原郡では福島彦太郎、篠原刑部少輔(ぎょうぶしょうゆう)。志太(しだ)郡の山西で、斎藤四郎右衛門。恵探さまに与したのは、このような顔触れでございます」

「たったそれだけか」

意外な気がして、義元は彦次郎に質(ただ)した。

「はっ、これだけでございます」

思ったよりずっと少ない。

「その者たちは、いずれも駿河の国人だな。遠江で恵探どのに同心する者はおらぬのか」

「今のところ、そういう者はおりませぬ。これから戦がどう動くか、様子見をしている者が多いとは存じますが、我が方に味方をするといってきている者ばかりでございます」

「遠江の者は、火の粉は及ぶまい、とこたびの争いを人ごとと見なしているのだろうが、敵対せぬのはありがたい」

「おっしゃる通りでございます」

——恵探どのに味方する重臣は、一人もおらぬ。いずれも福島越前の親戚か、国人に過ぎぬ。国人の何人かは、不遇としかいえぬ今の身の上から脱するために賭けに出たのであろう。福島越前は人望がないらしいが、まさしくその通りのようだ。

いま彦次郎の口から出た者たちが率いる軍勢は、すべて合わせても二千に達しないのではあるまいか。

福島越前守の一千五百を加えても、どんなに多く見積もったところで、敵は総勢で四千に達しない。

一方、一門と重臣が揃った義元側の軍勢は、優に一万を数えよう。

――相手にならぬ。

戦というのは、数を揃えたほうが勝つものと古来、決まっている。

奇襲によって寡勢の軍が勝利をつかむこともときにはあるが、それは奇跡に等しい。

――これだけ兵の数に差があるなら、油断さえしなければ、勝利は我らのものだ。

確信した義元は、丹田に力を入れた。そのとき、ふと気づいた。

――なるほど、それゆえ福島越前は今夜、仕掛けてきたのか。

三千対一千五百でも倍の兵力差があるが、一万対四千ほどの差ではない。もし義元方が一万の兵を集めてしまえば、福島越前守が義元を討つ機会は永久に失われるだろう。

家督争いに勝利する見込みも消えるにちがいない。

おそらく福島越前守は、今川館に義元方の兵がどれだけ籠もっているか、はっきりとした数を知らないはずだ。せいぜい二千ほどと考えているのか。

とにかく、今なら義元を討てる、と福島越前が踏んだのはまちがいなさそうだ。

——だが福島越前。こちらには、三千の兵がいる。彦次郎がいうように、そなたはこの館を落とせぬ。

「将監、戦の様子を見てもよいか」

今も戦いの声や音は耳に届いていたが、義元は、まったく怖さを感じていない。自分の目で、戦とはどんなものなのか、確かめてみたくてならなかった。

「それがしは構わぬと思いますが……」

義元に許しを与える立場にない将監が、言葉を濁した。

そこに、足音を立てることなく雪斎が姿をあらわした。鎧を着込み、その上に黒衣を羽織っている。腰には、立派な拵え(こしら)の太刀を帯びていた。

雪斎の鎧姿は初めて目にしたが、ずいぶんさまになっているではないか、と義元は瞠目した。

——これで薙刀を持たせたら、武蔵坊弁慶だな……。

雪斎の鎧姿は、威風堂々としていた。

「お屋形、望み通り戦見物をするがよかろう」

朗々とした声で雪斎がいった。敵が攻め寄せてきているといっても、いつもと変わらず落ち着き払った物腰である。

「お師匠、よいのか」

顔を輝かせて義元は問うた。

「むろん。お屋形はこの先、幾度も戦場を往来することになる。今日がその最初の一歩である」

義元を見て雪斎が断じた。

「ならば、さっそくまいろうではないか」

逸る気持ちを抑えきれず、義元は鎧を鳴らしながら寝所を出た。

後ろを将監と彦次郎、雪斎がついてくる。彦次郎は義元の槍を携えていた。

義元の胸は、早くも高鳴っている。一刻も早く、戦というものをこの目で見たかった。

「右近はどうした」

足早に歩きながら、義元は問うた。庵原兄弟の末弟が近くにいない。

「四脚門のほうで、戦の様子をつぶさに見ているはずです」

後ろにいる彦次郎が答えた。

「ああ、そうであったか」

前を行く将監が振り返って義元を見た。

「もしかすると、今頃は槍を振るって戦っているかもしれませぬ」

将監は、弟のことを心配している顔ではない。右近の腕に、全幅の信頼を寄せているのだろう。

「一千五百もの兵が寄せてきたということは、福島越前自身が、寄せ手の下知をしているのだな」

はっ、と将監が答えた。

「福島越前の旗持ちの姿が見えているそうにございます。ゆえに、福島越前がじかに指揮を執っているものと思われます」

「恵探どのも一緒だろうか」

恵探にとっても初陣のはずである。

「それについては、まだ確かめておりませぬ」

——恵探どのが武人なら、必ず来ていよう。俺ならそうする。

義元たちは、いったん庭に面した廊下に出た。庭ではいくつかの篝火（かがりび）が炎を上げているが、闇の分厚い幕に、わずかに穴を開けているに過ぎない。

空は雲が覆い尽くしているようで、星の瞬きは一つも見えなかった。

四脚門の上空は、まるで夕焼けのように赤く染まっていた。館に火が放たれたわけではなく、そこかしこで焚かれている篝火や兵たちが手にしている松明を、空が赤々と映じているのであろう。

どうやら、と義元は夜空を見上げつつ思った。福島勢から、火矢は打ち込まれていないようだ。

――福島越前も、さすがに今川館を焼くつもりはないのだな……。

いずれ恵探が入る館だと思えば、火を放つ気になれないのであろう。

――だからといって、油断はできぬ。

形勢が悪くなれば、福島越前守がなにをやらかすか、知れたものではない。火矢でもなんでも、手段を選ばずに打ち込んでくるかもしれない。

義元たちは常御殿を出た。四脚門に向かって足早に進む。

四脚門が近づいてくるにつれ、戦の喧噪は激しいものに変わってきた。剣戟や雄叫び、悲鳴が間近で聞こえる。血が噴き出し、命が消える瞬間が見えるかのような声である。

――本物の戦が行われているのだ。

そう思うと、義元は胸が痛いくらいになってきた。命を懸けて戦う者たちが発しているらしい、炎暑のような熱が伝わってくる。

――これが戦の持つ熱気か……。

命をやり取りするというのは、これほどまでに生々しく、そして荒々しいものなのだ。

――しかし、本当に恵探どのと戦うことになろうとは……。

できれば兄弟同士で争いたくないとの気持ちが、今もある。

――だが、もはや後戻りはできぬ。ここまで来たら、徹底してやるしかない。

四脚門のほうから、矢を盛んに射る音がしてきていた。敵味方が互いに矢を放ち合っているようだ。

将監たちに周りを守られながら、義元は四脚門を目指した。そのあたりには、すでに千では利かない軍兵がひしめいており、四脚門の守りについていた。

四脚門の向こう側から放たれた矢の雨が降り注いでいるが、ほとんどの者は盾の陰に身を隠し、それをよけていた。運の悪い者だけが肩や背中に矢が突き立ち、悲鳴やうめき声を上げていた。

怪我をした者は、素早く後ろに運ばれていた。その光景を見て、それでよい、と義元は心中でうなずいた。ともに戦っている者を大切にする軍勢は、よそより強いはずである。

軍兵たちをかき分けるようにして、義元は四脚門まであと十間というところまで来た。そのとき雪斎がすっと前に出て、両手を広げた。

「お屋形、ここまでだ」

「お師匠、なにゆえ遮る」

「四脚門に近づきすぎては、流れ矢が怖い。お屋形、こちらに来てくれぬか」

雪斎にいわれ、義元は素直に従った。あとについていくと、敷地の端にある物見櫓らしき建物の前に出た。四脚門からは半町近く離れていた。

――これは、まちがいなく物見櫓だ。

高さは、五丈ほどだろうか。最も高い位置に、人が立つための板組みの足場があり、屋根がついていた。今は、二人の武士がそこに立っている。

「このような建物がいつの間に……」

義元が今川館に入ったときは、なかったはずである。

「今朝方、でき上がったばかりだ」

義元を見つめて雪斎が告げた。

「今朝か……」

いわれてみれば、今川館に入ったときから、普請のものらしい槌音がしていた。なにをつくっているのか、義元は気にしていなかった。敵を防ぐための備えをこしらえているのだろうと、なんとなく思っていたに過ぎない。

物見櫓には梯子がつけられており、義元はそれを上って足場を目指した。義元のあとに、雪斎と将監がついてきた。義元の槍を持っている彦次郎は、下に居残った。

物見櫓の足場は、五人ほどなら十分に乗れる広さがあった。そこにいた二人の武士が、義元たちのために場を空けた。

済まぬ、といって足場に設けられている手すりを、義元はがっちりとつかんだ。

おっ、と自然に声が出た。足場からは、四脚門の前で行われている戦いの様子が、館の塀越しによく見えた。闇に覆われているものの、駿府の町もうっすらと見渡せた。

――見物人がだいぶ来ているな……。

今川家の家督を巡って軍勢がぶつかり合うという噂が流れ、駿府から逃げ出す者がかなり出たという話を義元は聞いていたが、居残った者も少なくないようだ。町人たちが四脚門の近くで、戦いを眺めていた。

あそこまで寄れるとは恐れを知らぬ者たちよ、と義元は思ったが、今は感心している場合ではない。土橋に目を当てた。

水堀に渡された狭い土橋の上を、おびただしい数の福島勢が気合と喊声を上げ、押し合うようにして進んでいた。

すでに、多くの福島勢が四脚門の前に集まっているようだ。四脚門を押し開けようと、必死に力を合わせているのだろう。

その福島勢を援護するため、道にずらりと盾を並べている弓隊が、まさしく矢継ぎ早に矢を放っていた。

福島勢の弓隊が狙っているのは、コの字の形をした四脚門から、福島勢に横矢を射かけている放ち手たちのようだ。

実際、四脚門に攻め寄せている福島勢は義元勢の横矢を受け、ばたばたと倒れている。悲鳴を上げて、土橋から水堀に転がり落ちる者も少なくない。水堀には、矢を体に突き立てた死骸がいくつも浮いていた。

——いや、浮いているのではない。

慄然として義元は悟った。あまりに福島勢の犠牲が多すぎて、いくつもの骸が堀の中で折り重なっているのである。

味方にも、かなりの死者や傷者が出ているのは確かなようだ。福島勢の弓隊から一斉に矢が放たれると、しばらく反撃の矢が放たれず、沈黙することがある。福島勢から矢を射込まれ、死んだり、傷を負ったりした者に代わって、新たな放ち手が矢を放ちはじめるまで、どうしてもときがかかってしまうようだ。

今は、互いに矢の応酬をしているだけで、刀や槍での戦いにはなっていない。四脚門が開かない限り、得物を手にしての戦いにはならないのではないか。

四脚門を挟んでの戦いは、明らかに膠着していた。福島勢は懸命に押しているようだが、四脚門が開くような兆しは、見えなかった。

このまま力攻めにしても、埒が明かないのではないかと、義元は福島勢の戦いぶりを目の当たりにして思った。

――今この瞬間、福島勢の横腹を突けば、この戦いは勝てる。

福島勢をじっと見て、確信を抱いた。

「将監、搦手のほうにも福島勢は寄せてきておるのか」

振り向いてきいた途端、雪斎が笑みを見せた。いかにもうれしそうだ。なにゆえお師匠は笑っているのだろう、と義元は不思議に思った。

「いえ、搦手側には一兵もおりませぬ」

義元を見つめて将監が答えた。

「福島勢は、あの四脚門にのみ攻め寄せてきております」

「ならば、搦手から兵を出し、福島勢の横腹を突けばよい。さすれば、たやすく勝利を得られよう」

その言葉を聞いて、将監がにっこりとした。

「お屋形。その命はすでに下っております」

「なに」

我知らず義元は瞠目した。いったい誰が命じたというのか。

――決まっている。

義元を差し置いてそんな真似ができる者は、今川家には一人しかいない。

――ゆえにお師匠は笑ったのか。

雪斎の笑いの意味を、義元は今ようやく解した。福島勢の横腹を突けとの命を下したのは、むろん雪斎であろう。初陣にもかかわらず、義元がその戦法に気づいたことが、うれしく、誇らしかったにちがいない。

『孫子』を読んでいれば、と義元は思った。このくらいはなんでもない。すぐさま身を乗り出し、いつ横腹を突く軍勢があらわれるか、と心を躍らせて眺めた。

待つほどもなく、左手から騎馬を中心にした五百ばかりの軍勢があらわれた。旗印は左三つ巴である。

「あれは――」

「岡部勢でございます」

後ろから将監が素早く伝えてきた。

「岡部か。率いているのは、せがれの五郎兵衛か」

弟の氏豊を駿府に連れ戻すために、尾張まで出張ってくれた男である。

「五郎兵衛どのもあの軍勢の中にいるのでしょうが、左京進どのが率いております」

「そうか、父親のほうか……」

見守っているうちに、岡部勢はなんのためらいもなく福島勢にまっすぐ突っ込んでいった。福島勢に激しくぶつかり、錐を揉み込むように一気に斬り込んでいく。

さすがに、今川一の勇猛さを謳われるだけのことはあった。まさに剽悍としかいいようがない。

福島勢は岡部勢の攻撃に応ずる間もなく、崩れ立った。岡部勢は最初から福島勢の弓隊が目当てだったらしく、あっという間に蹴散らしていく。槍で突かれ、刀で斬られた者が断末魔の悲鳴を上げて、次々に地に倒れ伏していく。その場を逃れようと走り出した者たちも、背後から迫った騎馬武者の槍の一撃で叩き伏せられていった。

岡部勢の猛烈な攻撃を受けた福島勢は、たまらじと引き上げを開始した。四脚門の前にいた者たちも、あわてて土橋を戻り、退却をはじめる。

そこに、容赦のない矢の雨が降り注いだ。背中や脇腹に矢を受けた者たちがもんどり打ち、水堀に落ちていく。

水柱は、ほとんど立たなかった。兵たちは、すでに折り重なった死骸の上に、さらに積み重なるように落ちていったからだ。

まさに這々(ほうほう)の体(てい)で、福島勢は引き上げていく。岡部勢が手加減することなく、なおも福島勢を追い立てる。その攻めを受けて、福島勢はさらに死者を出した。

福島勢の中には、見物人たちのほうへ逃げていく者も少なくなかった。巻き添えにされるのを恐れ、悲鳴を上げて見物人が逃げ惑う。

岡部勢は、屋敷を目指して走る福島勢を執拗に追っていく。味方を逃がすためにその場に踏みとどまる福島家の武者が何人もおり、その犠牲のおかげで、生き残りは闇の向こうに消えていった。

岡部勢も、必要以上に深追いせずに戻ってきた。四脚門が開かれて、岡部勢が館内に入ってくる。

兵たちが歓喜して、岡部勢を出迎えた。篝火に照らされて粛々と足を進める岡部家の武者たちは、どこか人という感じがしなかった。戦を終えたばかりの武者や兵というのは、異様な熱を発しているのが義元にはわかった。

その中で、ひときわ目を引く駿馬にまたがった岡部左京進親綱が堂々と行く。その隣にいる騎馬武者が、五郎兵衛のように思えた。

——うむ、まちがいあるまい。

義元より二つ上に過ぎないのに、五郎兵衛はすでに名将の如き雰囲気を醸し出していた。

——俺は、五郎兵衛を親父どのともども、重く取り立てることになろう。

そんな思いを抱きながら、義元は岡部父子を眺めていた。やがて岡部勢は義元の視野から消えていった。

それにしても、と義元は思った。

——福島勢は、いったいどれだけの犠牲を出したのか……。

今夜だけで、二百人以上が命を落としたのではないか。敵とはいえ、義元は死んでいった者が哀れでならなかった。

ただし、一つ妙だと思うことがあった。

――俺の首を獲りに来たはずなのに、福島越前は、ずいぶんあっけなく引き上げていったものだ……。

兵数の差が広がる前に、なんとしても、という思いで、義元の首を狙いに来たはずである。福島越前守は、今夜に勝負を懸けていたのではなかったか。

だが、福島勢の戦いぶりは、全滅をいとわずという感じではなかった。どうにも半端な戦いぶりにしか見えなかった。その上、攻めてきたのは四脚門だけで、搦手に兵を向けなかったのも気になる。

――いったいなんのために、福島勢の兵は命を落としたのか。

義元は腹立たしかった。恵探と福島越前守が今川家の家督に執着せずおとなしく引いていれば、死なずに済んだ者たちである。

――きっと、俺の下で立派に働いてくれた者ばかりであろうに……。

なんとも、惜しかった。

それに、と義元はすぐに思った。戦の経験が豊富な福島越前には横腹を突かれるのが、あらかじめわかっていたはずである。

それなのに、まるで不意を突かれたかのような狼狽ぶりだった。

——腑に落ちぬ。

「終わったな。よし、お屋形、戻るとするか」

雪斎にいわれ、義元たちは梯子を伝って地上に降りた。槍を持った彦次郎が微笑みかけてくる。義元たちは常御殿に向かって歩きはじめた。

「今夜の戦の委細については明日、お屋形に伝えようと思うが、それで構わぬか」

横を歩く雪斎が、義元に確かめてきた。

「十分だ。お師匠、手柄を立てた者はもちろんだが、今の戦いで死んでいった者について特に詳しく知らせてほしい。残された家人に、手厚く報いてやりたいゆえ」

「承知した」

満足そうに雪斎がうなずいた。

「お師匠、よろしく頼む。——将監、右近はまことにどこに行った。相変わらず姿が見えぬな」

前を行く将監に義元は語りかけた。

「さようでございますな。どこに行ったのでございましょう」

将監が首をかしげた。相変わらず右近を心配している様子はない。

——将監は、右近の腕をよほど信じておるのだな。

その瞬間、どういうわけか、義元はぞわっと寒けに包まれた。四月も末なのに、これはいったいどうしたことなのか。

「お屋形っ」

いきなり叫び声がした。見ると、右近が駆け寄ってきたところだった。刀を抜いている。義元との距離は、もう三間もない。

「右近……」

まるで右近が、斬りかかってきたように見える。家臣に殺害されたという松平清康のことが、義元の脳裏をよぎった。

――いや、右近がそのような真似をするはずがない。

強く思った瞬間、はっ、と気づいた。

――背後に誰かいる。

刺客だ、と義元は悟った。殺られる、と思い、咄嗟に体をひねった。

まさにその瞬間、刀が義元の背中に突き出されていた。背中は、鎧で守られてはいない。刀は、脇腹をかすめていった。

義元は間一髪、後ろから突き出された刀をかわしたのだ。いや、結果としてかわせたというのが正しい。

もし右近が叫んで駆け寄ってこなかったら、今頃、死んでいた。

義元の背後に、黒ずくめの男が立ち、刀を構えていた。

「きさまっ」

叫びざま義元は腰の摂津守峰通を引き抜き、刺客に向かって振り下ろした。だが、渾身の斬撃は空を切った。

義元の左に回り込むや、刺客が刀を胴に払ってきた。

義元は咄嗟に太刀を振り、斬撃を弾き返した。手に強い衝撃が伝わったが、構わず太刀を振り上げていく。

そのとき、刺客が眼前から消え失せた。

驚いたことに、高々と宙を飛んでいた。刺客が頭上から刀を振り下ろしてくる。

だが、義元は冷静だった。刺客の刀は、はっきりと見えていた。鎧の大袖で、わざと斬撃を受けた。

肩に痛みが走ったが、大したことはない。体が揺らぐようなこともなかった。

逆に義元は深く踏み込み、着地した刺客に太刀を突き出していった。その突きを刺客はかわしてみせたものの、やや体勢が崩れた。

ここぞとばかりに姿勢を低くし、義元は太刀を薙いだ。刺客はそれもよけたが、目に驚きの色が浮かんでいた。まさか義元がここまでやるとは思っていなかったのであろう。

――俺には、剣の才があるのだな。

義元自身、これまで気づかなかったことだ。

――俺はやれるぞ。この男を必ず倒せる。

かさにかかった義元は、新たな斬撃を刺客に見舞った。それはかわされたが、なおも太刀を横に払っていった。

義元の勢いの前に、刺客がたまらずという感じで背中を向けた。逃げ出そうとしているのだ。

「逃がさぬっ」

横から発せられた怒号が、義元の耳を打った。どす、と鈍い音がそれに続く。

さっと体の向きを変えて、声の主を見た。姿勢を低くして深く踏み込んだ彦次郎が、手にしていた義元の槍を伸ばしていた。

あっ、と義元の口から声が漏れる。黒い影が、槍に串刺しにされていたのだ。胸から入った穂先が背中に突き抜けていた。刺客は立ったまま、動きを止めていた。

義元のまわりに、人の輪が素早くできた。ほかにも刺客がいたときのことを考え、将監たちが取り巻いたのだ。

だが、どうやらほかに刺客はいないようだ。襲いかかってくる者は一人もいなかった。

義元は刺客をじっと見た。

――こやつは、この前の忍びか……。

善得院の寝所の天井に貼りついていた忍びである。かすかなうめき声が聞こえた。黒頭巾の中の瞳が動き、義元を見る。手にした刀を持ち上げようとしていたが、もはやその力はないらしい。

地に突っ立っている男の目には、このあいだのような冷たさは、感じられなかった。死を迎えるに当たり、眼前の忍びは、人らしさを取り戻したように見えた。

槍に串刺しにされたまま、忍びががくりと首を落とした。手から刀がこぼれ落ち、音を立てる。忍びは、身じろぎ一つしない。口から血を流しているようで、黒頭巾の色がそこだけ変わりつつあった。

――弁慶の立ち往生のようだな……。

忍びの死を確信した義元は摂津守峰通を鞘におさめた。

「息絶えたか……」

つぶやいた彦次郎が忍びの腰を憎々しげに蹴って、槍を引き抜いた。

支えを失った黒ずくめの体が、どさりと音を立てて地面に横たわった。まるで蓋が取れたかのように傷口からおびただしい血が噴き出し、地面に血だまりができていく。

――忍びといえども、俺たちと同様、血が巡っているのだな……。

「彦次郎、よくやった」

槍を大事そうに握っている彦次郎に義元は声をかけた。

「お屋形さまのご活躍があったからこそ、仕留められたのです」

彦次郎の目には、賞賛の色があった。

「賊に気づくのが遅れ、お屋形さま、まことに申し訳ありませぬ。お屋形さまに、太刀を振るわせる仕儀になってしまいました」

汗を拭い、彦次郎が頭を下げた。

「彦次郎、謝らずともよい」

穏やかな声で義元はいった。あれだけ激しく戦ったにもかかわらず、息はほとんど乱れていない。

「はっ、ありがたきお言葉。お屋形の槍を持っていて、本当によかった……」

槍を手にしておらず、もし彦次郎が刀を抜いていたら、忍びは逃げ延びていたかもしれない。

「右近。そなたが声をかけてくれなんだら、俺は死んでいた」

義元は右近にいった。

「お屋形の背後に、うごめくような影が見えましたので、思わず声を発しておりました」

「よく気づいてくれた。感謝する」

「はっ。本当は、それがしがこの忍びを退治したかったのでございますが……」

残念そうに右近が顔をしかめた。

「右近、誰が討とうとよいのだ。こうしてお屋形がご無事だったのだから」

たしなめるように将監がいった。

「おそらくこやつは、搦手側から忍び込んだのであろう」

死骸を見つめて雪斎がいった。悔しげに顔をゆがめている。

「くそう、福島越前にしてやられたな……」

雪斎の言葉の意味を、義元は考えた。

「福島越前は自らが囮となったのか」

「そういうことだ」

義元に険しい眼差しを注いで、雪斎が首肯した。

「福島勢の横腹を突くために岡部勢が出ていったあと、搦手を守る兵は薄くなったはずだ。それにつけ込んでこの忍びは館内に入り込み、お屋形の命を狙ったのだ」

「この忍びが館内に忍び込めるだけのときを稼げればよかったから、岡部に攻められた際、福島勢はあれほどあっけなく引き上げていったのだな」

「その通りだ」

むう、とうなり、雪斎が唇を噛んだ。

「引き上げていったのは、我らに油断させる意味もあったのだろう。我らの気が緩んだところをこの忍びにお屋形を狙わせるという手だ」

「そういうことか……」

義元は合点がいった。

「気づかなかった。わしとしたことが、福島越前の策に易々と乗ってしまった。どうやら調子に乗っていたようだ」

雪斎は、自らを殴りつけたそうな表情をしている。

――勢いがあるときこそ、自らをしっかりと顧みなければならぬ。まわりに目を配らねばならぬ。

その思いを義元は、心に深く彫りつけた。

三

五月三日。

今川治部大輔義元と名乗りを上げ、今川家の家督を正式に継いだことを声高に宣した。

　これは今川家中よりも、他国の大名に伝える意味合いが大きかった。福島越前守に、俺は殺(や)られてはおらぬ、と健在ぶりを見せつけたくもあった。

　同じ日の夕刻、志太郡で恵探方の斎藤四郎右衛門が山西の要衝である方(かた)ノ上城(かみじょう)を攻めはじめたという知らせが届いた。

　義元は、すぐさま方ノ上城に援軍を差し向けるように命じた。雪斎によれば、方ノ上城周辺の国人たちがさっそく救援に向かうとのことだ。

　明くる四日、富士郡で福島弥四郎と井出左近太郎が、庵原郡では福島彦太郎と篠原刑部少輔が、それぞれ兵を挙げたとの報が入った。この日に示し合わせて挙兵するという手はずが、恵探側にととのっていたようだ。

　富士郡では、福島弥四郎勢が吉原の代官所を襲って代官を殺し、守りの兵を追い払ったそうだ。井出左近太郎勢は、吉原湊(みなと)を制したという。

　その後、福島弥四郎勢と井出左近太郎勢は合し、善得寺城の包囲に向かいつつあるとのことだ。

　善得寺城は、善得寺に墻を接するように築かれた城である。

　――善得寺城が攻められれば、善得寺にも兵火が及ぶであろう。俺が修行した寺を燃やすわけにはいかぬ。琴渓承舜さまにも申し訳が立たぬ。

　富士郡には、大宮城を本拠とする有力豪族の富士家がおり、義元側につくと明言している。氏輝の馬廻りをつとめていた宮若という勇猛さを知られた男が、いつでも動ける態勢を取っていた。

善得寺城の救援に向かうよう、義元は大宮城に早馬を走らせた。

庵原郡では、由比助四郎の軍勢が福島彦太郎と篠原刑部少輔の両勢に攻められ、由比城に逃げ込んだ。由比城は、すでに落城寸前まで追い詰められているそうだ。

由比城には駿府から援軍を差し向けるよう、義元は命令した。

——この一連の動きは、恵探どのの采配か。それとも、福島越前だろうか。なかなか鮮やかではないか。

義元には余裕があった。受けて立つ側が緒戦に押されるのは、よくあることに過ぎない。すぐに態勢を立て直し、反撃に移れるはずだ。

——なにしろ、兵の数がちがう。

だが、さすがに連戦連敗は避けたいと義元も思っている。様子見をしている者が、形勢につられて恵探側につくことも、考えられないわけではないのだ。

——どこかで大勝せねばならぬ。

しかし、五日には斎藤四郎右衛門の手によって方ノ上城が落ちた。城には義元側の番衆がいたが、斎藤勢の攻撃を防ぎきれず、城を捨てたのだ。

——救援は間に合わなかったか。

さらに勢いに乗じて斎藤四郎右衛門は、山西あたりに館を持つ義元側の国人衆を攻めはじめた。

しかし、庵原郡の由比城と富士郡の善得寺城は持ちこたえているようだ。落ちたという知らせは入ってきていない。

その後、六日、七日、八日と日がたつにつれ、義元側に形勢は傾いた。

富士郡では富士宮若が奮戦して福島弥四郎勢に痛撃を与え、井出左近太郎自身に傷を負わせたという。

福島弥四郎勢と井出左近太郎勢は下がらざるを得なくなり、善得寺城の包囲が解かれたとの知らせがもたらされた。それを聞いて義元は気持ちが落ち着いた。

——善得寺は焼かれずに済んだか……。

由比城においても、駿府からの援軍を得た由比助四郎が、福島彦太郎と篠原刑部少輔の軍勢を相手に一歩も引かず、鎬を削っているとのことだ。

もともと由比勢には勇ましい者が揃っており、援軍がなくとも由比城は落ちなかったかもしれない。

それでも、由比城の包囲はまだ解けていない。篠原刑部少輔が由比勢に負けじと猛勇を奮っているらしい。

志太郡の山西でも、義元方の国人たちがそれぞれの館に籠もって、斎藤四郎右衛門に頑強に抵抗しているという。斎藤四郎右衛門に一時の勢いはもはやなかった。

——これならば、敵に寝返る者は出てこぬであろう。

義元は一安心した。

斎藤四郎右衛門の手で落とされた方ノ上城の攻略には、義元は岡部勢を当てるつもりでいた。岡部左京進親綱なら、あっという間に城を落とすだろう。

だが、それはまだ止めておいた。

いずれ恵探と福島越前守は、方ノ上城に逃げ込むだろうと義元と雪斎はみているからだ。

多分、各所の戦いで敗れ続けた二人が落ち延びるのは、方ノ上城しかないはずなのだ。落とすのは、そのときでよい。そうすれば、二人の息の根を止められる。

——岡部勢には、その際に存分に働いてもらえばよかろう。

その後、どの地でも目立った動きはなくなった。互いににらみ合っているような状態が続いた。

駿府でも恵探勢との小競り合いがあるだけで、大きな戦にはなっていない。

いまだに福島越前守の屋敷は健在で、千数百人の人数が籠もっている。兵糧も武具もたっぷり備えてあるらしく、士気も旺盛との知らせが届いていた。

それだけの兵を擁している屋敷に攻めかかっても兵を損うだけという雪斎の判断で、

福島屋敷は押さえの兵を置いたのみで、ほとんど放置も同然だった。

目立つようなことはなにも起きないままに日は流れ、五月も二十日になった。

その日、北条氏綱から、援軍を送るとの知らせを携えた使者が今川館にやってきた。

館内は沸き立った。

福島越前守からも北条家には援軍を送ってくれるよう要請がいったはずだが、氏綱はそちらを選ばなかったのである。

当然の選択といえたが、義元は心が弾むのを抑えられなかった。

「よかったな、お師匠」

義元は顔をほころばせた。安堵の息が口から漏れ出る。大きな気がかりが、一つ取れたのである。

「まことに」

うれしげに雪斎が破顔する。北条家の動向に雪斎も気を揉んでいたのだろう。ここまで喜びを露わにするようなことは滅多にない。

「援軍の知らせが届いたということは、北条新九郎どのも、お屋形と武田の姫との縁組みを認めたのでござろう」

「俺もそう思う」

「北条家がこちらにつくと知ったら、福島越前は、さぞかし気を落とそう」

そうであろう、と義元は思った。

「ところでお師匠。北条新九郎どのは、どれだけの援軍を送るといってくれたのだ」

「五千五百との由にござる」

ほう、と義元は目を大きく見開いた。

「それは、なかなかの大軍だな」

実感を込めて義元がいうと、雪斎が真摯な目を当ててきた。

「北条新九郎どのが、お屋形のことをどれだけ大事に考えてくれているか、よくわかるというもの」

「まことにありがたい。北条新九郎どのには感謝しかない」

吐息を漏らし、義元は床几に座り直した。

「もともとこの内乱での勝利は我が方のものと定まっていたとはいえ、北条家の援軍を得られた今、盤石といえよう」

「まこと、その通りにござる」

深い色を瞳にたたえた雪斎が、義元にうなずいてみせた。

「俺は北条家を当てにする気はなかったが、やはり心強いな。それで、北条新九郎どのはいつ小田原を出るのだ」

「六月二日と聞いておる」

「まだだいぶあるな」

「さよう。戦支度は、ときがかかるゆえ致し方なかろう」

うむ、と義元はうなずいた。

「それからお屋形。五千五百の軍勢を率いるのは北条新九郎どのではなく、弟御の三郎どののようだ」

北条三郎どのは諱を長綱といい、歳は三十三である。義元が知っているのはそのくらいで、人となりなど、一度も耳にしたことがない。

「北条三郎どのは、どのような人物だ」

わずかに身を乗り出して義元はきいた。

「和歌や連歌に通じ、聞いたところによれば、茶道にも秀でているらしい」

ほう、と義元は吐息を漏らした。

「そのような人物か。だが、五千五百もの軍勢の主将を任される以上、戦もうまいのであろう」

「北条新九郎どのも戦上手で知られておる。その弟御なら、まずまちがいあるまい」

北条家は確かな人物を送ってくれるようだ、と義元は安心した。

四

北条氏綱が義元側につくのを明らかにしたことで、追い詰められたと感じたのか、恵探側は、五月二十五日の夜明け前に福島屋敷を出て、再び攻勢に出てきた。

今度は今川館ではなく、堀でつながっている三浦屋敷を襲ったのである。

福島越前には、まず三浦屋敷を奪い、そこから塀を乗り越えて今川館に一気に攻め込もうという狙いがあるものと思われた。四脚門を正面から攻めても、押し開けるのは無理と判断したのであろう。

恵探勢は、またしても総勢で千五百ほどの兵だった。各地から兵をかき集め、このあいだ今川館に攻めかかったときと同じだけの兵数を、なんとか揃えたようだ。

福島勢は、今度は火矢を放ってきた。三浦屋敷の母屋が燃え上がったのが、今川館からも眺められた。

——今川館にも、火をかける気でいるのかもしれぬ。もはや破れかぶれなのであろう。

ずっと屋敷に籠もりきりになっていた恵探や福島越前は知らなかったのだろうが、すでに駿府には八千近い兵が要所に散っていた。

三浦屋敷の火に引きつけられるように、義元方の軍勢が恵探勢に襲いかかっていったとの知らせが入った。

それを受けて、義元も今川館を出た。こういうとき、館内にじっとしてなどいられない。

三浦屋敷の近くまで来てみると、恵探勢はすでに幾重にも包囲されていた。恵探勢は必死の抵抗を見せたものの、兵数があまりにちがいすぎた。

ときの経過とともに、ほとんど一方的な戦いになった。なぶり殺しも同然の戦いが、至るところで行われた。

このままでは全滅すると悟ったらしい恵探と福島越前守が生き残りの兵をまとめ、福島屋敷に向かおうとした。だが、がら空きになった福島屋敷には、すでに義元方の兵が入り込んでいた。

恵探勢は、追いすがる義元勢に手を焼きつつ道を南に取った。大勢は決した。義元は麾下の軍勢に深追いせぬよう厳命した。恵探と福島越前守は、すでに追手の届かないところまで行っていると思えたからだ。

恵探勢には、かなりの損害を与えた。千五百のうち、五百人以上の兵を失ったのではないか。

今日はそれだけの戦果を上げられれば、十分である。今は兵を休めたほうがよい。

物見の知らせによれば、恵探勢は福島越前守が城主をつとめる久能山城に入ったとのことである。

久能山城は、駿府からまっすぐ南に下った海沿いの崖の際にある。かなりの堅城といってよい。海岸沿いは断崖絶壁で、山側も切れ込んだような深い谷になっており、そちらにはいくつもの出曲輪（でくるわ）が築かれている。

あの城に籠もられたのでは、と義元は思った。手出しはしにくい。少なくとも力攻めはやめたほうがよい。

義元は、麾下の武将たちに久能山城の包囲を命じた。手出しは厳に慎むようにと、言葉を添えるのを忘れなかった。

その命に応じて、四千の兵が久能山城を包囲した。

六月三日。前日の二日に北条勢五千五百が小田原を出たという知らせが、今川館の義元のもとに届いた。

北条勢の動きは素早く、四日には箱根を越えて駿河に入り、五日には富士郡の須津（すど）庄（のしょう）で福島弥四郎勢と戦って鎧袖一触（がいしゅういっしょく）に蹴散らしたという。

その戦いで福島弥四郎は討ち取られた。首は北条勢が義元に見せるために運んでいるそうである。

福島弥四郎が戦っているのを横目に自らの館に引っ込んでいた井出左近太郎は、戦うことなく北条勢に降伏したらしい。とりあえず命は助けられたが、北条勢が駿府に引っ立ててくるという。

生かすか殺すか、義元の判断に任せるつもりでいるようだ。

富士川を渡った北条勢は七日には庵原郡に攻め込み、ここでも福島彦太郎と篠原刑部少輔の両勢をあっさりと撃破した。由比城は北条勢によって解放された。

このときの戦いで福島彦太郎は討ち死にし、篠原刑部少輔は命からがら逃げ出したそうだ。篠原刑部少輔が目指したのは、久能山城ではないかという話である。

――それにしても、北条勢は恐ろしいほどの強さだ。

舌を巻くしかない。これ以上、頼りになる軍勢はどこにもいないように思える。敵に回したくない、と義元は心から思った。

北条勢は、八日には久能山城の包囲に加わった。主将の北条三郎長綱は、奈良に都があったときの創建といわれる興津の清見寺に陣を張った。

八日の夕刻、今川館をあとにした義元は清見寺に足を運び、方丈で北条三郎長綱と面会した。

長綱は、三十三という歳にふさわしい落ち着きを感じさせる男だった。いかにも器量人という雰囲気をたたえている。

「北条どのの援軍は、それがしにとってまことに心強いものでござる。心から礼を申し上げる」

挨拶のあと、義元は頭を深く下げた。

「今川のお屋形さま、どうか、お顔をお上げくださ い。これまでの戦いは我らにとって、なんということもありませぬ。いずれも弱兵揃いでござったゆえ」

弱兵だったか、と義元は心中で顔をしかめた。いくら敵とはいえ、駿河の侍や兵が、そうだとは思いたくなかった。

「いや、北条どのの軍勢がそれだけ強いのであろう。まこと感服する働きでござった」

「お褒めいただき、ありがとうございます」

長綱が丁寧に辞儀する。

「それで今川のお屋形さま」

居住まいを正し、長綱が呼びかけてきた。

「武田との縁組みですが、あれはまことのことにございましょうか」

長綱は真剣な顔をしている。来たか、と義元は思った。腹に力を込める。

「まことにござる。足利将軍家から命令も同然におっしゃってきたゆえ、断れるものでは決してない」

「断れぬと……。さようでございますか」

下を向き、長綱が難しい顔をした。

「そこをなんとか考え直してはいただけませぬか」

面を上げ、長綱が懇願してきた。

「申し訳ないが、それはできぬ」

わずかに声を高くして義元はいった。

「我らは、足利将軍家と血のつながりがある家柄。足利将軍家のお声掛かりによる婚姻を断れるはずもない」

「さようにございますか……」

義元に拒絶され、長綱は無念そうな顔だ。

「北条どのの頼みを断れば、三郎どのは小田原に引き上げるつもりか」

「いえ、それはありませぬ」

即座に長綱が否定してみせる。

「それがしは我が殿から、今川のお屋形さまに力を貸すように命じられてまいりました。使命を果たすまでは戻りませぬ」

それを聞いて義元は安堵した。

「今川のお屋形さま」

義元をじっと見て、長綱が申し出る。

「我らに久能山城攻めを命じてくだされ」

「かなりの堅城といってよいが、なにか策があるのか」

「策はありませぬ。力攻めにいたします」

「あの城を力で攻めるというのか」

目をみはって義元はたずねた。

「さようにございます」

自信満々に長綱が答えた。

「きっと落としてご覧にいれましょう」

「そうか。ならば、頼んでもよいか」

「もちろんでございます」

この目で北条勢の戦いぶりを見られるのか、と義元は思った。いったいどれだけの強さなのか。義元は気持ちがわくわくしてきた。

長綱の言葉は、偽りでもなんでもなかった。九日の早朝に城攻めを開始した北条勢は絶壁になっている海岸側の大手筋は避け、搦手側を攻めていった。

今川家の朝比奈勢、三浦勢、庵原勢、瀬名勢は絶壁を上がっていく。これは敵の目を大手筋に引きつけるためだ。

城兵はせいぜい千二、三百というところだろう。北条勢と合わせて一万近い軍勢にどこまで抗(あらが)えるものなのか。

実際、北条勢に攻められた搦手側の出曲輪が次々に落ちていくのが義元のもとからも見えた。

——北条勢とはあれほどまでに強いのか。

戦いぶりを目の当たりにして、義元は驚きを隠せなかった。

やはり関東に侵攻するに当たり、実戦の場数を多く踏んでいるのが大きいのだろう。

——武田と縁組みすることで、北条勢を敵に回さねばならぬかもしれぬのか……。

とんでもなくまずいことになるのではないか、という危惧を義元は抱いた。

半日もかからずに久能山城は落ちた。あっけなかった。城兵はほとんどが討ち死にした。くまなく捜索させたが、恵探と福島越前守の死骸は見つからなかった。多くの兵たちの犠牲を尻目に、落ち延びたようだ。

義元たちの読み通り、恵探と福島越前守が方ノ上城に入ったという知らせがすぐに届いた。

最初は、恵探が住職をつとめていた遍照光寺近くにある葉梨城に行こうとしたようだが、要所の道筋を義元方に押さえられ、結局は方ノ上城を選ぶしかなかったのである。

――ついに網にかかった。

拳を握り締めた義元は、岡部左京進親綱に方ノ上城の攻略を命じた。

明くる日の十日早朝。岡部勢が方ノ上城に攻めかかったという報が今川館に届いた。岡部勢はさすがに勇猛で、大手門を正面から突き破ったという。さらに突き進んだ岡部勢は大手曲輪になだれ込み、敵兵を皆殺しも同然にしたとのことだ。

あっという間に落城した方ノ上城を捨て、恵探たちは葉梨城を再び目指したらしい。多くの家臣を失いながらも、恵探たちは葉梨城への入城を果たしたようだ。

「方ノ上城からは逃げられたが、これで二人の逃げ場はまったくない」

真剣な表情を崩さず、雪斎がいった。

「お師匠、二人を降伏させるか」

いや、と雪斎がかぶりを振った。

「降伏を勧めてもよいが、二人ともおそらく肯んじまい」

そうかもしれぬ、と義元は思った。

「ならば、攻め落とすしかないな。葉梨城も岡部勢に任せればよいか」

「それがよかろう。岡部左京進どのなら、必ず落としてくれる」

「すぐに攻めさせるか」

「いや、三日ばかり空けるのがよかろう」

雪斎の意図を義元は考えた。

「その三日のあいだに、城兵たちが逃げ出すからだな」

「そうだ。できるだけ城兵を減らしたほうがよい」

確かにその通りだ、と義元は思った。

「三日も置けば、今いる城兵は半減どころか十分が一ほどになろう」

そして、六月十四日に岡部勢による葉梨城攻めがはじまった。

岡部勢の猛撃の前に、二百人足らずまで減っていた恵探勢は、ほとんど抵抗できなかったそうだ。

城を落ち延びる途中、福島越前守は討ち死にしたという。むろん岡部左京進の手の者の手柄だった。

その後、恵探は葉梨城近くの普門寺に籠もり、そこで腹を切ったとのことだ。見事な自刃ぶりだったそうである。

恵探どのもついに死んでしまったか、と義元は思った。ため息しか出てこない。

――恵探どの、やはりおぬしを殺したくなかった。ともに今川家のために戦いたかった。きっと力になってくれただろうに……。

福島越前守がいなければ、こんなことにならなかった。

――八つ裂きにしてやりたいくらいだ。大切な兄を殺しおって。

十五日の早朝、今川館に恵探と福島越前守の首が届けられ、首実検が行われた。

大勢の武将が主殿の広間に居並び、二人の首を見守った。

二つの首を目の当たりにして、義元は胸を突かれるものがあった。二人とも、満足そうな顔をしているように見えたのだ。

——そうか、そなたらは力の限り戦ったのだな……。

義元の目に、わずかに涙がにじんだ。

——しかし恵探どの、やはりおぬしを死なせたくなかった……。

その思いを打ち消し、義元は家督争いに勝利したことを宣するために、家臣たちに勝ち鬨を上げさせた。朗々とした声が広間に何度も響き渡った。誰もが誇らしげな顔をしていた。

同じ日、義元は生き残った福島家の家臣から、驚くべき話を聞いた。

その家臣によると、福島越前守は去年の十一月、氏輝の病が重くなった際、京に刺客を送り込み、義元を殺そうとしたというのだ。

義元に語りはじめた福島家の家臣は和田正尭といい、葉梨城の城代をつとめていた。

岡部勢に城を攻められたとき、槍で頭を叩かれて気絶したところを、城代ということで殺されず、その場で捕らえられたのである。

正尭の話を聞いて、そういえば、と義元は思い出した。西大寺にいる象耳泉奘に会いに奈良に向かった道中で、将監たちが不審な目を感じたといっていた。

あれはきっと、福島越前守が放った刺客の眼差しだったのだろう。

——あのときは将監たちに気づかれ、機会を逸したということか……。

「お屋形さまは、東海道の宇津ノ谷峠でも襲われませんでしたか」

義元をじっと見て正尭がさらにきいてきた。

「襲われた。では、あれも福島越前の刺客による仕業だったのか」

目を鋭くして義元はたずねた。

「さようにございます」

低頭して正尭が認めた。

「山賊に襲われた態を装ってお屋形さまを殺してしまえば、福島越前さまが怪しまれることはまずありませぬ。仮に怪しまれたとしても、知らぬ存ぜぬで、しらを切り通せばよいのです。人々はいずれ、お屋形さまが亡くなったことなど忘れ去ってしまいましょう」

「そういうことだったか……」

——あの山賊どもは、福島越前が送り込んだ者であったか……。

よくこうして生きていられたものだ、と義元は思った。

――庵原の兄弟たちのおかげであろう……。あの者たちがいなければ、俺はとうに死んでいた。

庵原兄弟にはこれまでに何度も危地を救われた。感謝しても、しきれない。

「俺はその後、忍びに二度、命を狙われた。あれも福島越前が雇った者だな」

「さようにございます。伊賀者とのことでございました」

「ほう、伊賀者か」

「腕扱き(うでこき)の忍びという触れ込みでございました。それゆえ、闇討ちをしくじったと聞いたときの福島越前さまの落ち込みようは、見ていられぬほどのものでございました」

どこかあきれたように正尭が語った。

「それにしても、福島越前という男は、謀(はかりごと)を巡らせるのが大好きだったのだな。むろん、それだけ恵探どのがかわいくてならなかったのであろうが……」

「御意」

頭を下げた正尭が、義元を控えめに見つめてきた。

「お屋形さま――」

正尭が凜とした声を放つ。

「なんだ」

穏やかな声を義元は返した。

「もはや話すことは、ございませぬ。それがしは、ただいまより腹を切る所存。構いませぬか」

「許さぬ」

きっぱりとした口調で義元は拒絶した。

「なにゆえでございましょう」

意外な言葉を聞くといわんばかりに、正尭が膝を進める。

「そなたは今や、大事な我が家臣だからだ」

「しかしそれがしは家臣の列に加えてもらうために、福島越前さまについて話したわけではありませぬ」

「では、なにゆえ話したのだ」

「恵探さまから命じられたゆえでございます」

「なんだと」

わずかに腰を浮かせて、義元は正尭を見つめた。

「恵探どのの命とは、どういう意味だ」

すぐに座り直し、義元は質した。正尭が息を入れる。

「恵探さまは、卑怯な真似を心から嫌っておりました。もしこの内乱ののちに命があれば、とおっしゃって、主立った者何人かに話をされたのでございます」

「それが、俺への闇討ちの話か」

「さようにございます」

正尭が点頭し、言葉を続ける。

「恵探さまは、お屋形さまと正々堂々戦いたかったのです。恵探どのは、福島越前さまがお屋形さまの命を狙った件に関わっておらず、まったくご存じありませんでした」

「それはいわれずとも、わかっておる。恵探どのは、よい男であった。闇討ちなど性に合わぬはず。それは俺も同じじゆえ、恵探どのの気持ちは知っておった。すべては福島越前が勝手にやったに過ぎぬ」

「ああ、それはようございました」

正尭がうれしそうにいった。

「お屋形さまにわかっていただけて、恵探さまもきっとお喜びでございましょう」

「それならよいな」

義元は微笑した。その笑い顔を、正尭がまぶしそうに見た。

「お屋形さま、まことにそれがしに腹を切らせるおつもりはありませぬか」

ない、と義元はいい切った。

「いくら敵対したといっても、いま命ある者を殺そうなどと、俺は思わぬ。すべての者を許す気でおる。なんといっても、皆、今川の者ではないか。これからの今川家を支えてもらわねばならぬ。和田、そなたはその旨を国中に触れて回れ。承知か」

はっ、と畏れ入ったように正尭が平伏した。

「承知つかまつりました。それがし、力の限り、触れてまいります」

「それでよい」

今は領内に落ち着きを取り戻すことが先決である、と義元は思っている。

——強い今川家を取り戻すのだ。

天文五年の四月から六月にかけて勃発した今川家の内乱は、のちに花蔵の乱と呼ばれることになった。

恵探が、花蔵の里にある遍照光寺の住持だったからである。

天文五年六月十五日。正尭と話をしたこの日、義元は今川家第十一代の当主となったのを、実感した。

第六章

一

天文二十四年（一五五五）三月、三河松平家の人質として今川家で暮らす竹千代が元服した。十四歳である。

すでに浅間神社での加冠の儀は終わり、義元は竹千代とせがれの氏真（うじざね）とともに、主殿の奥座敷でくつろいでいた。

竹千代は、天文十八年十二月から駿府での生活をはじめた。尾張織田家の人質になっていたところを、人質交換という形を取って、雪斎が奪い返したのである。

義元は、駿府に来た竹千代に屋敷を与えた。竹千代には松平家から付された七人の家臣がおり、屋敷でともに暮らしはじめた。

義元は、竹千代に学問の師匠もつけている。ときおり雪斎が、竹千代に学問を教えることもある。

前に義元が竹千代を鷹狩に連れていったところ、とても楽しかったらしく、鷹をくれるようにねだってきた。

義元は自分の鷹のうち、選りすぐりの二羽を与えた。いま竹千代は、鷹狩に熱中しているという話だ。

駿馬を貸して、一緒に遠駆けしたところ、竹千代はその馬をとても気に入った。義元はその馬を惜しむことなく与えた。竹千代はその馬で、遠駆けもしきりにしているようだ。

竹千代は松平家の御曹司として、なに不自由なく暮らしている。少なくとも、義元はそう思っている。

人質なのだから、むろんなんらかの不満や鬱屈はあるだろう。

だが、義元としては、竹千代に今川家を好きになってほしかった。人質として暮らしているのを、忘れてほしかった。

そのためなら、できる限りのことをしてやろうという気でいる。

こたびの元服に際して、義元は竹千代に偏諱を与えた。義元の元の字を取って、竹千代は松平次郎三郎元信と名乗ることになった。

次郎三郎という仮名は、非業の死を遂げた祖父の清康からもらったものだ。清康は三河の英雄である。

——さて、そろそろ常御殿に引き上げねばならぬ。

義元は立ち上がり、下之間に座している元信にゆっくりと近づいた。

「よいか、次郎三郎」

穏やかな声で義元は呼びかけた。はっ、と元信が畳に両手をつく。

「よき武将となるのだ。そなたには、それだけの素質がある」

そっと手を伸ばした義元は元信の青々とした頭を、小さな子供を相手にするように、くしゃくしゃとなでた。

「五郎のよき右腕となってくれ」

意外な出来事だったらしく、元信は下を向き、少し恥ずかしそうにしている。

五郎とは、義元の嫡男である氏真のことである。

「よくわかりましてございます」

はきはきとした声で元信が答えた。そのさまがかわいくてならず、義元はまた元信の頭をなでた。

元信の斜め後ろに座している氏真が、うらやましそうな顔をしていた。面を上げ、義元は声をかけた。

「五郎、そなたもなでてほしいのか」

「はっ、なでてもらいたく存じます」

照れもせずに氏真が申し出る。

「そなたは、もう十八であろうに……」

「父上、頭をなでてほしいのに、歳は関係ないものと存じます」

にこにこと笑んで氏真がいった。

「そうかな。まあ、よかろう」

義元は氏真に近づき、その頭をなでた。うっとりと目を閉じ、氏真は気持ちよさそうにしている。

まるでよくなついている犬のようだな、と義元は氏真のさまを見て思った。実際、氏真のこともかわいくてならなかった。

氏真は、今は亡き定恵院（じょうけいいん）に面立ちが似ていた。

――まこと、優しいおなごであった。

花蔵の乱の翌天文六年（一五三七）二月、義元は武田家から姫を迎えた。名を花衣といった。武田との縁組みを破棄するよう北条氏綱が脅すようにいってきたが、義元は肯（がえ）んじなかった。

花衣を妻にして、よかったと今も心から思っている。

花衣と夫婦になったことで、結局は北条家と手切れになり、それから長く激しい戦いがはじまった。なにしろ、富士川以東の駿河領、いわゆる河東を北条家に奪われたのだ。

河東奪回を目指し、北条家と戦い続けた十余年は苦しみの連続だったが、義元に悔いはない。

すでに河東は取り戻したし、花衣はそれだけの犠牲を払ってもよかったと思えるおなごだったのだ。

残念ながら、五年前の天文十九年の六月にこの世を去った。

その花衣が残したのが氏真である。かわいくないはずがなかった。

義元は軽く咳払いした。

「二人とも、これからも仲よくするのだ。決して仲たがいなどせぬように」

優しい声で義元は諭すようにいった。

「わかりましてございます」

元信と氏真が同時に答えた。これまで二人は実の兄弟のように育ってきた。氏真は元信の四つ上である。

――この二人で今川家を守り立てていってほしいものだ。いや、きっとそうなろう。

氏真が太守となり、右腕として元信が支える。

この二人が手を取り合えば、天下も望めるのではないか。義元は大袈裟でなく思っている。

　主殿をあとにし、将監、右近を連れて常御殿に戻った。

　玄関で出迎えた彦次郎が、義元に告げる。

「お屋形、客人がいらっしゃっております」

「客人……だと」

　今日は、これから会う予定の人物はいなかった。義元に心当たりはない。

「誰だ」

「それが、会うまでは明かさぬようにと、客人がおっしゃいまして……」

「なに、そのようなことをいう者が客人か」

　誰だろう、と義元は首をひねった。一人、もしや、という者がいた。

「その客人はどこにおる」

「対面の間でございます」

　わかった、といって玄関を入った義元は廊下を進んだ。対面の間の前で足を止める。

「失礼いたします」

　中の者に断って、彦次郎が襖を開ける。

　こちらに背を向けて、一人の男が座していた。見覚えのある背中である。

　――やはりそうであったか。

敷居を越え、義元は対面の間に足を踏み入れた。

「京より帰ってきたか」

快活な声を上げて義元は男の前に回った。じっくりと顔を見る。

かなり日焼けをしていたが、どこか幼い顔つきに変わりはない。

「これは兄上」

床に両手を揃え、氏豊が頭を下げた。

「左馬助、そのような真似は無用にせよ」

義元は、氏豊の前にどかりと腰を下ろした。

「元気そうだな、左馬助」

「兄上もご壮健そうで、なによりです」

にこにこと頰を緩めて氏豊がいった。

二年前に氏豊は、駿府を離れて京に向かったのだ。兄上の修行のあとを見てまいります、といって。

「よく帰ってきたな」

義元は、ただ一人の弟の顔を目の当たりにでき、心が弾んだ。

「それがし、どういうわけか急に兄上のお顔が見たくなりまして……」

「左馬助が無事に帰ってきて、余はうれしく思うぞ」

義元を見て、氏豊が人なつこい笑みを浮かべた。

「実を申せば、ついに路銀が尽きそうになりまして、帰らざるを得なかったのです」

「なんだ、路銀があれば、まだ京におったのだな」

「京はおなごがよいですからなあ」

しみじみとした口調で氏豊がいった。

「その通りだ。母上も京のおなごだ」

実母の寿桂尼のことである。六十二になったが、いまも背筋はぴしりと伸び、達者そのものである。

「大方さまもお元気そうで、なによりでございます」

「左馬助、母上にもう会ってきたのか」

いいえ、と氏豊がかぶりを振った。

「兄上の口ぶりがいつもと変わりないものですから、大方さまの御身にも、なにもないのがわかりました」

「左馬助、相変わらず頭の巡りがよいな」

「いえ、このくらいは当たり前でございましょう」

氏豊が柔和に笑んだ。その笑顔を見て義元は心中で深くうなずいた。

——あのとき生きて帰ってきて、本当によかった。

あのときというのは、天文七年（一五三八）のことである。その年、氏豊は織田弾正忠信秀に柳之丸を奪われたのだ。織田信秀は、氏豊が催した連歌の会に乗じて柳之丸を乗っ取ったともいわれるが、そのような事実はなく、柳之丸は織田勢に力攻めにされてあっけなく陥落したのである。

柳之丸は、一重の堀と土塁のみの構えでしかない。攻め落とすのに、策略など、なんら必要としない。もっとも、氏豊によれば、重臣だった岩槻内記が織田勢を手引きしたという。

柳之丸をあとにしたとき義元の目に内記の顔がどす黒く見えたのは、すでに織田弾正忠の調略を受け、心変わりしつつあったからではないか。少なくとも、氏豊を裏切るべきか迷っていたのはまちがいないだろう。

柳之丸を我が物とした信秀は氏豊の命を取らず、駿河に帰るように命じた。その言葉に従って、氏豊は尾張を離れたのだ。

柳之丸が落とされたとの急報を得て、義元はまず氏豊の安否が気になった。迎えの者をすぐさま向かわせた。

幸いにも、浜名湖の今切（いまぎれ）という地で、迎えの者は氏豊と会うことができた。

「それで左馬助、これからどうする」

身を乗り出して義元はたずねた。

「路銀ができれば、また京に行くか」

いえ、と氏豊が首を横に振った。

「兄上、しばらくのあいだ、こちらで過ごしてもよろしゅうございますか」

もちろんだ、と義元は笑んで答えた。

「そなたは余のたった一人の弟だ。この館は、そなたの家でもある。いたいだけ、いればよい。そなたの住処は前と同じく、常御殿の離れでよいか」

それを聞いて氏豊が破顔した。

「もちろんでございます」

少し落ち着かなげに氏豊が身じろぎした。

「さっそくそちらにまいってもよろしゅうございますか。兄上とは積もる話もあるのですが、さすがに疲れました。一眠りしたく存じます」

「そうするがよい。離れはそなたが旅に出たときのままだ。掃除もしてあるゆえ、きっと心地よかろう」

「それはかたじけなく存じます」

一礼して立ち上がった氏豊が歩き出す。ふと足を止め、義元を見つめる。

「それがしは兄上の弟に生まれて、本当によかったと思っています」

余も、と返し、義元は微笑した。

「そなたが弟でいてくれて、心からよかったと思うておる」

「それは、まことにうれしいお言葉にございます」

義元に向かって氏豊が辞儀した。

「では兄上、失礼いたします」

「左馬助、ゆっくり休め」

軽く頭を下げて、氏豊が対面の間を出ていった。

氏豊は義元と三歳ちがいの弟である。

――余が三十七だから、左馬助は三十四になったのか。

月日がたつのは早いものだ。氏豊はいまだに妻帯していない。生涯、独り身でよいと思っている節もある。

――また出ていくかもしれぬが、もし駿府に落ち着くようだったら、よい女性を世話してやってもよい。

義元は、氏豊の子をこの目で見てみたかった。きっと、珠のようにかわいらしい子であろう。

――もっとも、子をなすのは、別に妻帯せずともよいのだが……。

氏豊のことだ。京あたりに子がおるかもしれぬな、と義元は思った。

二

この年の九月、信濃の川中島で長尾景虎率いる越後勢と戦っている武田晴信から、義元のもとに使者が来た。

使者の口上によると、戦を終わりにし、武田、長尾、双方ともに国へ戻れるよう、取りなしてほしいというのだ。

武田と長尾家の戦は、ずいぶん長引いているようだ。すでに、半年近く対峙しているのではあるまいか。

詳しくは知らないが、信州では、十月に入れば雪が降り出すのではないだろうか。その前に武田晴信としては、甲斐になんとしても引き上げたいのかもしれない。

「その件、承知した」

力強くいって、義元は武田家の使者を帰した。対面所から主殿の書院の間に移る。その上で、雪斎を呼んだ。

やがて、能舞台を行くような足音が、かすかに響いてきた。

――うむ、変わりないようだな。

雪斎の足音を聞いて、義元は安堵の息をついた。

「失礼する」

板戸越しに声がし、板戸が開いた。廊下に座した雪斎が義元を見ている。

「お師匠、入ってくれ」

一礼して雪斎が敷居を越え、義元の前にあぐらをかく。

すぐに義元は口を開いた。

「先ほど武田家から使者が来た」

それがどのような内容だったか、雪斎に簡潔に語って聞かせた。

「和議の取りなしとは……。武田、長尾両者の争いをやめさせればよいのでござるな」

「その通りだ。その役目、お師匠に頼みたいのだが……」

雪斎は六十歳である。かなりの老齢といってよい者に、これから雪が降りはじめようという信州の川中島へ、行ってもらわなければならない。

義元は、申し訳なさで一杯である。

「お師匠、行ってもらえるか」

雪斎をじっと見て義元は頼んだ。

「お屋形――」

凜とした声を放ち、雪斎が厳しい眼差しを注いでくる。

「拙僧には、行け、と命ずれば済む」

「お師匠にそのような口は利けぬ」

ふふふ、と雪斎が笑いを漏らす。

「お屋形は相変わらずだな。幼き頃から、ちっとも変わらぬ。――わかった。川中島まで、ちと行ってまいろう」

「そうか。行ってくれるか。お師匠、どうか、よろしく頼む」

「承知したが、それにしても、お屋形は人遣いが荒い」

ぼやくように雪斎がいった。済まぬ、と義元は謝った。

「お師匠はもう六十だというのに、余には頼れる者がほかにおらぬ」

「人を育てるのを、お屋形は怠ったな」

「その通りだ」

雪斎を見やって、義元は認めた。

「だが、それはお師匠も悪いのだ」

「拙僧が悪いだと」

目を丸くして雪斎が義元を見る。

「それは異な事を……」

「異な事ではない。余のために、お師匠がなんでもしてくれる。それゆえ、余は人を育てなかった。余は、お師匠に頼り切りになってしまった。そのほうが、なにをするのにも楽だからだ」

それを聞いて、雪斎が苦い顔になった。

「確かにそれは拙僧のしくじりだ。わかってはいたのだが、拙僧も自分でなんでも行うほうが楽だった」

うつむいた雪斎が、しばらく無言でいた。

「どうした、お師匠。どこか痛むのか」

義元にきかれ、雪斎が顔を上げた。

「いや、なんでもない」

どこか疲れたような顔で雪斎が答えた。

「拙僧も長いことお屋形とは力を合わせてきたが、果たしてあとどのくらいともに働けるものか……」

珍しく雪斎が弱気な言葉を口にした。天文五年に義元が家督を継いだあと、雪斎は懸命に働いてくれた。今川家が三河国を領地に組み入れることができたのは、雪斎の力がなにより大きい。

その上、雪斎の采配で、去年の天文二十三年、ついに今川、武田、北条三家の同盟が成ったのだ。

三家の同盟は、まず義元の娘が武田の嫡男義信に嫁いだことからはじまった。次に、武田の姫が北条の跡取りである氏政に嫁した。最後が、去年の氏真の嫁取りだった。北条家当主氏康の娘志寿が氏真に嫁いできたのである。

三家による同盟は、義元と雪斎の念願だった。花蔵の乱が起きた際、北条家を必ず説得してみせると雪斎はいっていたが、当時の当主である氏綱は、武田と同盟を結ぶのを頑としてはねつけた。

――もしあのとき同盟が成っていたら、三家ともに、今頃はもっと勢力を伸ばしていたのではあるまいか……。

なにゆえ、あのとき北条氏綱があれほど武田との同盟を忌み嫌ったのか、義元にはいまだにわからない。

雪斎にとっても、大きな思惑ちがいだったのであろう。雪斎の見込みが外れたのは、あれ以外、ほかにない。

雪斎の中で、北条氏綱を説き伏せることができなかったのは、苦い思い出として残っているかもしれない。

明くる日の九月二十五日、信州川中島に向かって雪斎が出立した。徒歩ではなく、馬に乗っている。

雪斎はいまだに健脚ではあるが、さすがに川中島まで歩き通す気はないようだ。

供は腕扱きの武士が二十人ほどで、あとは足軽、雑兵が五十人ばかりである。ほかに荷物持ちなどがおり、総勢で百人をわずかに下回る。

見送りに出た義元は、今川館の四脚門の前に立ち、雪斎の姿が見えなくなるまでその場を動かずにいた。

――お師匠、どうか、よろしく頼む。

雪斎の無事の帰還を、義元は手を合わせて祈った。

三

それからちょうど二十日後の十月五日、雪斎が駿府に戻ってきた。

さすがに疲れの色を隠せずにいるが、雪斎の無事な顔を目の当たりにした義元はうれしくてならなかった。

「お師匠、よく戻ってきた。いろいろと大変だったであろう」

主殿の対面所で雪斎と会った義元は、長旅と仲裁の労をねぎらった。

「いや、さほどのことはござらぬ」

別に強がりでもないようだ。雪斎の能力からしたら、このくらいは当たり前に過ぎないのかもしれない。

どういう条件で、武田と長尾の戦をおさめてきたか、雪斎が説明をはじめた。

武田晴信は、越後に逃れた北信濃衆が旧領に戻るのを認め、川中島近くに位置する旭山城の破却を受け入れた。その上で、長尾景虎が善光寺平の北半分を領することに決まった。

「こんな形で、まとまりもうした」

にこりとして雪斎がいった。

「それはよかった。両者に、受け容れやすい中身といってよかろう」

「その通りでござる。お屋形に褒めてもらい、拙僧は跳びはねそうでござる」

珍しく雪斎が冗談を口にした。そのときの雪斎の顔色が、むしろ悪いように義元には思えた。

ふと雪斎がうつむき、黙り込んだ。

——どこか痛むのか。

「お師匠、大丈夫か」

身を乗り出して義元は声をかけた。

「むろん大丈夫にござる」

面を上げて雪斎がにこやかに答えた。どこか無理をしているのではないか。義元はそんな気がした。

「お師匠、今日はゆっくり休んでくれ。明日、お師匠の慰労の宴を開くつもりだ」

「おっ、宴でござるか」

雪斎が目を輝かせた。

「お屋形、それはまことにかたじけない」

「お師匠の労をねぎらうのは当然だ」

雪斎も義元も、酒は口にしない。その代わり、できるだけ豪勢な料理を楽しむのが、義元たちの常となっていた。

「では、拙僧はこれにて失礼いたす」

頭を下げて、雪斎がゆっくりと立ち上がった。やはりどこか大儀そうだ。

信濃から帰ってきたのだ。それも無理はない、と義元は思った。

「お師匠、明日、宴の席でゆっくりと話そう」

「承知した」

雪斎が対面所を出ていく。義元の小姓の手で、板戸が閉じられた。雪斎の姿が見えなくなった。

いま雪斎は、臨済寺の住職をしている。臨済寺は、前の善得院である。天文五年に死んだ氏輝の諡(おくりな)は、臨済寺殿といった。

氏輝の墓がつくられた善得院を臨済寺と改め、義元は雪斎を住職に据えたのである。

臨済寺は今、駿河の臨済宗の中心となっており、多くの学僧が修行に励んでいる。その興隆ぶりは、富士郡の善得寺に遜色ない。

明くる日の十月六日の昼。義元は宴の場に座していた。

氏真や元信をはじめ、重臣たちが広間に居並んでいる。だが、肝心の雪斎が姿を見せない。やがて臨済寺で雪斎の右腕として働いている月斎が、やってきた。

月斎の話では、雪斎は具合が悪く、臥せっているとのことだ。

「申し訳ないが宴は休ませていただく、とのことでございます」

なんと。宴の場をあわててあとにした義元は、急ぎ臨済寺に足を運んだ。供の者が二十人ばかりついてきた。

山門を入り、庫裏に行くと、寝所の寝床に雪斎は横になっていた。

「ああ、お屋形」

寝所に入ってきた義元を見て、雪斎が起き上がろうとする。

「そのままでよい」

雪斎を制し、義元は枕元に座った。

「お師匠、大丈夫か」

血相を変えて問うた義元を見て、改めて寝床に横になった雪斎が笑う。

「なに、ちと旅の疲れが出ただけだ」

強がりだな、と義元は見抜いた。雪斎の声に力と張りがなかったからである。顔色は、病人のようにどす黒い。昨日とは明らかにちがう。

「お師匠、済まぬ」

両手をついて義元は謝った。

「お屋形、なにを詫びるのだ」

驚いたように雪斎がきいてくる。その声もかすれていた。

「余は、お師匠に無理をさせすぎた。これからは、なにもせずともよい。余生を楽しむつもりで、ゆっくり過ごしてくれ」

「ありがたい言葉だが、お屋形はそれでよいのか」

うむ、と義元は深くうなずいた。

「これ以上、お師匠に頼ることはできぬ。お師匠が死んでしまう。これからは、自分の力でなんとかしていくつもりだ」

「自分の力でな……。そうか」

「五郎に次郎三郎もおる」

「二人ともよき男だが、まだ少し若いな」

雪斎の瞳が揺れ動いた。

——そういえば、お師匠の瞳のきらめくのをずいぶん長く見ておらぬ……。

瞳がきらめかなくなったその頃から雪斎の体も衰えてきて、病にかかりつつあったのかもしれない。

──余はなにも気づかなかった……。

義元の中で、申し訳ないという気持ちが満ちていく。

「お屋形、話がある」

不意に、かすれた声で雪斎がいった。

「話とな。なにかな」

居住まいを正し、義元は雪斎を見つめた。しばらくのあいだ雪斎は口を開かず、気持ちをととのえているようだった。やがて、唇を湿して語りはじめた。

「あれは天文四年だな。我らが妙心寺から駿府に帰るときだ」

「うむ、よく覚えておる」

あの帰郷こそが、義元の運命を大きく変えたのだ。

「途中、尾張の柳之丸に寄り、左馬助どのに会った」

うむ、と義元はうなずいた。

「我らは柳之丸で一泊させてもらった」

「あのとき拙僧は、左馬助どのにあることを頼んだ」

ほう、と義元は驚きの声を漏らした。初耳である。

「お師匠は、左馬助になにを頼んだのだ」

「お屋形がその気になるようけしかけ、煽ってくれ、と」

「その気とはいったい……」

「わからぬか。今川の家督を継ぐ気になるように、ということだ」

「なんとっ」

義元は絶句しかけた。目を閉じ、あのときのことを振り返ってみた。

そういえば、と思い出した。義元と二人きりになったとき、氏豊は、ずいぶん大人びたことを話していた。氏豊らしくなかった。

つまり、と義元は思い、目を開けた。

――左馬助は、お師匠の言葉をただ余に伝えていただけだったのだな。あのときの左馬助の言葉に、俺は確かに勇気づけられた。あれがお師匠の言葉だったのなら、それも当たり前だ……。

「お師匠は、なにゆえそのような真似をしたのだ」

「なんとしても、承芳という男を今川の家督の座につけたかった」

決まっている、と雪斎がいった。

雪斎が、義元の還俗前の名乗りを口にした。

「だがあの頃は、臨済寺殿が亡くなってしまうかどうか、まだわかっていなかったではないか」

「賭けのようなものだ。承芳どのの運次第だと、拙僧は思っていた。承芳どのの運がよければ、臨済寺殿が亡くなるのではないかとな。臨済寺殿にはまことに申し訳ない仕儀だが……」

そうだったのか、と義元は啞然とするしかない。

「承芳どのがその気になってくれねば、今川家の家督をつかむことなど、夢でしかない。だから拙僧は、左馬助どのに承芳どのを焚きつけてもらったのだ……。拙僧はそれだけ梅岳承芳という人物を買っていた」

――そうだったのか。

「お屋形には悔いはないか」

「ない。それも天の定めた運命だし、俺は今川の家督を継ぐことができて、心からよかったと思っている」

「それは重畳」

安堵したように雪斎が笑った。

その顔を見て、ふっ、と義元も笑いをこぼした。

「左馬助め、見かけによらず口が堅い。それについては、一言も漏らしておらぬ」

「左馬助どのはよき男だ」

うむ、と義元は相槌を打った。

「俺もそう思う」

その後、義元は雪斎を侍医たちに診せ、毎日、雪斎の見舞いに通った。

だが、雪斎の顔色は日ごとに悪くなっていった。侍医たちも手の施しようがない、という顔をしていた。

十月十日の朝早く、義元は雪斎の見舞いに出かけた。愛馬の雪風に乗って道を駆けはじめる。雪斎の見舞いに行くのも、今日で五日目である。

――お師匠、なんとしても病を治してくれ。余を一人で置いていかないでくれ。

頼む、と義元は馬上で願った。最近は駿府の浅間神社にもよく行っている。雪斎の病気快癒を祈るためだ。

臨済寺に入った義元は、雪斎の寝所に向かった。寝所に入ってきた義元を見て、雪斎がしわ深い顔をにこりとさせる。

――今日も生きていてくれたか。

胸をなで下ろしたが、正直、明日はどうなるか、わからない。義元は気が気でない。

「お屋形」

ささやきかけるように、雪斎が呼びかけてきた。声に力がない。同時に手を少し伸ばしてくる。

すかさず義元はそれを握った。かさついて、みずみずしさの感じられない手のひらだ。

昔は、ごつく分厚かった。力強さに満ち、肌は生き生きしていた。

――お師匠……。

まぶたの堰を破って出そうになる涙を、義元はなんとかこらえた。

「お屋形の夢はなんだ」

義元を見つめ、雪斎がきいてきた。

「決まっている」

雪斎を見つめ返し、義元は即座に応じた。

「この世に平和をもたらすことだ」

「お屋形は、それをうつつのものにできるか」

「できる」

雪斎の手を握る手にわずかに力を込めて、義元は断言した。

「では、やってみせてくれ」

「わかった。お師匠は俺に力を貸してくれ」

「貸したいが、わしにはもう無理だ」

「そんな弱気をいうものではない」

「もうわしが無理なことは、お屋形もわかっているであろう」

義元は言葉をなくした。ふう、と雪斎が疲れたような吐息を漏らし、目を閉じた。

「お師匠、眠るか」

すぐに雪斎が目を開けた。

「いや、眠くはないのだ。お屋形、このまましばらく手を握っていてくれぬか」

「お師匠、頼むようなことではない。握ってくれ、というだけで済む話だ」

ふふ、と雪斎が力ない笑いを見せた。

「かたじけない。太守にこのようなことを頼めるのは、わしだけだ」

「その通りだ」

義元が答えると、雪斎の手にわずかに力がよみがえった。

「承芳どのとの旅は楽しかった。もっとずっとずっと一緒に旅をしていたかった」

「お師匠……」

「承芳どの、また一緒に旅をしたいのう……」

再び雪斎がまぶたを下ろした。

「お師匠、また一緒に旅をしようではないか」

義元は、雪斎の手を軽く揺さぶった。だが、雪斎は目を開けない。息をしているようにも見えない。

――嘘だろう。

義元が思った瞬間、雪斎が重たげにまぶたを持ち上げた。それすらも全身の力を振りしぼっているかのようだ。

ふう、と義元は安堵の息を吐いた。

「承芳どの、済まぬ」

不意に雪斎がいった。

「お師匠、なにが済まぬのだ」

だが、雪斎から応えはなかった。

――まことに逝ってしまったのではあるまいな……。

にわかには義元は信じられなかった。腰を上げ、片膝立ちになった。

――お師匠が死ぬわけがない。

両手を伸ばし、義元は雪斎の体を揺さぶった。だが、雪斎はぴくりとも動かない。

目は虚空を見据えたままだ。

――本当に死んでしまったのか……。

どすん、と音を立てて義元は腰を落とした。

――なんということだ……。

不意に義元の右手が伸びていった。いったい俺はなにをしているのだ、と義元は不思議に思ったが、右手は雪斎の目をそっと閉じていた。

――もう二度とお師匠の瞳がきらめくことはない……。

うつむき、義元は顔をゆがめた。

――俺はこれからどうすればよい。

路頭に迷うとはこういう気分か、と義元は思い知った。母親に捨てられた犬とはこんなに心細いものなのか。

――俺はどうやって、この気持ちに打ち勝てばよい。

どうすればよいのか、義元にはまるでわからなかった。号泣したいはずなのに、涙すら出なかった。

四

雪斎の死の十日後、義元は臨済寺で盛大な葬儀を行った。国の内外から僧侶が三千人もやってきた。

象耳泉奘も京から飛ぶようにやってきた。

泉奘とは膝突き合わせて話をしたかったが、その機会はなかなか訪れなかった。喪主となった義元はそれだけ忙しかった。

――やはり葬儀というものは、残された者のためにあるな。

これほどの忙しさに駆り立てられていれば、なにも考えずに済むからだ。悲しみに暮れている暇などない。

雪斎の葬儀は三日のあいだ執り行われた。

泉奘とほとんど話をしないまま、葬儀は終わりを告げた。

いま泉奘は京の泉涌寺の住持をつとめている。京への帰り際に泉奘が今川館を訪れ、ほんの少しだけ話せた。

「久しぶりに兄上の顔を見られてよかった」

本心から義元はいった。対面の間に座した泉奘が昔と変わらない微笑を向けてきた。

「うむ。お屋形も元気そうでなによりだ」

「兄上も健やかそうだな」

「お屋形、互いにずっと元気でいよう」

「うむ、そうだな」

お屋形、と泉奘が呼びかけてきた。

「あれは天文四年だったか。わしが西大寺にいたときにお屋形はあの寺に来て、わしと話をしたが、覚えているか」

「もちろん覚えている」

「あのとき語り合った夢は、うつつのものになりそうか」

「夢か……」

日の本の国に、平和をもたらすという夢である。

「まだわからぬ。だが、できるかもしれぬとは思うておる」

そうか、と泉奘が笑みを浮かべてうなずいた。

「だがお屋形。夢を追うあまり、無理はせぬことだ。もしお屋形にできずとしても、後に続く者が必ず出てくるはずだ」

「そうだな。無理は禁物だ」

「お屋形の夢がかなったら、また京に出てきてくれ」

「それはよいな」

「お屋形、また会おう」

「うむ、必ずだ」

義元に別れを告げて、泉奘は数人の弟子を伴って京へと旅立っていった。

——そうか。

泉奘を見送った義元は、なすべきことが見つかったような気がした。

——迷わず突き進めばよいのだ。平和な世を到来させるために、力を振りしぼればよいのだ。きっとお師匠もあの世から後押ししてくれるにちがいない。

それにはどうすればよいか。

決まっている。まずは三河を完全に掌握することである。

三河の国人衆は表では服従し、裏では反抗の機会を常にうかがっている。雪斎の死を耳にしたことで、再び反乱の動きが見えはじめているとの報が義元のもとに届いている。

——あの者どもを掌握するには、どうすればよいのか。

こちらの力を存分に見せつけてやることだ。

——それには、どんな手立てを取ればよいのか。

義元の中にひらめくものがあった。

——織田家だ。

氏豊を柳之丸から追い出した信秀はすでに亡いが、とにかく織田家を叩き潰し、尾張国を我が物にすればよい。

あの豊かな国を今川領にできれば、三河衆はもはやなにもできまい。反抗など、夢のまた夢であろう。尾張国を得れば、天下を手中にするのも夢ではない。

——今川の旗を京に立てる。それができれば、この国に必ずや平和をもたらせられよう。

やるぞ。雪斎を失って以来、義元は初めて体に力がみなぎるのを感じた。

三河国の国人たちを頭から押さえつつ、義元は尾張の国人に調略の手を伸ばし、今川陣営に引き込むのに熱意を燃やした。

その甲斐あって、弘治二年（一五五六）には尾張の国人で鳴海城の城主山口左馬助とせがれの九郎二郎を味方にできた。

山口父子を陣内に引き入れたことで、尾張の沓掛城と大高城が、ほぼ同時に手に入ったのである。

特に、大高城を得たのは大きかった。伊勢の海に面する城である。この城を押さえることが、伊勢の水運を握る端緒になるのは、まちがいないところだ。

その後、山口左馬助が居城の鳴海城を出て、子の九郎二郎に守らせた。左馬助自身は桜中村砦を築き、そこに立て籠もった。

――さすがに本城の鳴海城までは手離さぬか。

大高城の北に位置する鳴海城も、義元は手に入れたかった。鳴海城も大高城と同様、伊勢の海に面した城である。

山口九郎二郎が城主とはいえ、今は今川方の城といってよい。とりあえず放っておけばよい、と義元は判断した。

大高城と鳴海城という二つの重要な城が今川家のものになったのは、途轍もなく大きかった。

織田家の大将である織田上総介(かずさのすけ)信長にとっては、とんでもない損失であっただろう。

それだけの働きをしてくれたゆえに、義元の山口父子に対する信頼は厚かった。

だが、しばらくして山口父子が裏切るのではないかという風聞が、義元のもとに届いた。

義元は一笑に付した。馬鹿らしいとすらも思わなかった。そんな風聞は信ずるにも足らぬ、と思った。

あれだけの働きをしてくれた者が裏切るわけがないではないか。

だがその直後、義元は一通の文を手に入れた。いずれ尾張にやってくるはずの義元に山口父子が近づき、安心させた上で謀殺するという中身だった。筆跡は、まちがいなく山口左馬助のものだという。

――信じられぬ。

嘘としか義元には思えなかった。重臣たちも松平元信も氏真も、義元と山口父子とのあいだを断ち切るための罠ではないかといった。義元は、その通りだと思った。

この件はなにも触れずともよい、と断じた。

だが、それから一月ばかりのちに、二通目の文が手に入った。それは信長から山口左馬助への文で、いつ義元を鳴海城に誘い込み、謀殺するのか問うものだった。

二通目の文を読み終えて、ふむう、と義元はうなった。

——これは……。

そういえば、と義元は目を閉じて思い起こした。山口父子への調略は、あまりにうまく行きすぎたきらいがある。なにしろ、大高城と沓掛城が今川のものになり、鳴海城も手に入れたも同然になったのだ。

——いくらなんでも、話がうますぎるのではないか。

目を開けた義元は文にじっと目を当て、さらに考えを進めた。

——文は、二通とも本物ではないか。

それに、と義元はすぐに思った。

——仮に二通の文が偽物だったにしても……。

暗黒が心をよぎっていった。それを義元は、はっきり感じた。

——山口父子を亡き者にしてしまえば……。

信頼できる今川の武将を鳴海城に入れることができる。なにしろ鳴海城だけは、山口父子はどうしても明け渡さなかったのだ。

——父子が潔白であろうとそうでなかろうと、邪魔者は除いたほうがよかろう。

心を鬼にして決意した義元は、そばについている将監に命じた。

「山口父子を駿府に呼べ」

「承知いたしました」

真剣な目をした将監が深くうなずいた。

それから半月後、山口父子は駿府にやってきた。義元は二人に会うことなく、切腹を命じた。

いきなり腹を切るようにいわれ、山口父子は必死に抗弁したという。だが、それは聞き入れられなかった。二人はほとんど無理矢理、腹を切らされた。

――これでよし。

義元は空き城となった鳴海城に、今川家きっての勇将の岡部五郎兵衛元信を入れる手配りをすぐさま行った。

その義元のやり方を目の当たりにして、氏真が悲しそうな顔をした。

正直いえば、義元も二人を殺したくはなかった。今も胸がずきずきと痛んでいる。もしかすると、濡衣（ぬれぎぬ）を着せられて、山口父子は死んでいったのだから。

だが氏真、と心で義元は呼びかけた。

――そなたは母親の血を受けたのであろうが、あまりに優しすぎる。余の亡き後、そなたは今川家の舵取りをせねばならぬのだ。

そのときに太守というのは、わかっていても非情な真似をしなければならぬのだと、きっと知るはずだ。

義元は山口父子を謀殺した。もう後戻りはできない。

とにかくこれで、尾張国を制圧する支度はととのった。あとは、いつ尾張に出陣するかだ。だが、三河国が混乱したまま尾張に出陣するわけにはいかない。地ならしをしなければならなかった。

義元は改めて、三河国の国人たちを今川家に組み入れるための動きをはじめた。三河の国人衆たちは味方となったと思えば、すぐに裏切った。義元はひどく手こずらされたが、東三河から西三河へと、確実に勢力を伸張させていった。

やがて、三河の半分以上が完全に今川家のものとなった。

この分なら、あと少しで尾張国へ出陣できる。尾張国を取ってしまえば、西三河の国人たちも義元に服従するであろう。するしかないはずだ、と義元は思った。

だが、せっかくここまで来たのに、それに水を差すものがあった。

足利将軍家である。弘治三年の五月に第十三代将軍義輝が、尾張との戦をやめるようにいきなり命じてきたのだ。

これは義元にとって衝撃だった。寝耳に水以外の何物でもなかった。

足利将軍家からの命を無視するのも、できないことではなかった。むしろ義元としては、そうしたかった。窮地に陥りつつある織田上総介が、足利将軍家に手を回したのはまちがいないのだ。

だが、今川家は足利将軍家と血がつながっている。しかも、自分は義輝の父の義晴から偏諱を受けた身である。

義元は義輝の命に従うしかなかった。

――いずれ、尾張に攻め寄せる日が来よう。

今はそのときを待つしかない、と歯噛みしつつ義元は思った。

五

永禄二年（一五五九）の夏、義元はついに尾張出陣を決意した。

この二月に上洛した織田信長が、尾張守に任ぜられたという知らせが入ってきたのだ。しかも、足利将軍義輝が朝廷に働きかけ、信長の任官を後押ししたのだという。

――足利将軍家の明らかな裏切りだ。

これまでは、尾張と戦をやめよという義輝の命を義元は尊重していた。

その隙に信長は、尾張一国を我が物にしようと画策していたのである。

尾張守に任じられたということは、尾張は自分のものだと宣したに等しい。

信長は義輝を利用して、時を稼いだのであろう。

――そちらがその気なら、もはや遠慮はいらぬ。

義元は奥歯を嚙み締めた。

——織田上総介に目に物見せてやる。

そばに控えていた庵原将監が義元を見て、ぎくりとする。

「どうした」

気になって義元は声をかけた。

「今、お屋形さまの目がきらりと光りました。そのような人を見るのは久しぶりで、それがしは心より驚きましてございます」

「俺の目が光ったというのか」

「はっ」

かしこまって将監が答えた。

「久しぶりといったが、将監が最後に見たのは我がお師匠ではないのか」

「さようにございます。そう何度も目にしたわけではありませぬが、叔父上も瞳をときおりきらりと光らせておりました」

これはいったいどういうことなのか、と義元は思った。

——余がお師匠の域に達したというのか。

いや、そんなことはあるまい。

——尾張を手にしたとき、余はお師匠と初めて肩を並べられるのではないか。

義元が攻め入ってくるのを悟ったか、尾張の鳴海城と大高城に、織田方の五つの付城が築かれた。鳴海城には城代として岡部五郎兵衛元信がおり、大高城には朝比奈輝勝が入っている。二人とも今川きっての勇将として知られている。

二城とも織田方に厳重に包囲され、兵糧にも窮する事態となった。夜陰に紛れ、何度か荷駄隊を二つの城に向かわせたが、うまくいくのは三度に一度ほどだった。

このままでは、大高城、鳴海城の両城は痩せ細っていくだけであろう。

――二つの城を救わねばならぬ。

家中に下知し、義元は戦支度を進めた。これから攻めに行く尾張の地勢も、地図を手に入れてじっくりと見た。

ここまでやればしくじりはあるまい、というところまで義元は策を講じた。

――抜かりはない。

あっという間にときは過ぎ、あとは五月十二日の出陣を待つのみとなった。

駿河には嫡男の氏真を残すことになっている。後顧の憂いのない出陣となるのは疑いようがなかった。

永禄三年五月十二日。二万五千と号する大兵を率い、義元は悠々と駿府を発した。

乗っているのは塗輿（ぬりごし）である。

氏輝が使っていた塗輿を長いこと形見として用いていたが、こたびの出陣に合わせ、義元は新たな塗輿をつくらせたのである。

軍勢は、まず安倍川を渡った。この川に橋は架けられていない。軍勢は浅瀬を選んで渡っていく。

さすがに蒸し暑く、川風を入れようと義元は輿の引戸を開けた。ぎくりとした。黒衣に身を包んだ僧侶が流れの中に立っていたからだ。

一瞬、お師匠があの世からあらわれたのか、と義元は思った。だが、ちがった。顔が雪斎とは似ても似つかなかった。

驚いたことに、その僧侶の体は透けていた。背後の安倍川の流れが、うっすらと見えていたのだ。

――霊であるのは、まちがいないのだな。しかしいったい誰だ、この者は。

義元は冷静だった。僧侶は、青白さを感じさせる目で義元を見つめていた。ただし、この僧侶に気づいている者は誰一人としていないようで、一行は何事もないようにゆっくりと進んでいく。

――余だけに見えているのか……。

ふと僧侶は悲しげな表情になって義元を見つめてきた。なにゆえそのような顔をするのだ、と義元が思った途端、ふっと姿を消した。

今のは、と義元は思った。

——まさか恵探どのではないだろうな。

黒衣の恵探を、目にしたことはない。

疲れているのだ、と義元は思った。

——だから、あんな幻を見るのだ。そう、今のは霊などではない。しばらく休むとするか。

引戸を閉め、義元は脇息にもたれかかった。目を閉じる。

その夜は藤枝にある徳之一色城（とくのいっしきじょう）に泊まった。

あくる日の早朝、靄（もや）がかかっている中、城を出た。軍勢の行列が藤枝の町にかかる。靄が晴れてくると同時に、今朝も蒸し暑くなってきた。義元は塗輿の引戸を開けた。

おや、と目が一点に吸い込まれる。

——あれは……。

見覚えのある武士が道端に立っていた。老緑の小袖を着ている。なんと、と義元は目をみはるしかなかった。

——嘘だろう。

輿から身を乗り出すようにして、義元は目を凝らした。まちがいない。そこに立っているのは、紛れもなく玄広恵探だった。

花蔵の乱から、もう二十四年もたっているのに、恵探は歳を取っていない。

「止めよ」

義元は命じて、軍勢を立ち止まらせた。

「下ろせ」

そっと塗輿が下ろされる。地面に履物が用意されたが、それを履かずに義元は恵探にずかずかと近づいた。

「久しいな」

恵探に向かって義元は声をかけた。怖くはない。

恵探は、哀れむような目で義元を見つめている。

「こたびはやめておくのだ、承芳どの」

むっ、と声を発して義元は首をひねった。

「やめるというのは、尾張攻めのことか」

「さよう」

恵探が深々とうなずく。

「なにゆえ、やめねばならぬ」

「このまま進めば、そなたが死ぬからだ」

「なにゆえ余が死ぬ」

「討たれるのだ」

「誰に討たれるというのだ。まさか織田上総介ではあるまいな」

「そうだ。織田上総介だ」

「なにゆえわかる」

「俺にはわかるのだ。承芳どの、信じぬか」

「いや、信じよう。恵探どのは、余に警(いまし)めを告げに来たのであろう。つまり、用心をすれば余は討たれぬのではないか」

「それはない。だから、こたびは取りやめにしたほうがよい」

「取りやめには、もはやできぬ。尾張で救援を待っている者もおる」

そうか、と恵探がいった。

「ならば、無理強いはせぬ。俺は、今川家の家督を得たそなたがうらやましくて出てきたわけではない。そなたが死ぬのがわかっているから、行かせたくないのだ。そなたは俺の弟だからな」

「俺は、まことに死ぬのか」

「このまま行けば、まずまちがいなく」

「そうか……」

　体を翻し、義元は塗輿に戻った。乗り込み、進め、と軍勢に命じた。

　そこにいた者全員が義元の様子を見て、不思議がっていた。

――誰も恵探どのの姿を見ておらぬのだな。

それでも、何事もなかったように軍勢が動き出す。塗輿から義元は恵探を再び見やった。だが、もうそこに姿はなかった。

――あの世に戻ったか……。

恵探の登場は不吉なことこの上なかった。正直にいえば、義元は恵探の言に従いたかった。

こたびの尾張攻めは、織田上総介に誘われているのではないかとの思いが拭いきれなかったからだ。尾張に進めば、よくないことが起きるかもしれぬと考えていた。

だが、やはり恵探の言を真に受けるわけにはいかない。ここまで用意を万端にしたこの遠征を、もはや取り止めにすることはできない。今は前に進むしかなかった。

その後、旅程は順調に進んでいった。

五月十八日に義元は尾張の沓掛城に入った。

この城までは、今川領内を通行しているに過ぎなかった。ここから先が戦場である。

五月十九日の未明、沓掛城から義元は、丸根砦と鷲津砦に対する攻撃を命じた。この二つの砦は、大高城の包囲のために築かれた付城である。

丸根砦には松平次郎三郎元康が、鷲津砦には朝比奈備中守泰朝（びっちゅうのかみやすとも）が攻めかかった。

夜明けになり、義元は五千ずつの軍勢を鎌倉往還、東海道、大高道の三道を進ませ、要所にそれぞれ置いた。

　これは織田勢が清洲城を出てきたときに、義元本隊に近づけさせないようにするためだ。兵力に劣る織田上総介が勝つためには、義元の首を取るしかない。三道を封鎖するように兵を置いておけば、織田勢は義元に決して近寄れない。

　それだけではない。義元の脳裏をよぎったのは、恵探の警告である。

　――とにかく織田勢を近づけさせなければ、よいのだ。さすれば、余の首を与えるようなことにはならぬ。

　巳の初刻になって、義元は沓掛城を出た。率いているのは五千人の本隊である。さらに後ろ備えとして三千の軍が後続している。今日も天気はよく、蒸し暑かった。梅雨時というのに、雨がほとんど降らない。

　今川本隊は、大高道をゆっくりと西進していく。今日、義元は大高城に入るつもりだが、二つの付城が落ちる前に到着しても意味がない。

　道が丘陵地に入り、見通しが悪くなった。空はくっきりと晴れている。道の両側には、こんもりとした林がいくつも見えている。

　午の初刻を過ぎた頃、喜ばしい知らせがもたらされた。丸根砦と鷲津砦が相次いで落ちたというのだ。

　――これで大高城は救った。城代の朝比奈は、ほっとしただろう。次は鳴海城だ。

今のところ織田勢の動きはつかめていない。清洲城を織田上総介が出たのかも定かではない。織田勢は丸根砦と鷲津砦という二つの付城を救いに来なかった。

――織田上総介は清洲城に籠城するつもりなのか。

そうかもしれない。織田勢はどんなに兵をかき集めても、一万ほどであろう。各地の城に兵を割いてもいるだろうから、織田上総介自身が率いることができるのは、どんなに多く見積もっても、五千ほどではないか。

――今の余の軍と同じか……。

昼になり、義元の軍勢は桶狭間山に陣を張った。

ここに陣を張ることは、前もって決まっていた。この山は錯綜したこのあたりの地形の中で、最も高く、見晴らしが利くのだ。

織田勢がどう動くか、義元は見極める必要があった。そのために、ここ桶狭間山は恰好の場所である。

陣を張り終えてしばらくしたとき、おっ、と義元は声を漏らした。織田勢らしい軍勢の姿が遠くに見えたからだ。

大した数ではない。せいぜい三百ほどではないか。

鳴海城の付城である善照寺砦の近くだろう。距離は半里ほどか。東海道に配した五千の軍勢のうち、千五百人ほどを出して討つように義元は命じた。

「すべて討ち取ってまいれ」

はっ、と答えた使番が馬を駆って桶狭間山を駆け下りていく。

その半刻後、先ほど見えた軍勢を全滅させたという報が義元のもとに届いた。

「やったか」

義元は小躍りしたかったが、その気持ちをなんとか抑えた。ここで太守らしからぬ態度は取れない。

義元が見た三百の軍勢を率いていた敵将は、佐々政次と千秋季忠とのことだ。その首が桶狭間山に持ってこられた。

幔幕内で首実検がはじまった。大勢の今川家の将が首実検にやってきた。佐々は井関城の城主で、千秋は熱田神宮の大宮司であると知れた。

首実検が終わりを告げる頃、義元はふと顔を上げた。幔幕越しに西の空を見る。そこに黒い点があった。

――なんだ、あれは。

目を凝らしているうちに、それが一気に膨れ上がった。黒雲だった。大きな雲の群れが西から押し寄せてきたのだ。強い風も同時に吹きつけてくる。

幔幕が飛ばされそうになり、大勢の者がそれを押さえた。ぽつりぽつりと雨が降ってきた。雲が厚みを増し、一気に豪雨に変わった。

降ってきたのは雨だけでなかった。雹も落ちてきた。たまらず義元は塗輿に逃げ込んだ。ばらばらと雹が激しく塗輿を打っている。

なんという天気か、と義元は驚くしかなかった。

今までは空梅雨といってよく、ろくに雨は降らなかったのに、急にこんなに激しく降ってくるとは、思わなかった。しかも雹までとは、考えもしなかった。

四半刻後、雹まじりの雨はやんだ。

引戸を開け、義元は輿を出た。

風もすっかりおさまっていた。黒雲は消え去り、何事もなかったように空は晴れ渡っている。

幔幕が張り直されていた。義元は床几に腰を下ろした。

そこに、いきなり喊声が聞こえた。

——なんだ。

義元は、そちらに目を向けた。何発かの鉄砲の音が聞こえた。

——敵だ。

一瞬で義元は悟った。喊声がまた聞こえた。悲鳴も耳に届く。

すでにかなり近い。織田勢が迫ってきているのだ。あの激しい雹の中を進んできたのだろう。

――謀（はか）られた。

くっ、と義元は唇を噛んだ。

謀られたとは、佐々と千秋が率いていた、あの三百の軍勢である。あの軍勢は東海道から今川軍をおびき出すための囮（おとり）だったのだ。

一千五百の軍勢を出したために、義元が東海道に張った網にほころびができたのだ。そこを抜けた織田勢は間道を駆使し、ここまで一気にやってきたのではないのか。

――やられた。

だが、まだ負けたわけではない。軍勢の数はこちらが上回っているはずだ。義元は床几から立ち上がった。

すでに剣戟の音が聞こえている。断末魔の悲鳴も、そこかしこから響いてきていた。

「お屋形――」

目の前に将監がやってきて片膝をついた。

「引き上げましょう」

「なに」

義元は目をむいた。

――余は負けたのか。

「敵はもうそこまで迫っております」

「わかった。それで将監、どこに行く」

義元に逆らう気はなかった。戦は臨機に動かねばならない。

「大高城に行くのがよろしいかと」

「では、敵中を抜けるのか」

「御意。敵の人数は決して多くありませぬ。陣に厚みもないでしょう。沓掛城に引き上げるのも手でございますが、それだと背を見せることになり、敵に勢いをつけてしまいましょう」

そのとき、ひときわ大きな喊声が聞こえてきた。

「塗輿があるぞ」

そんな声が耳に飛び込んできた。敵はもう間近に迫っている。どこにも逃げ場はないのではないか。

ならば、と義元は腹を決めた。

「いや、どちらも駄目だ。すでに負け色が濃い今、すべきことは一つだ」

「なんでしょう」

意外そうな目で将監が義元を見る。

「織田上総介を討つ」

一瞬、将監が虚を突かれた顔をしたが、すぐに納得したようだ。

「わかりました。お屋形のおっしゃる通りにいたしましょう」

信長はすぐ近くに来ているのではないか。きっとそうだ。

塗輿はそこに置いたまま、義元は愛馬の雪風にまたがった。旗本や馬廻りたちが義元の周りを取り囲んだ。その数およそ三百騎である。

「よし、行くぞ」

将監の合図で義元たちは一気に動き出した。

どこに信長がいるのかわからない。

鵜の目鷹の目で信長の姿を捜しているうちに織田勢が次々とあらわれ、義元たちの行く手を遮った。数え切れないほどの槍が横から繰り出される。

そのたびに、悲鳴とともに旗本たちが馬から転がり落ちる。ほんの三町を走り抜けただけで、味方は五十騎ほどまでに減っていた。

――織田上総介はどこだ。どこにいる。

さらに敵が執拗に追ってきた。味方はさらに数を減らしていく。前後左右から敵が迫ってきた。敵の攻撃を受けて、旗本が次から次へと脱落していく。

ついに、義元のまわりにいるのは将監と彦次郎、右近の三人だけになった。

右手から、百人ほどの敵勢が姿をあらわした。喊声を上げて突っ込んでくる。

「お屋形、お逃げください」

右近が雪風の尻を思い切り叩く。もんどり打つように雪風が走り出した。馬を並べて義元についてきたのは将監だけだった。

彦次郎と右近はその場に踏みとどまり、敵を少しでも食い止める気でいるようだ。義元が逃げる時を稼ぐためだ。

死ぬなといいたかったが、それはもはや無理だろう。済まぬ、と彦次郎と右近に心で告げて、義元はひたすら雪風を走らせた。

——織田上総介はどこにいるのだ。

だが一町も行かないうちに、またも横から新手があらわれた。喜びの声を上げて敵が一気に近づいてきた。

——あれは。

そのとき義元の目を奪ったのは、金色で彩られた傘のようなものである。それが新手の向こう側に見えている。

——確か織田上総介の馬印は金傘ではなかったか。やつはあそこだ。

雪風の腹を蹴り、義元は金傘の馬印を目指して走った。

だが、金傘に行き着く前に、雪風が足を槍で払われた。雪風がいななき、義元は一瞬で落馬した。

頭を突っ込んだのは泥田だった。そばで雪風が身もだえ、立ち上がろうとしていた。

――かわいそうに。

こんなときだが、哀れみの気持ちが義元の心を浸した。

「お屋形っ」

叫んで将監が馬を下り、義元に近づこうとした。だが、将監に十人ほどの敵が殺到していく。あっという間に、将監の姿が見えなくなった。

「将監っ」

義元の声は敵の喊声にかき消された。

義元に敵が近づいてきた。目の前に五人の敵がいる。

義元を見て、どの武者も目を輝かせている。もしやこれは今川の大将ではないか、と五人とも考えているのは明らかだ。

気合をかけて一人目が槍をしごき、突きかかってきた。左文字の太刀を引き抜き、義元はその槍を打ち払った。

後ろから斬りかかられた。太刀を旋回させ、義元はその斬撃も撥ね上げた。

だが、横合いから槍が伸びてきた。それはかわせなかった。うぐっ、と義元の喉から声が出た。脇腹に穂先が入ったのだ。

義元は構わず太刀を上から振り下ろした。槍を持つ武者の首筋を太刀は叩いた。武者がのけぞり、義元の視野から消えていく。義元は脇腹に入った槍を引き抜き、泥田に捨てた。痛みは感じない。

いきなり、兜に強い衝撃を覚えた。背後から刀で思い切り叩かれたようだ。

首がぐらついて目が回り、立っていられなかった。気づくと、義元は泥田に左手をついていた。

後ろから馬乗りになられた。うなって義元は体を振った。だが、背中に乗った武者は義元から離れない。

武者が義元の顎に手を回してきた。脇差で首を掻き切ろうとしているのに気づいた。死の恐怖に肌が総毛立った。

――そうはさせるか。

口を大きく開け、義元は武者の指を噛んだ。ぐわっ、と悲鳴を上げ、武者が指を引こうとする。それを許さず義元は指を噛みちぎった。口の中が血の味で一杯になる。

武者が、あわてて義元から離れていったのが知れた。義元は太刀を握り直した。

「覚悟っ」

義元は槍のうなりを聞いた。がん、とまたも兜を打たれた。目の前が真っ暗になった。それでも前に進もうとした。

いきなり腹に強烈な衝撃があった。それと同時に明るさが戻ってきた。見ると、腹に槍が刺さっていた。それが抜かれる。

槍に引っ張られ、義元は泥田に両手をついた。太刀が手から離れる。ぐぼっ、と血の塊が口から出た。

またも馬乗りになられた。今度は体を揺さぶる力が残されていなかった。

一瞬、喉に冷たさを感じた。脇差で首を切られたのを義元は知った。

意識が飛びそうになった。

――まことに俺はこんなところで死ぬのか。やはり、恵探どのの言に従っておくべきだったか。

義元は心中でかぶりを振った。

――いや、それはできぬ。あそこまで支度を進めてやめるのは、あまりに無理がありすぎる。

義元は自分が今、泥田に横になっているのに気づいた。植えられて間もない稲の苗が目の高さに見えている。まだ首は切り取られておらぬのだな、と思った。

――余は、夢をうつつにできなかったか。天に選ばれなかったということだ。だが、きっと誰かが余の夢をうつつにしてくれよう。

それは五郎と次郎三郎かもしれぬな、と義元は思った。

――余はやはり僧侶でいればよかったか。さすれば、こんな場所で死を迎えるようなことにはならなかったであろう。

視界が暗く閉ざされつつあった。

——兄上は、俺の死をどんな思いで聞くだろうか。

兄の中でただ一人残った象耳泉奘の顔を、義元は思い出した。今も優しく笑いかけてくる。

——兄上は、いつも笑っておるな……。

そのとき目の端に、ちらりと金傘が入った。一瞬、力が戻りかけた。

だが、それはほとんど錯覚のようなものでしかなかった。力などまったく戻っていなかった。

——織田上総介……見事なものだ。よくぞ余をはめおった。

考えられたのはここまでで、義元の意識は暗黒の坂を、あっという間に転がり落ちていった。

六

桶狭間の合戦からちょうど一年後の永禄四年五月十九日、一人の僧侶が桶狭間の地に立った。

軍兵たちの喊声や悲鳴、剣戟の音が聞こえてくるような気がした。今も亡霊たちは、敵を求めてこの地をさまよっているのではあるまいか。

——承芳、そなたはこのような場所で命を落としたのか。さぞ無念であったろう。

象耳泉奘は義元だけでなく、ここで散っていった多くの者のために経を上げた。義元のそばに常についていた庵原三兄弟はすべて討ち死にし、長兄の美作守之政もこの地で戦死を遂げたのだ。四兄弟すべてが討ち死にした家というのも、そう多くはないのではないか。雪斎の実家である庵原家の者たちが、いかに義元に忠誠を誓っていたか、その証であろう。

線香の煙が桶狭間の地を流れていく。

経を終えてしばらくしたのち泉奘は、承芳、と呼びかけた。

——聞けば、織田上総介もこの世に平和をもたらす気でいるようだぞ。

つまり、一年前のこの日、この戦場で同じ思いを持つ者同士が戦ったのだ。

そして織田上総介が今川治部大輔を討った。

——同じ思いを持つ者同士、味方となって力を合わせられたら、どんなによかっただろう。

承芳、と泉奘はまた呼びかけた。

——織田上総介のような者もあらわれた。いつかきっと平和な世が訪れよう。そなたが望んでいた世だ。

線香のにおいをする風を、泉奘は思い切り吸い込んだ。承芳の人なつこい笑顔が思い出され、涙があふれそうになった。

——承芳、また来る。

桶狭間の地に向かって深々と頭を下げた泉奘は、涙をこらえつつ道を歩きはじめた。

初刊本あとがき

かれこれ五十年前、小学生のときに織田信長が主人公の映画をテレビで観た。萬屋（中村）錦之介さんが信長を演じていた。

この映画の中で今川義元は京へ上るために尾張へ侵攻したものの、清洲城を飛び出した織田信長の奇襲を受け、田楽狭間で討ち死にを遂げた。

そのシーンを観ていて、幼かった私は疑問を抱いた。義元は京に上るのが目的だから、信長はわざわざ大軍に戦いを挑まずとも、清洲城に引っ込んで今川勢が通り過ぎるのを待てばよかったのではないか、と。

映画の中の信長は、武門の意地として今川勢が領内を通過するのを座視できないから攻撃するのだ、という意味のことをいっていた気がする。

義元のほうも、上洛を目指しているにもかかわらず、織田方の砦を陥落させたりしていた。私には、それも無用のものとしか思えなかった。

納得できなかった私は、地元の戦国大名である今川家について調べはじめた。

そのおかげで今川家に関する知識は、長じた頃には小説を一本書けるのではないかと思うほどまでに蓄えられた。

錦之介さんの映画を観ておよそ三十年後、私は実際に、今川家を舞台にした小説を書き上げた。小和田哲男先生の著作を参考にして執筆した『駿府に吹く風』というタイトルのその作品は、一九九九年十二月に第一回角川春樹小説賞の特別賞を受賞した。

その作品において義元の尾張侵攻の目的は、大高城と鳴海城の包囲を解き、あわよくば尾張国を今川の領国に組み込むことにあったとした。主人公は今川の旗本だった。上下巻で千四百枚に及ぶこの作品は刊行の際に『義元謀殺』というタイトルに改められ、静岡県内では好評をもって迎え入れられた。

そして『義元謀殺』からおよそ二十年ののち、今度は義元を主人公とする小説『義元、遼たり』を上梓できた。

静岡県内に住んでいたからこそ、このお話はいただくことができた。静岡の人たちの、今川家が大好きという気持ちがなければ、決して実現しなかった企画である。

深い感謝しかない。

解説

細谷正充

鈴木英治のファンならば、本書のタイトルを見ただけで、深い感慨を覚えるだろう。少なくとも、私はそうだ。なぜなら作者のデビュー作も、今川義元を重要な題材にしていたからである。

鈴木英治は、一九六〇年、静岡県に生まれる。明治大学経営学部卒。勤務した営業所の閉鎖を機に、作家を志す。以後、五年余の雌伏(しふく)を経て、一九九九年、『駿府に吹く風』で、第一回角川春樹小説賞特別賞を受賞した。タイトルを『義元謀殺』と改題し、上下巻の単行本で刊行。念願の作家デビューを果たす。尾張への進攻を半年後に控えた今川家に仕掛けられた謀略を、壮大なスケールで描いた戦国ロマンは、大きな注目を集めた。続く第二長篇『血の城』は、徳川家康の高天神(たかてんじん)城攻めを背景に、数千人という大規模な子供の神隠しの謎と、忍者対忍者アクションが堪能できる快作だった。新たな戦国小説の書き手として、さらに期待が高まったものである。

だが時代は、文庫書き下ろし時代小説ブームを迎えようとしていた。作者もこの波に乗り、「手習重兵衛」「父子十手捕物日記」「口入屋用心棒」などのシリーズを連発。たちまち文庫書き下ろし時代小説の一翼を担う人気作家になったのである。そのため江戸時代を舞台にした作品が中心になってしまったが、戦国小説への意欲は衰えたりしない。手を変え品を変え、さまざまなタイプの戦国小説を、ポツポツと書き続けてきたのだ。そして二〇一九年九月、今川義元を主人公にした堂々たる戦国歴史小説『義元、遼たり』を静岡新聞社から、書き下ろしで刊行したのである。『義元謀殺』から始まった鈴木英治の作家の軌跡は、『義元、遼たり』に至った。デビュー作で示された今川家への関心を、二十年にわたり熟成したことで本書が生まれた。その事実に、深い感慨を覚えずにはいられないのだ。

とはいえ肝心なのは、面白い物語かどうかということ。歴史学者の小和田哲男は単行本の帯に、

「のちに軍師として迎える太原雪斎との出会いに始まり、『花蔵の乱』と呼ばれる家督争いに勝利していく青年時代の義元を描き、〝海道一の弓取り〟といわれる義元の真の姿をつかむことができる好著」

という推薦文を寄せている。このように本書は、栴岳承芳（後の義元）と、異母兄

である玄広恵探が今川家の当主の座を巡って争った〝花蔵の乱〟をメインの題材にして、ひとりの若者が戦国大名になる経緯を、彼の心情を掘り下げながら描いているのである。

今川家に生まれた梅岳承芳は、京の妙心寺で仏果を得んがための修行をしていた。そんな承芳のもとに、傅役（もりやく）で師匠の太原崇孚雪斎が訪れる。今川家第十代当主で、承芳の長兄である氏輝の命により、彼を帰国させるためである。武田家との間がきな臭くなっているが、氏輝の体調がよくなく、承芳が必要とされているらしい。武将として力を試したい気持ちがあるが、禅を学ぶことも楽しくなってきた承芳。武士と仏門の間で、心を揺らしながら、雪斎たちと共に駿河へと向かうのだった。

本書を読んで驚いたのが、駿河の今川家に承芳一行が到着するまで、ページ数をたっぷりと使っていることだ。まず承芳は、別れの挨拶をすべく奈良の寺にいる兄の象耳泉奘のもとを訪れ、実りのある話し合いをする。帰国の途についてからも、那古野今川家の当主で弟の今川氏豊のところに寄り、やはり話し合いをする。泉奘との会話で、〝仏の御心に従う世をつくれば、誰もがなんの不安もなく、伸びやかに暮らせましょう〟という自分の理想に気づいた承芳は、兄のいう、

「平和の世を招き寄せるには、立ちはだかる相手を武力で倒し続けなければならぬ。

いくら血を流そうと、決して揺るがぬ心の持ち主でなければならぬ」

に、衝撃を感じながらも受け入れる。また氏豊との会話では、弟が織田弾正忠信秀（信長の父）を信用していることを知った。雪斎から信秀のことを聞いている承芳は、氏豊の姿勢に不安を感じる。このように作者は、さまざまな見聞を通じて、承芳の人間性と、駿河を取り巻く戦国の状況を巧みに表現していくのである。

それにしても悠々たる筆致だ。承芳一行が山賊に襲われる一幕もあるが、アクションは簡潔。鈴木作品のファンならば、作者が幾らでも激しいアクション・シーンを書けることをご存じだろう。しかし作者は、そこにこだわりを持たない。あくまでも承芳の心情に寄り添い、その動きを追っているのだ。このような書き方は、己の小説に自信がなければできない。鈴木英治、大きな作家になったものである。

そして承芳の人物像だが、こちらも注目すべきものがある。とにかく善良な人間なのだ。僧籍にあるとはいえ、今川家の出である彼は、いいところの坊ちゃんであり、生活の苦労などはない。それなのに彼は、ささいなことに幸せを感じる。

川風は相変わらず冷たいが、船の上で食する塩の利いた握り飯は、ことのほかおいしかった。

船の艪から流れに向かって、放尿するのも気持ちよかった。

こうした文章に接するたびに、承芳の人間としての善良な資質が見えてくる。また、後の〝花蔵の乱〟で、自分を狙った忍者が血を噴き出して死ぬと〝――忍びといえども、俺たちと同様、血が巡っているのだな……〟と思う。承芳が平和な世を目指す根底には、誰もが持つ素朴な感情と、誰もを人間として見る温かな視点がある。だから物語を読み進めているうちに、どんどん彼に魅了されてしまうのだ。

とはいえ彼も、戦国の男である。帰り着いた駿河で、玄広恵探の祖父の福島越前守の放った刺客を撃退。このことで氏輝の快癒を願いながら、死去したときには次期当主になることを決意する。そして氏輝が亡くなると、足利将軍から偏諱を賜って今川治部大輔義元となり、次期当主の座を巡る〝花蔵の乱〟に突入。恵探たちと激しい戦いを繰り広げる。この戦いの中で義元が、剣の才能に気づく場面は、本書のハイライトだ。戦国武将へと覚醒していく義元の姿が、大きな読みどころになっているのである。

さて、よく知られた史実なので、その先のストーリーに触れても問題ないだろう。物語はポンと時間を飛ばし、雪斎の死を経て、桶狭間の戦いで義元の平和の夢が潰えるまでが描かれる。こうした時間の省略も作家の腕だ。承芳が義元になるまでの若き日を中心にしながら、志半ばにして倒れた戦国武将の一生を、作者は見事に表現してのけたのである。あらためていうが、大きな作家になったものだ。

なお本書が静岡新聞社から刊行されたとき、同社から同時に、秋山香乃の『氏真、寂たり』も刊行されている。こちらは義元の息子の氏真が主人公だ。周知の事実であるが、鈴木英治と秋山香乃は夫婦作家であり、一緒に静岡で暮らしながら執筆活動を続けている。そのふたりが、それぞれ義元と氏真を主人公にした戦国小説を書くという企画であったのだ。だから本書を読んだ人は、引き続き『氏真、寂たり』も手にしてほしい。そして夫婦作家が、今川家の父子に込めた想いを、感じ取ってもらいたいのである。

二〇二一年十二月

この作品は2019年9月静岡新聞社より刊行されました。

本書のコピー、スキャン、デジタル化等の無断複製は著作権法上での例外を除き禁じられています。本書を代行業者等の第三者に依頼してスキャンやデジタル化することは、たとえ個人や家庭内での利用であっても著作権法上一切認められておりません。

徳間文庫

義元、遼たり

© Eiji Suzuki 2022

2022年1月15日 初刷

著者 鈴木英治

発行者 小宮英行

発行所 株式会社徳間書店

東京都品川区上大崎三－一－一
目黒セントラルスクエア 〒141－8202

電話 編集〇三（五四〇三）四三四九
販売〇四九（二九三）五五二一

振替 〇〇一四〇－〇－四四三九二

印刷
製本 大日本印刷株式会社

ISBN978-4-19-894708-8 （乱丁、落丁本はお取りかえいたします）

徳間文庫の好評既刊

鈴木英治
明屋敷番秘録(あきやしきばん)
謀(はかりごと)

美しい妻と竹馬(ちくば)の友に囲まれ、旗丘隼兵衛(はたおかしゅんべえ)は書院番として充実した日々を送っていた。ある日、米問屋の押し込みに遭遇し、たった一人で賊(ぞく)を成敗した隼兵衛。妻や同僚たちから賞賛され、出世の糸口になるかと思われたが、彼に告げられたのは意外な処分だった。抗(あらが)えぬ運命を前に、隼兵衛はひとり何を思うのか。相次ぐ裏切りと予測不能の展開。時代小説の名手・鈴木英治の新シリーズ開幕！

徳間文庫の好評既刊

鈴木英治
明屋敷番秘録
斬

空き屋敷を調べる明屋敷番には、裏の任務があった。それは公儀の転覆を図る者には、容赦ない鉄槌を下すというもの。此度、明屋敷番を率いることとなった旗丘隼兵衛は、青山美濃守をかどわかさんとしている者どもを捕らえるために、渋谷村の黒い家を訪れた。そこで、撓る剣を操る黒装束の男に襲われて……。相次ぐ裏切りの中、隼兵衛は任を果たすことができるのか！

徳間文庫の好評既刊

鈴木英治

無言殺剣

大名討ち

古河（こが）の町に現れた謎の浪人。剣の腕は無類だが、一言も口をきかず名前すらわからない。しかしそれでは不便と、浪人に心酔する若いやくざ者が「音無黙兵衛（おとなしもくべえ）」と名づけた。そんな彼のもとにとある殺しの依頼がもたらされる。標的は関宿藩久世（くぜ）家の当主・久世豊広（とよひろ）。次期老中をうかがう大名だった。久世を護る手練の関宿藩藩士を前にして音無黙兵衛の剣が躍る！　シリーズ第一弾。

徳間文庫の好評既刊

鈴木英治
無言殺剣
火縄の寺

関宿城主・久世豊広を殺した謎の用心棒「音無黙兵衛」。やくざ一家の三男坊・伊之助を伴い江戸の寺に身を寄せることにした。しかし江戸には、仇をとろうと迫る久世家の忍、そして黙兵衛を恨むかつての依頼人など、彼の命を狙う遣い手たちが迫りつつあった——。黙兵衛の刀が護るは、己の命かそれとも。血で血を洗う三つ巴の闘いが始まる。大人気シリーズ第二弾！

徳間文庫の好評既刊

鈴木英治
備中高松城目付異聞
湖上の舞

これはうつつのことなのか――。目付・川名佐吉のいる備中高松城は、秀吉による兵糧攻めの一環として、周囲を水で囲まれ、陸の孤島と化していた。そんな中、城中で老臣の暗殺が起きる。早速、佐吉は犯人探しを始めるが、飢えと日を追うごとに増す水位、非協力的な家臣たちが邪魔をし、調べは遅々として進まない。さらに、何者かの凶刃が佐吉の命を狙い……。密室の城で一体何が?!